硅基地球

何夕 长铗 等 著

SILICON BASED EARTH

北京理工大学出版社

科幻硬阅读第二季
—— 我们每个人都是星辰

当小鲜肉、流量明星、鸡汤文和小清新大行其道，当坚硬强悍磊落豪雄变成小众，拼爹、晒富、割韭菜成为常态，当群氓乱舞中理性精神和至性深情被某些人弃如敝屣——我们是否可以反其道而行，暂离尘嚣，将目光投向自己的梦与理想，投向诗与远方，投向地球之外的星辰大海？

美国著名天文学家、天体物理学家卡尔·萨根曾说："我们DNA里的氮元素，牙齿里的钙元素，还有我们吃掉的食物里的碳元素，都是宇宙大爆炸时千万星辰散落后组成的，所以我们每个人都是星辰。"

我们来自浩瀚宇宙，来自奇点大爆炸时的璀璨瞬间——我们每个人都是宇宙中极其微小的一部分，包括我们所生活的地球，以及地球上每时每刻正在发生的战争、瘟疫、政变、尔虞我诈勾心斗角……放在宇宙尺度上，都是小的近于无的微末存在。

也许，正因为人类逐渐意识到了自己的渺小，逐渐认清了自己在宇宙中所处的位置，才开始认真思考人类之于宇宙的价值和意义。于是，一种叫做科幻文学的艺术品诞生了。

它自诞生伊始，便展现出一种向高远、向未来的鲜活生机。它是尊重科学的，是基于科学的一种思考、推衍和设定；但同时它又是文学的，拥有自身的血脉和灵魂——它绝不是对科学的拙劣模仿和枯燥演示。

科幻不是目的，思考才是根本。所以这套书里除了传统意义上的硬核科幻，还会有其他一些提神醒脑类作品，希望它们能给读者朋友带来一丝极致的阅读体验——极致的思考或震撼、极致的美丽与忧愁、极致的愉悦和放松……不求完美，但求在某方面达到极致——极致，便是"科幻硬阅读"的注脚。

但这种"硬"绝不应该是艰深晦涩，故作深沉！

好看的作品通常都是柔软而流动的，如水，亦似爱人或者时光，默默陪伴，于悄无声息间渗透血脉、融入心魂，让我们在一条注定是一去不返的人生路上，逐渐、逐渐，获得一分坚强和硬度！

愿所有可爱而有趣的灵魂，脚踩大地，仰望星辰，追逐梦想。

——小威

科幻硬阅读,不求完美,追逐极致。
献给那些聪明的头脑和有趣的灵魂。

目录

001 | 天生我材
　　　　脑域 / 何夕

055 | 屠龙之技
　　　　代码杀手 / 长铗

115 | 硅基地球
　　　　农村包围城市 / 喀拉昆仑

233 | 燃烧的罗曼蒂克
　　　　失忆的AI / 大树

257 | 人
　　　　人性诘问 / 蓝调

289 | 无人之境
　　　　求死的AI / 哈迪

315 | 一城诗的散落
　　　　美学的黄昏 / 方润章

独立思考，个性书写，充分表达，
拥有独属于自己的风格和调性。

天生我材

脑域

文 / 何夕

科 幻
硬阅读
DEEP READ
不求完美 追逐极致

引　子

事情缘于那次事故。

当时，俞峰同往常一样进入了"脑域"，这么讲并不太准确，因为对俞峰这样的人而言，与其说是进入，倒不如说是一次融合。俞峰本身就是一个中心，F32实验室只专属于他一个人。出于安全等因素考虑，兆脑级研究员分散于世界各地。大约三十名警卫忠诚地守卫在实验室四周，"鹰眼"监控系统不会放过任何可疑的物体。每时每刻都至少有不下二十名助手围绕着俞峰工作，他的所有要求都必须在第一时间得到满足。而这一切只有一个原因，那就是他叫俞峰。这两个字是他的名字，非常普通，在这个世界上谁都可以叫这个名字。但是问题却不止于此，因为在"脑域"里他也是叫这个名字，而在那个世界里这却是唯一的。

"名字与口令。"一个声音在俞峰耳边响起。俞峰报出了名字以及长达六十四位的密码。

"正确。"那个声音说,然后伴着"轰"的一声(长期以来,俞峰一直以为这只是一种幻觉),那个无限广阔而美妙的世界便立即在俞峰面前展开了。

"脑域"。

◆ 1 ◆

傍晚的檀木街行人很少,只有忙碌的出租车往来不停。由于下着小雨,卖小吃的摊贩们也稀稀拉拉的。何夕深一脚浅一脚地走在人行道上,就像是随时都会倒下。他一直走到一栋棕红色的老楼前,有那么一个瞬间他停了下来,有些犹豫地踟蹰不前,但他的身影最终还是融进了楼道里。

"这次打算待多久?"黄头发阿金一见到何夕便大大咧咧地问。他同何夕是老熟人了,有时候还会帮何夕开个后门,比方说像现在何夕稍微沾了点酒的时候。

"老规矩,五十分钟。"何夕老练地躺到三号屋的平台上,自己从脑后牵出导管联上了接驳器。黄头发阿金摇摇头,但没有说什么。他仔细地检查了一下设备的情况,然后返回控制台准备开始。

"哎,"黄头发阿金叫起来,他盯着面前的屏幕说,"你这个星期已经是第八次了,这可不好。按章程你已经超限了。"

何夕不耐烦地应着:"我没有事,我不是好好的嘛。完事了我请你喝酒。"

黄头发阿金叹口气,同时又忍不住咽了口唾沫。的确,章程是有的,就在墙上贴着,而且还有政府的大印。但是,现在已经没有谁会来管这事了。实际上在黄头发阿金的印象里,只要愿意谁都可以来,而且愿意待多久就待多久。上回那个叫星冉的女孩可不就是在一号间里一连待了三十多个小时吗?当然,她出来的时候脸色可是没法看了,还又喘又吐。黄头发阿金摇摇头,不愿再想下去了。他回头看着何夕:"这可是你自己要求的,"他说,"出了差错别来怨我。"

"你还有完没完了!"何夕大声地打断了黄头发阿金的话,"再不开始我就自己来了,反正这一套我全会。"

阿金不再说话,他知道何夕说的是实情。实际上,他的工作一点也不复杂,每个人都会。从某种意义上讲,他更多的只是起一个设备保养员的作用。

"名字。"一个声音说。何夕急速地键入"今夕何夕"四个字。到这儿来的人起名很随意,有些人甚至是每次来想到什么用什么,因为系统是不会做核实的。他们都是些匆匆过客,因为各种千差万别的原因来到这里,在这里待上几十分钟或者几个小时又匆匆离去。谁也不会去核查他们的身份,谁也不会有兴趣知道他们为何要到这里来,他们每个人又有着怎样的故事。这里只关心一件事,就是他们会在这里待多久,包括黄头发阿金和系统在内都只关心这个。不过,何夕每次来都用这个名字,没有别的原因,他只是喜欢这个名字。

何夕感到一股浓浓的倦意正从后颈的部位袭向大脑,看来一切正常。何夕等待着那个时刻的到来,他知道同步调谐的时间大约是一分钟。不明来由的空灵声音在何夕耳边回响着,让他渐渐不知身之所在。太阳穴一跳一跳地发出尖锐的疼痛,就像是有个力量在那里搅动他的脑浆。每次都这样,何夕想。他觉得思维正一点点地离自己而去。快了,只要那道白光一来就没有这些不适了,但愿它快一点来。

白光。

如同黑夜里突然从天际划过的闪电,一幅幅让人不明所以的混沌画面像电影镜头一般切换着,就像是一个人仰面躺在流动的水里,看着越来越模糊的天空,并且一点点地下沉。今夕何夕,今夕何夕。在思维最终离开大脑前,何夕的脑中又习惯性地划过自己的别名。

然后是昏沉。

◆ 2 ◆

事故发生的时候没有一点征兆。从"脑域"建立至今近十年来,从未曾发生过任何意外,谁都没有想到它也有出现故障的时候。这并不是人们太大意,而是由于"脑域"的原理决定了它出现重大故障的概率几乎为零。所以,当俞峰思维里突然出现了不明来由的混乱信号时,他简直不知道发生什么事情了。当时,研究正进行到最为关键的时刻,连同他在内的全球四百名兆脑级研究员正在"脑域"里紧张地工作。每秒数以亿计比特的信息束在世界上最强大的四百个大脑里流动、共享,同时加以分析。有用的结果迅速转入存储,闪念之间迸出的思想火花立刻在第一时间被查获,接受进一步的检验。无穷无尽的存储领域里准备了所有实验的数据,需要便可以马上被提取出来。功能强大的计算领域更是一派繁忙景象,从最基本的开方乘方微积分,到最复杂的高阶方程式求解,都被作为请求发送到这个区域,结果则回送到发出请求的区域。如果某一位研究人员因故突然退出系统,他的工作将立刻被无缝接替,对整个系统来说,谁也察觉不到有什么变化。除非遍布全球的四百名研究员都在同一时刻突然离开了"脑域",整个工作才可能停顿下来,但这显然是不可能发生的事情。

今天的工作也许是近两个月来最重要的,按照进度,"脑域"将在近期推导出"时间尺度守恒原理"的可逆修正方程式。这一原理是在数十年前由一个叫蓝江水的人发现的,根据这个原理,只要不违背守恒性原则,人们便可以改变某个指定区间内的时间快慢程度。之后,蓝江水的学生西麦博士依照这一原理建立了在时间上加快四万多倍的西麦农场,以此来满足人类对食物能源的需求,但由此带来的物种超速进化问题则给人类造成了极大的威胁。后来,两位富有牺牲精神的青年人选择了终老于西麦农场,并毁掉了农场与现实世界的通道,以此为人类守护这片脱缰的土地(本事详情见何夕作品《异域》)。这些年来,世界与西麦农场一直相安无事,但近两个月突然出现了反常的情况,似乎有某种生物试图突破屏障。尽管还不知道是何种生物,而且这种试探行为仅仅发生过几次且都不成功,但谁都能看出这件事情对人类的威胁有多么大,只有找到终止时间加速现象的方法,才能最终解决问题。

面对这一危机,"脑域"系统立即暂停其余工作,全部投入此项研究之中。近段时间的工作进行得很顺利,当然,与此成正比的是送往存储区域和计算区域的数据量呈几何级数上升。俞峰知道,其中也有不少请求从系统优化上讲是不可取的。有些研究员为了节省时间,将一些简单但却极其消耗系统性能的请求也发往了计算区域,比方说,很随意地让"脑域"计算123的700次方或是不加优化地做一次超大规模的排序等,而这本应该向同"脑域"连接的专用电子计算机中心发出请求。但这已经是习惯的做法了,其实俞峰自己也常常发出类似的请求,尽管经常在结果传来之后才发现这根本就是一次不必要的计算。谁让"脑域"的性能总是这样优秀呢,它简直就是一台超级智慧机器,总是神速地满足每一个请求。每当俞峰进入"脑域"的时候总有种奇妙的感觉,他觉得自己就像是一个插上了翅膀的思想巨人,在未知的领域自由飞翔。头脑里充满无穷无尽的智慧与知识,全部心灵似乎都被解放了,他可以纵横八荒,俯仰宇宙,整个世界在他面前纤毫毕现。

忽然间,有种整齐划一的振动从遥远的地方传来,四百颗充满无尽智慧的大脑在同一时刻里达到了妙不可言的统一。"时间尺度守恒原理"的可逆修正方程式,终于向人类显露出了它隐藏至深的身影。这是量变终于达到质变的瞬间,长久以来的艰苦努力终于得到了应有的回报。一时间,俞峰几乎听到了这颗星球上最聪慧的四百颗大脑的齐声欢呼,就像以往每一个"脑域"项目取得成功的时刻一样。此时此刻,在俞峰心里升腾起的不止是成功的欢乐,更多的是面对神圣的赞叹:人类的智慧到底成就了多少不可能?

今夕何夕……今夕何夕……

剧烈的头痛在最初的几秒钟里令俞峰根本无法呼吸,他觉得就像是有一把钢锯在锯自己的头。眼前爆裂的光斑就像是黑幕上撕开的一个个不规则的小洞。出什么事情了。他的意识里划过这句话,然后,他便感觉自己就像是从一架高速摆动的秋千上被甩了出去。今夕何夕，今夕何夕，是那个声音，它又来了。俞峰忍不住呻吟了一下，轻灵而曼妙的思想翅膀被粗暴地扯掉了，显出了世界平庸的真相。光线盈满了他的视野，大脑立刻变得像铅块一样沉重。

俞峰揉揉眼睛，世界的光线变得更加真实了。我被扔出来了，俞峰有些发呆地抚着脸颊，这怎么可能？俞峰几乎是下意识地报出名字和口令，但回应他的只是长久的沉默。看来"脑域"里发生了异常的事情，可能是一次故障。俞峰想，应该很快就能修复，只是千万别毁掉这几个月来的工作成果，还有那么多珍贵的数据。俞峰有些生疏地拿起电话拨了一个号码说："请接总部。"

◆ 3 ◆

黄头发阿金一看到眼前的场景，就忍不住想准是出了什么事。因为在此之前，他从未看到过这么多人同时醒来。当然，用"醒"这个词肯定不是很贴切，因为这些人并不是睡去。不过单从表面上看，这些人躺在那里和睡着了也差不了多少，最大的不同在于当他们恢复行动时总是显得相当疲惫，而不是像睡了一觉之后那样精神饱满。但是，眼下这些人突然在同一个时刻醒来了，正不知所措地面面相觑。过了好半天，大家仿佛才明白发生了什么事情，然后人群便像是一个被捅了的蜂窝般发出嗡嗡的声音，像马蜂一样朝门口的方向拥去。每个人走到黄头发阿金面前时，便伸手取走插在一排插槽上的属于自己的蓝卡。有几个人似乎觉得什么地方不对劲，与阿金发生了争执。听上去大概和时间有关。"是三十八分钟。"一个声音说。"不对，是三十一分钟！"黄头发阿金的声音听上去比所有人都洪亮。何夕摇摇头，觉得一切都很无聊。他取下脑后的接驳器，直到现在他仍然感到阵阵头痛。何夕知道这只是幻觉，只要取下接驳器就不应该有这种感觉了。不过，他也知道这并非是自己独有的幻觉，实际上，接驳器幻痛学研究已经发展成当今很发达的一门学科了，描述这种幻觉的专著可称得上汗牛充栋，除了专家之外，谁也无法掌握那些艰深的知识。

"还不想走啊？"黄头发阿金和何夕开了一句玩笑，因为没有别人了，他们说话显得随意了些。在阿金心里，何夕与别人有所不同，阿金觉得何夕懂得不少事情，同他说话让人觉得长学问。而且更重要的是，何夕也愿意同他说几句，像他这种在脑房里工作的人，一天到晚只能面对着一个个一动不动的挺尸样的人，能找个聊伴说说话真是件让人愉快的事情。在黄头发阿金看来，何夕一定也是愿意同自己交谈的，要不他怎么总是来这间脑房呢？要知道，现在脑房可不像二十年前那么稀罕了，如今在大街上，脑房可谓遍地皆是。早年间，这可是收入可观的行业，那会儿的黄头发阿金很让人羡慕。算起来，阿金干这一行已经十多年了,其实现在的阿金只是一个头发花白的普通中年人,那个染着一头黄发的阿金只是人们习惯说法里的一个旧影罢了。

"三十六分钟二十四秒。"阿金说。

何夕无所谓地笑笑,接过蓝卡。"看来出了点问题。"何夕说。他用力拍着后脑勺,那里仍然在一跳一跳地痛。好像黑市上有种能治这种幻痛的药,叫什么"脑舒",价格贵得很。听吃过的人讲,那种药效果很好,就是服用后的感觉很怪,头是不痛了,但却一阵阵地发木。

"人都走了?"何夕边问边递给阿金一支烟。

阿金接过烟别在耳朵上,然后指着最靠里的一号间说:"还有人啦,是那个叫星冉的。"

何夕稍愣:"就是那个曾经创纪录地联线三十多个小时的女孩子?"

"就是她了,还能是谁?"黄头发阿金见惯不惊地说,"她好像完全入迷了。"

"入迷?"何夕反问一声,他的头还在痛,"这不可能。"他说,"我才联了一个小时不到,脑袋就已经痛得像是别人的了,有人会为这个入迷?我不信。"

一号间里传出了窸窸窣窣的声音,过了一会儿,一个很瘦的人影慢慢推开门出来。这是何夕第一次亲眼见到这个有所耳闻的有点奇怪的叫星冉的女孩,第一印象是她有一张苍白的小瓜子脸,相形之下眼睛大得不成比例。衣服有些大,使得她整个人看上去都是瑟缩的,仿佛风里的一株小草。

"出什么事了?"女孩开口问道,她说话时只看着黄头发阿金。她边说边往嘴里倒了几粒东西,一仰脖和着水吞了下去。

"你在里面做什么?"何夕突然问,"我是说系统断下来之后的这十几分钟里。"

星冉的肩猛地抖动了一下,她像是被何夕的问话吓了一跳,而实际上何夕的语气很温和。

"我……在等着系统恢复。"星冉说,她看着何夕的目光有些躲闪,她似乎很害怕陌生人。

何夕突然笑了,他觉得这个女孩真是有趣得很:"这么说你打算等到它恢复后马上联入?"

星冉想想点了点头。

何夕愣住了,他转头问阿金说:"能不能告诉我这丫头总共已经联了多少时间了?"

阿金敲了几个键说:"星冉总是用同一个名字联线,唔,差不多四万小时了。"

何夕立刻吹了声口哨说:"看来我认识了一个小富婆。不过你最好休息一下,我建议你现在和我去共进晚餐。放心,是我请客,我知道凡是能挣钱的人都不喜欢花钱。"

星冉有些窘迫地低下头,这反倒让何夕有点后悔开她的玩笑了,而且他突然发现,这个奇怪的女孩子低头的模样让他心里不由得一软。但是星冉坚定地朝一号间的方向退去,这等于是拒绝了何夕的邀请。阿金的目光从屏幕上移开,他大声朝星冉的背影说:"上边刚刚发来消息,这是一次事故,起码要明天才能恢复。我可不想待在这儿,得找个好地方美美地喝两口。"

星冉停住急促的脚步。"你们都要走?"她回头问道,虽然说的是"你们",但目光只看着黄头发阿金。"那是当然。"阿金满意地咂嘴,"这种名正言顺休息的机会可少得很。"

星冉环顾着四周被隔成了许多小间的屋子,到处都安静得吓人,灯光摇曳下,隔墙形成的大片阴影在地上可疑地晃动着。星冉沉默了一会儿之后低声问何夕,声音小得几乎听不见:"刚才你说的话还算数吗?"

她看了眼何夕迷茫的表情补充道:"我是说关于晚餐的事。"

4

"脑域"紧急高峰会首先做了一个关于此次事故的情况分析。兆脑级研究员到场一百三十四人,另外的人则已经重新进入了系统。事故的原因说起来很简单,亚洲区的赵南研究员发出了一次计算量过于庞大的请求,结果造成系统超载崩溃。分析人员对此有两种不同的意见,一方认为这次事故说明"脑域"的性能有问题,应该加以改造提升,另一方则认为这只是一次偶然事件。

俞峰坐在后排的位置上,他一直没有发言。但当苏枫博士表态倾向于支持对"脑域"升级改造时,他猛地站了起来。三十六岁的俞峰在兆脑级研究员中属于后学之辈,他突然站起来的举动不仅令在场的人吃惊,也令他自己吃惊。但是他既然站了起来,就已经不能再坐下去了。

"问题的关键在于,经过我的分析,这次请求根本就是错误的,错误的请求肯定也是不必要的。"俞峰说出第一个字之后显得镇定了许多,"我仔细分析了整个事件的经过,结果发现赵南研究员发出的计算请求是不可理解的,他发出的超大规模计算请求对当时的研究工作而言是完全没有必要的。所以我认为,这只是赵南研究员的错误举动导致的偶发事件,我们需要的是完善操作规程,而不是改造'脑域'。在正常应用的情况下,'脑域'的整体能力绝对是足够的。"

赵南研究员就坐在前排,从俞峰发言起,他的脸上就一直保持着一种吃惊的表情,眼睛死死盯着俞峰,嘴角不时牵动一下,但始终一语不发。他从事着三个主要的专业,分别是分子生物学、高能物理以及数学,而同时,他对音乐的业余爱好又使他成为全球一流的音乐大师。从各方面看,赵南都比俞峰的资历更深，几乎可以算是俞峰的前辈。

"我有不同意见。"赵南等到俞峰落座之后开口道，"我承认是我发出了一个非常复杂的计算请求导致了这次事故，但那肯定是有必要的，如果说'不可理解'，只是由于个别人水平不足以理解而已。"

这句话立时让俞峰发了火，他腾地又站了起来，声音也变得失去了控制："承认自己的错误并不可耻，可耻的是挖空心思掩饰它。事情究竟如何你应当很清楚，你不能为了自己的面子而让我们花费巨大的代价！"

会场立刻有些乱了，支持赵南的人开始大声地向俞峰发出嘘声，相比之下俞峰显得很孤立，但这更让俞峰的情绪失去了控制，他拉开架势准备大干一场。这时，苏枫博士站了出来，"大家都冷静点儿，"他说，"这不是今天的主题。"苏枫的威望起到了巨大的作用，虽然传闻这位"脑域"的元老及奠基人已经开始考虑退休的问题，但谁也不敢在他面前放肆。

"好吧，我先道歉。"俞峰举起右手，"我太冲动了。不过，我依然坚持自己的观点。"

赵南研究员若有深意地盯了俞峰一眼，没有说什么。

"还是讨论最关键的议题吧。"苏枫博士接着说，"由于此次前所未有的事故，我们丢失了许多相当重要的成果。大家知道，'脑域'自诞生以来从未中断过，它总是处于高效的动态平衡之中。每时每刻都有人离开，但与此同时又有差不多数量的人进入，准确地说应该是稍多一点的人进入。从来没有发生过像这次一样的全部人员离线的情况，所以在那一瞬间，我们全部的数据都丢失了。"

俞峰忍不住插话道："难道备份机制没有起作用？"

苏枫露出一丝苦笑："你应该知道除了'脑域'本身之外，没有任何设备能够存储下'脑域'里的全部信息。实际上，我们以前都只是在某一项研究完成之后才记录下最终的结果。至于那些浩如烟海的中间过程信息，只能让它们留在'脑域'里自生自灭。"

"你的意思是我们在最后的时刻真的丢失了全部信息？"俞峰有些气馁地问，"可是那些信息总还在吧，能不能想办法恢复？"由于从来没有经历过事故，俞峰觉得需要弄清楚的问题不少。

"是的，信息还在，但它分布式地存在于当时在线的每一个人的脑海里。"苏枫盯着俞峰的脸说，"你的脑子里有，在座的人脑子里也有，但你们只是其中的亿万分之一。我们都知道'脑域'的日常状态是十亿脑容量。那是怎样的情形你们都清楚。你们是兆脑级研究员，你们都不会去记忆那些过程数据，所以在你们脑子里几乎没有储存这些信息。更何况脱离了'脑域'的管理，每个人根本无法对这些散布的信息进行处理。每个人都只知道相对来说极少的片段，甚至可能只是其中的某些错误指令导致的垃圾数据。"说到这里,苏枫瞟了一眼赵南,"根据分析,工作实际上已经完成了,最终的结果也已产生。但是我们却因最后的突发事故而失去了它。"苏枫说到这里的语气就像是在叙说一个荒谬的玩笑。

"这么说我们真的没有办法了?"俞峰觉得身体有些发软,"那我们应该怎么办?"

"'时间尺度守恒原理'的可逆修正项对这个世界而言的重要性不用我多说。"苏枫接着说,"现在我们已经计划重新开始前两个月的工作,但是,"他稍顿一下,"我们最缺的就是时间,因为我们都知道正常世界的两个月在西麦农场里意味着什么,那里的时间进度是我们的四万多倍。"苏枫的脸色变得苍白如纸,"现在试图冲出西麦农场的生物极有可能就是当年两位自我牺牲者的后裔,他们的这个举动表明,他们已经背弃了祖先的意愿。"苏枫再次停顿了一下,目光显出无奈,"从理论上分析,他们在进化上比我们超前了至少十万年,当然这是从纯粹生物学的意义上来讲。虽然考虑到他们是在一片蛮荒上起步以及地域狭小会对生物发展不利,但无论如何他们都比人类先进得多。"

会议室里鸦雀无声。过了一会儿,赵南缓缓举起了一只手。

◆ 5 ◆

"我上回同你吃过一顿饭并不代表我这一次也要接受你的邀请。"星冉的拒绝并不坚决,她看上去似乎只是因为疲倦才这么说。她的眼睛有些无神。

何夕知道星冉根本就不是那种坚决的人,所以他丝毫没有退却的意思。上次的晚餐他已经不记得都吃了些什么,他当时好像光顾着看星冉吃东西了。"走吧。"他接着说,尽量使语气显得有鼓动性,"你一个人也没什么意思。"

"我已经买了份快餐。"星冉还朝着脑房的方向走,已经看得见站在门边的黄头发阿金了,他似乎在同一群什么人说着话。

"你还去脑房?"何夕拦住星冉,"我觉得你不应该一天到晚都待在那个地方。"

"那你说我应该待在什么地方?"星冉突然笑了,似乎觉得何夕的说法很可笑,"我不觉得这有什么不好,这是我的工作。"

何夕一愣,他无法反对星冉的话。过了几秒钟,他才幽幽开口道:"原来那是你的工作。可你知道我的工作是什么吗?当我不在脑房的时候就在码头上卸货,大多数时候是开着机器干,不过遇上机器去不了的地方就用肩膀扛。"

"你是码头搬运工?"星冉并不意外,"怪不得你的身体看上去很棒。不过,能多份工作总是好的。"

何夕咧嘴笑了笑说:"在那里做一天下来的钱刚够吃三顿快餐。"

星冉有些不明白地看着何夕,她清澈的眼眸让何夕禁不住有些慌张:"你这是何必呢?这样算起来,在那儿干一天还比不上在脑房里待上一小时。"

何夕的语气变得有些怪:"我知道在脑房里能挣更多的钱,可问题在于……"何夕有些无奈地看了眼天空,"我觉得只要躺在脑房里就有人付钱这件事让人感到害怕。"

"这有什么?"星冉似乎释然了,"大家都这样,我觉得这没有什么不好。也许你是那种过于敏感的人,就是报纸上说的那种——脑房恐惧症。我听说这是可以治好的,你应该去试试。"

何夕不想同星冉争下去了,他觉得这有点跑题:"我们还是说说晚饭怎么吃吧,我的脑房恐惧症还没有确诊,不过独食恐惧症倒是肯定有的。你不会拒绝一个病人的请求吧?"

星冉忍不住笑了,何夕费了很大劲儿才管住自己的眼睛不要死盯着她的脸不放。"好吧。"她柔声说,就像是面对一个耍赖皮的朋友。

这时,阿金突然喊着星冉的名字朝这边招手。"出什么事了?"何夕问了一声,跟着星冉走上前去。

"我是俞峰。"说话的人看上去三十出头，手里拿着一台袖珍型的笔记本电脑，一边问一边在记着什么。有十来个看上去似乎是警卫的人一脸警惕地站在他身后。"你就是星冉吧？"俞峰很客气地问。

"我是。"星冉在陌生人面前显得有些紧张，说话的声音都有些抖。

"根据我们的调查，你总是在这家脑房登录，而且总是用这个名字。"俞峰的语气很柔和。

"是的。"星冉镇定了些，她不解地看了眼俞峰，"为什么调查我？"

俞峰没有立刻回答，他手脚麻利地做着记录："接近四万小时的联机时间。"他有些惊奇地念叨了一句，端详着星冉的脸庞说，"你也就二十多岁吧。就算每天平均十个小时，也得差不多十年。"

星冉红着脸低下头，看起来她似乎无法应付这样的局面。何夕有些恼火地开口道："这好像不关你什么事吧？"

"哦。"俞峰愣了一下，意识到了自己的唐突，"请问你是谁？"

"我是何夕。"

"是这样。"俞峰紧盯着何夕，仿佛他的脸上有什么东西，目光显得有些奇怪,"我奉命做一次调查,这位女士的某些情况引起了我们注意,简单地说,是在某些指标上表现得十分优秀。"俞峰递给星冉一页纸,"请你明天早上带着这份通知到市政府大楼去,到时候会有人安排一切。"

"我?表现优秀?"星冉突然抬起头,她的眼睛睁得很大,她那副惊诧的样子真是动人极了,"我明天一定去。"

"那好吧。"俞峰淡淡地笑了笑,他觉得这个叫星冉的女孩身上有种与年龄不相称的天真。其实俞峰经常会觉得在他面前的人显得天真,但那只是因为智力的原因,而此时的感觉却肯定并非如此,星冉的天真让人觉得亲切,还带有那么一点好玩。还有,她的眼睛真大。俞峰摆摆头,抛开这些与工作无关的念头。"我该走了,"他说,"明天的事情别忘记了。"

"你听到了吗?"星冉看着俞峰的背影对何夕说,"我表现优秀。"她兴奋地转头看着不明所以的阿金,更大声地说,"我表现优秀,你听到没有?"

何夕从鼻子里哼出一声:"想不到你还挺有上进心的嘛,我一直没看出来。"何夕说的是实话,这段时间以来,他从未看到过星冉这样高兴,就像是换了一个人。在何夕的印象里,星冉一直是羞怯而内向的,甚至还有些自闭。他没想到,那个叫俞峰的人几句话就让星冉高兴成这个样子。

"我们好好去吃一顿。"星冉说着抬脚便走,令她没料到的是，何夕居然一动不动。"怎么啦？"她疑惑地问，"你不是一直想吃东西吗？"

何夕闷了一会儿，小声嘟哝了一句："那个叫俞峰的家伙真厉害。"

星冉稍愣了一下："说什么啊，不想请客就明说嘛，小气鬼。"

◆ 6 ◆

这是家离码头不远的餐厅，属于比较有档次的那种。其实何夕是那种讲求实惠的人，很少上这种地方。不过星冉说今天她请客，并且亮出了荷包，里面满是大沓的钞票，按照何夕的生活水平，起码可以很舒服地过上半年，而这只是星冉随身带的钱。

"小富婆。"何夕嘀咕一声。

"你说什么？"星冉回头问道。何夕急忙闭上嘴。

从二楼的窗户望出去能看到码头的全景。晚风拂来，带着海边特有的咸腥味。

"喏，"何夕指着远处说，"白天我有时就在那一带干活。"

星冉"唔"了一声，忙着吃东西。她似乎从来没有像今天这样的好胃口,觉得样样东西都好吃。"这个再来一盘。"她含糊不清地指着一个已经空了的碟子说。

"你有没有觉得今天叫俞峰的那个人有些怪?"何夕边喝汤边说,"他的话说得模棱两可,明天你可要小心点。还有……"何夕神秘地用眼神示意右方说,"那边有两个人一直盯着我们,已经很久了。你别不信,我可是说真的。"

"我看你是过敏。你不要总是不相信人嘛。"星冉瞪了何夕一眼,"我看俞峰根本不是坏人,我今天觉得很高兴,你可别破坏我的好心情。"

"你以前是做什么的?"何夕突然没头没脑地问了一句。

"以前?"星冉愣住了,她没想到何夕会问起这个,"你知道我已经有接近四万个小时的联机时间。我以前当然也是在脑房。怎么啦?"

"我知道这个。我是说更早以前。"何夕很坚持。

星冉的手里叉着块食物但却悬在了半空中,她的目光迷离了。"更早以前,"她喃喃地说,"那是多久以前的事了?那钢琴,黑色的表面亮得能照出人影来,真漂亮——"星冉突然打住,就像是被什么东西从睡梦里惊醒过来。

"我听见你说钢琴。"何夕探究地看着星冉,"你是钢琴师?"何夕的声音很小,他知道自己问得很没道理。这个世界上除了赵南之外,还有谁会是钢琴师?

星冉镇定了些,"就是钢琴。"她很快地说,"以前我练过整整十年钢琴。我觉得自己从生下来就喜欢上了这种世界上最漂亮的乐器,在钢琴面前,我觉得自己充满灵感,人们都说我有天赋。我那时的梦想就是当一名钢琴教师,坐在光可鉴人的琴凳上轻抚那些让人着迷的黑白琴键,让美妙的音乐从自己的手指缝里流淌出来,而我的学生们就坐在台下静静地倾听。"星冉突然笑起来,她指着自己的脑子说,"你一定认为我很傻,是吧?后来我真的借钱开过一家很小的钢琴训练班,开张的那天,我觉得自己真是世界上最幸福的人了。不过只经营了不到一个月就维持不下去了,没有一个学生。"星冉还在无力地笑,"我太傻了,对吧?"

何夕专注地看着星冉的脸。"我不这样想。"他说,"我能理解。"何夕回头看着餐厅角落里一架蒙尘的钢琴,"今天你想不想弹一曲?"他问星冉,不等星冉回答,他便起身招来侍者说,"请关掉音乐,对,就是赵南的那一首。我的朋友想给在座的各位送上一曲。还有,麻烦你们替我录下来。"

"别。"星冉着急地阻止,但何夕已经半强迫地将她送到了琴凳上。星冉还想挣扎,可是那仿佛具有魔力的黑白琴键立刻抓住了她的心。她的双手不由自主地抬了起来,一时间她已经不知身之所在。《秋日私语》那简单而优美的旋律如流水般从星冉的指尖流淌出来,美妙的音乐将她带到了另一个世界之中,令她浑然忘我。所有人都安静下来了,整个餐厅里除了琴声之外没有别的任何声音。

《秋日私语》渐渐远去，良久之后都没有人出声。星冉站起身来，两行清亮的泪水顺着她秀丽的脸庞流淌下来。何夕起身鼓掌，他觉得这真是一个可爱的夜晚。

但是人群中发出了嘘声，他们放肆地大笑着对星冉指指点点，脸上是鄙夷的神情。"这样的水平也来出丑。"有人大声地说，"和赵南比差得太远了，快滚吧！"

星冉像是被雷击一样愣在了钢琴边，她死死咬住下唇。何夕冲上去，用力拍打着星冉的肩，"你怎么啦？"何夕大声地说，"你不要理会他们，你弹得很好，相当的好。那些人根本不懂什么是音乐。我不是都鼓掌了吗？你知道我是不会骗你的。"

但是星冉没说一句话，她低着头，双唇紧闭。

◆ 7 ◆

"他们说有人想见我，想不到会是你。"俞峰看上去有点不耐烦，他身边两名全副武装的警卫不放心地上下打量着何夕。

何夕穿着件很旧的夹克衫，站在台阶下显得比实际身高要矮："我今天早上陪星冉去了市政府，我觉得她的情绪不大好。"

"你找我就是说这件事情？"俞峰哑然失笑，"我还有重要的工作要做，你知不知道我的每一分钟都是很宝贵的？"

"问题在于是你要她这样做的。"何夕有些焦躁地说,"我觉得这件事有些古怪,我想单独同你谈谈。你不答应的话我是不会罢休的。"何夕的表情看上去很执拗。

俞峰四下看了看,回头对身后的人说:"带他到我的办公室。"

"你们到底想从她那里得到些什么?她只是一个普通的女孩子。"何夕开门见山地问。

"根据规定我不能说太多。"俞峰倒是很坦然,"几天前'脑域'系统出了一次事故。因为星冉是一个长时间联线的人,所以我们希望她对我们修复系统有所帮助。这一次我们总共找到了三百多个有类似情况的人,她只是其中之一。我们要筛选出最合适的人,然后对其进行更深入的分析。"

"是什么事故?"何夕刚一问出口,便醒悟到这个问题是得不到答案的,俞峰能够说到这一步已经算是破例了。

不出所料,俞峰听了这句话只是摇摇头一语不发。这时,桌上的电话响了,俞峰拿起听筒。

过了一会儿,他抬头对何夕说:"好了,有几个人比你的漂亮女朋友更合适,她已经离开了。"俞峰笑了笑说,"现在我应该可以去做我的事情了吧?"

"这样做是严重违反章程的。"黄头发阿金瞪着何夕,似乎不相信对方会提出这样的要求,"你知道任何人都不得改变当事人设定的联线时间。我可一直都是模范管理员。"

"我不管那么多!"何夕简直是在大叫,"我要你立刻让星冉下线。我有话同她讲。你不帮我就不是我的朋友。"

"不能等时间到了再说吗?"阿金的口气已经没那么强硬了,他没什么朋友。

"你让我在这儿等十个小时?"何夕看了眼屏幕,"你知道星冉是个联线狂。你不帮我,那我就自己动手了。"

"好啦,算我怕你。"黄头发阿金选中了一条指令。一号间的方向传来轻微的声响。过了一会儿门开了,星冉蓬松着头发没精打采地走了出来。

"这不能怪我。"阿金指着屏幕解释道,"是何夕要我这么做的,他找你有事。请不要跟上面说这件事,要不我非丢了这份工作不可。"

"你不能整天这样。"何夕望着星冉大声说,"你每天躺在那里一动不动,人生对你失去了意义。我不能看着你变成这样。"

"这不关你的事。"星冉与何夕对视着,她的脸色很苍白,"我愿意这样,时间是我自己的,人生也是我自己的,怎么支配是我的事。你是我什么人?凭什么管我?"星冉转头对阿金说,

"我马上要联线,十个小时。"

阿金看了眼星冉,想说什么但欲言又止,他低头准备开始。何夕猛地按住阿金的手说:"我不准她这样做。"阿金无奈地叹口气,他想抽出手来,但是何夕的力气更大。

星冉突然冲上来用力掰何夕的手,"你走开。"她说,"你没资格管我。我愿意这样。我一直过得很好,我挣的钱比所有人都多。我不比别人差,我一点也不比别人差!"

"你这是为什么?"何夕没有放开手,他的目光里充满柔情。

星冉终于伏在何夕的肩上哭了起来,泪水顺着她的脸往下淌。"我没用,我什么事都做不来。"她大声地吸着鼻子,"人们嘲笑我的琴声,他们叫我滚下台。"星冉泪眼蒙眬地看着窗外,身体蜷缩成一团,"昨天我听到他说我表现优秀的时候真的好高兴,从来没有人说过我优秀。你知不知道昨天晚上我一直都没睡着?可是——今天他们却说不要我了。"

何夕轻轻揽住星冉的肩,他觉得就像是扶着一张薄纸,一阵风都能把她吹走。"你并不比任何人差,你只是有些傻。"何夕柔声说,"以后你应该多出去走走,不要成天待在这里。从今天开始,我要你陪我到码头去上班。"看着星冉惊奇的目光,何夕笑了笑,"放心,不是要你当搬运工,你那小身板儿干不了这个。我只是想让你散散心。"

◆8◆

俞峰觉得眼前的情形让人感到害怕。一字排开的平台上依次躺着四具一动不动的躯体，就像是四具死尸，唯一不同之处在于这四具躯体上不断沁出豆大的汗珠。联线时间已经超过二十四个小时，本来很少会用到的生命维持系统也已启动。

赵南在另一端的仪器前忙碌着。这次的补救方案是他提出来的。赵南认为，"时间尺度守恒原理"的可逆修正项既然已经得出，那么它就必然存在于当时联线的某些人的大脑里。最终结果不同于中间过程，其数据量是相当有限的，从道理上讲，一个人的大脑完全足以存储下来。不过，由于"脑域"是一种分布式结构，因此全部的最终结果信息可能会分散地存储在某几个人的大脑里。所以他建议寻找那些当时正处于长时间联线的人，在他们中间最有可能找到这样的人。现在看来一切都很顺利，根据目前的情形来看，从这四名受试者的脑中足以获得可逆修正项的全部内容。虽然做起来很麻烦，但总比重新研究好得多。

苏枫站在场外，不时朝这边投来满意的一瞥。尽管已经连续工作了很久，但赵南却一点儿也不觉得疲倦。

俞峰的工作只是协助性的，他已经睡过一觉醒来了。仪器正在地毯式地对四名受试者的大脑进行搜索,不放过任何一丝可能有用的信息。俞峰看过四名受试者的履历,其中有一名出租车司机,还有一名十二岁的小学生,另外两名是文盲兼无业者。但是,他们却不知道在自己的大脑中竟然存储着人类迄今为止最复杂、最尖端的知识。俞峰禁不住在心里感叹一声。是的,这就是"脑域"。也许当初苏枫博士将它带到这个世界上来的时候,根本没有想到它会给人类社会带来这么大的改变。说起来,"脑域"的原理相当简单,但这种简单的思想却带来了人类智慧的飞跃。在"脑域"里,无数的大脑通过接驳装置联结成一个整体,当一个普通人联入"脑域"之后,他的一百四十亿个脑皮质细胞便不再属于他了,而是成为"脑域"的一部分。他的脑细胞可以被用作存储器和计算器,或者被用作思维的载体。

兆脑级研究员则是具有"脑域"思维权的联入者,他们的大脑在联入后用于思维而不是用于存储和计算。兆脑级研究员平均一个人可以得到超过一百万个大脑的强大支撑,当他们联入"脑域"后,每个人的智力都足以无所顾忌地嘲笑人类历史上的所有人,在他们面前,牛顿和爱因斯坦只是两只未脱蒙昧的猿猴。由于本质原理的不同,就综合功能而言,人的大脑不亚于世界上全部电子计算机的总和。而"脑域"则是由亿万人的大脑整合而成的超级计算机,如果非要用一个词来形容它的功能,那便是"魔幻"。无数人联入后的"脑域"成为一台无与伦比的智慧机器,它包含了超过一千亿亿个脑皮质细胞,可以存储浩如烟海的数据，可以在一瞬间进行超高精度的复杂运算，可以从这些信息与计算分析中得出唯有"脑域"才可能得出的结论。"脑域"诞生不过十多年时间，进入成熟应用的时间更晚，但却永久性地改变了这个世界。

这时，那名十二岁的少年身躯突然剧烈扭动起来，口里发出急促的喘息声。"出什么事情了？"俞峰边问边朝那边跑去，他看了眼监视器后说，"赶快停止，受试对象的细胞组织过于疲劳。"

"不用。"说话的是赵南。他沉着地指挥助手给少年注射了一剂药。少年的扭动舒缓下来，恢复了平静。那位助手开始给另三名受试者注射相同的药。

"这是我们小组开发的新药，能够缓解人们长时间联线造成的细胞疲劳所带来的不适。"赵南对闻讯而来的苏枫解释道。

俞峰心念一动。他知道黑市上一直在卖一种叫"脑舒"的药物，当初他特意找来做了分析，结果发现里面含有一种虽然能暂时让人舒缓痛苦，但经常使用却会让人思维能力日益减退的成分。

"这样好的药物为什么不早点申报？"俞峰冷冷地说，"否则人们也不用去买黑市上那些损伤智力的药物了。"

赵南脸上有些挂不住了，他讪讪地说："我们还在做进一步的药理分析。不过，"赵南停了一下，"对普通人来说，就算智力受到一点损失也不算什么，反正他们也用不着多高的智力。"

这时，四名受试者同时发出了呻吟声，看来药物已经不能缓解这种超长时间联线所带来的痛苦了。"快停止吧！"俞峰几乎是恳求地看着苏枫说，"他们已经受不了了。"

"可是如果这时候停下来，一切都要重来。时间紧迫。"赵南的额头沁出了汗水，但看得出他很想坚持，"他们是这个世界的希望。"

赵南最后的这句话起了作用。苏枫苍老的脸仰向了天空。过了差不多十几秒钟的时间，他叹口气说："继续吧。"

◆9◆

何夕觉得腿肚子一阵阵地痉挛，就像是肌肉突然打了个死结。吊车的把手由于汗湿也开始有些不听使唤，耳旁震天响的轰鸣声就像是一把刀要刺进脑髓中一样。从高高的吊车控制室望出去，远处身着粉红色长裙的星冉就像是开在地面上的一朵小花。起吊，放下，起吊，放下，起吊，放下，就在何夕觉得自己快要累得垮掉的时候，终于听到了救命的收工铃。

"原来这就是你的工作。"星冉的语气有些揶揄，聪明的她似乎看透了何夕的气定神闲只是伪装出来的假象,"不像你平日说的那么有趣嘛。"

何夕憨笑着挠挠头:"是有些累,不过我已经习惯了。反正,我觉得有意思。"何夕很认真地从衣兜里摸出几张皱巴巴的纸币,"这是我今天的工资,比较少,不过,"何夕直视着星冉的眼睛,"我保证这里的每一分钱都是我自己辛苦挣来的。"

星冉的目光有些迷茫:"我不太懂你的意思,难道我的钱不是自己辛苦挣来的吗?"

"你知道在脑房里发生了什么事情吗?"何夕低声问。

"我不明白你在说什么。"星冉看上去有些害怕,何夕的语气令她不安。

"你知不知道有极个别的人在联线后并不会完全失去知觉,他们偶尔会在系统中恢复一定的感知能力,从而获得部分不公开的信息?"何夕的语气像是在讲述一个秘密,"而我就是这样的一个人。"

星冉突然笑起来,露出扇贝样的牙齿:"你逗我呢,我不信。哪有这种事情?我怎么不知道?"

何夕愣了一下,印象中,星冉不是这种随意打断别人的人,尤其是在自己不在行的问题上。他有些发急地强调说:"这是真的,我没有骗你。"

"这么说，你比我们这些普通人知道的东西要多了？"星冉还在笑。

"我也只多知道一点点而已。"何夕很老实地说，"绝大多数情况下我同大家一样，只在某些极个别的情形下会略有知觉。那种情况有些像做梦，隐隐约约明白一点，但细加追究起来却又含糊得很。不过我还是知道了一些事情，比如我知道我们联入的其实是一个叫作'脑域'的人脑联网系统，里面有许多兆脑级研究员从事研究工作，而我们这些普通人的大脑在其中似乎相当于……"

"算啦，这些我都不喜欢听。"星冉不耐烦地嚷起来，"没什么意思。你还是说说准备请我吃什么吧，这个我爱听。"她转动着眼珠，有些调皮地拍了拍自己的提包说，"要是没钱可别打肿脸充胖子哦。"

何夕不解地看着星冉，这个容颜秀丽的女孩身上一直有些他无法看透的东西。有时她就像一汪清水，让人能一眼望见池底；有时却又像天上的浮云让人捉摸不定。不过，也许正是这种感觉才让何夕觉得和星冉在一起是很愉快的事情。

"你干吗……这样看着我？"星冉有些脸红地低下了头，声音也低了许多。

如果不是有人恰好到来，很难讲何夕能否在星冉这副欲语还休的神态前挺住。来人并没有注意到何夕对他的不请自到有所不满,他只看着星冉说话。

"我是赵南。"来人摘下墨镜,显得很有礼貌,但他身边的警卫人员却十分傲慢。

惊喜的光芒立刻从星冉的眼睛里放射出来,一时间她简直不敢相信自己的耳朵。星冉目不转睛地仰视着这个她一直想见的音乐大师:"你一直是我的偶像,从来没有人能够像你弹奏的音乐那样深深地打动我。"

赵南脸上保持着矜持的笑容。他常常会面临这种局面。音乐对他来说,纯粹只是带有玩儿票性质的爱好,他也根本没在这上面花多少工夫。但是凭借"脑域"的力量,他能够用任何一种乐器将任何一段音乐演绎到炉火纯青的地步,而且可以绝不夸张地说,如果愿意的话,赵南可以毫不费力地找出古往今来每一首曲子的缺陷所在,不过出于对昔日大师们的尊重,他无意这么做。个中原因很简单,包括音乐在内的一切艺术活动其实都可以归结到智力上来,当一个人的脑力提高了上百万倍之后,他眼中的世界就会是完全不同的模样了。实际上,他只是多年前的某一天心血来潮在联线时弹奏了一支曲子,结果一下成了举世闻名的音乐大师,而他本身的专业却只有很少的人知晓。不过严格说来,在他专攻的三个专业里只有分子生物学是他本身所学,但因为"脑域",他可以游刃有余地同时在另外两个原本不算熟悉的领域有所建树。

"我们到处找你。"赵南说,"你今天好像变动了日程。平常这个时间你都在脑房里的。你对我们很重要。"

星冉有些受宠若惊,她想不到赵南会这样说,她觉得自己有点头晕,"我……很重要?你真的是在说……我?"她不敢相信地重复着。

"我希望你能跟我们走。"赵南期待地看着星冉,"我们需要你的帮助。"

"你们是不是想从星冉这里得到什么东西?"一直没有说话的何夕突然开口道。

赵南一愣:"你是谁?是谁这样告诉你的?你知道些什么?"

"我是何夕。我只是这样猜测。我想知道她有没有危险。"何夕平静地说,"星冉是我的朋友。"

"何夕?"赵南狐疑地转动了一下眼珠,这个名字似乎勾起了他的一些记忆,"你联线时用过今夕何夕这个名字吗?"

何夕淡淡地摇摇头说:"我不知道你在说什么。"

赵南吁出口气,低头将一份文件递给星冉:"如果你没有意见的话,请在上面签字,表示你自愿与我们合作。"

星冉接过文件飞快地扫视了一眼便签了字,她脸红红的,还没有从兴奋中恢复过来,整个人显得很激动。何夕在一旁不动声色地看着这一幕,有意无意间他总爱盯着赵南的眼睛看,他的这个举动让赵南有些不自在。

赵南满意地收好文件对星冉说："你现在就不用回去了，跟我们走吧。"

◆ 10 ◆

前方的远处是一道墙。墙看上去是黑色的，是那种纯粹的、绝对的、不反射一丝光线的黑色。墙体突兀直上高耸入云，充满了神秘莫测的味道。

直升机悬停下来。"我们不能再靠前了。"俞峰说，目光一直盯着那道奇怪的墙。

"这是什么地方？为什么要带我跑几百公里到这儿来？"何夕问，同时伸了个懒腰，"那道墙是什么东西？"

俞峰叹口气，"只有在这里，我才有决心坦诚地告诉你一些事情。"他指着远处说，"那道墙其实是一道隔离场，里面就是堪称人类最伟大的创举之一的西麦农场。"

"西麦农场？"何夕悚然朝着舷窗外望去。虽然政府一直在保密，但关于西麦农场的事情他多少还是知道一些，想不到自己今日竟然能够目睹这传说中的秘境。

"你知不知道，就在那道墙的背后，有种比人类先进不知多少年的诡异生物正试图冲破屏障进入我们的世界？你觉得它们会怎样对待我们这些低等生命体？"俞峰的话语里有调侃的意味，"我觉得只有人类这种疯狂的生物才能造就像西麦农场这种集奇迹与灾难于一体的智慧结晶。"

何夕静静地看着俞峰，他等待着下文。

俞峰接着说："星冉的大脑里可能正好存有能够阻止它们的方程式。通过这个方程式，我们可以让加快了的时间停下来，简言之，我们可以冻结西麦农场的时间，让里面的一切相对于我们来说变成一动不动的雕塑，直到它们不再对人类构成威胁为止。"

"为什么对我说这些？"何夕不解地问，他预感到有事情要发生了。

"我们刚刚使得四个活生生的人精神崩溃变成了白痴。"俞峰的语气失去了控制，他无助地望着那道黑色的墙，"实验失败了。为了扫描出他们脑中的信息，我们让他们进行了超长时间的联线，结果发生了悲剧。"

何夕倒吸一口凉气："那个叫赵南的音乐家带星冉走的时候可没说这些。"

"赵南是三个学术领域的专家，音乐只是他的业余爱好。"俞峰苦笑了一下，"虽然现在我对音乐只是略知皮毛，可要是我联上'脑域'的话，我马上就可以成为音乐大师。"俞峰露出崇敬的神色说，"这就是'脑域'时代的奇迹。"

何夕突然大笑起来，他知道这样做很没道理，但却管不住自己。他觉得俞峰的话真是好笑极了。"我也有个故事要对你讲。"何夕边笑边对俞峰说，"我认识一个女孩子，很普通的那种。她花了很多年的时间去练钢琴。她觉得自己从生下来起就喜欢上了这种世界上最漂亮的乐器，她的梦想就是当一名钢琴教师，坐在琴凳上轻抚那些光可鉴人、让人着迷的黑白琴键，让美妙的音乐从自己的手指缝里流淌出来。但是后来她的梦想破灭了，就因为'脑域'的存在。我知道她永远都不会再去碰钢琴了。这个女孩就是星冉。"

俞峰沉默了，他听懂了何夕的意思。他有些无力地辩驳道："她不用这样的，作为爱好何必放弃？"

何夕从衣兜里拿出一台小录音机，一阵轻快的琴声从里面流淌出来。"这是星冉最后一次弹琴，我费尽心思才令她鼓起勇气这样做，结果只引来人们的一片嘲笑。我承认赵南弹得更好，我也承认只要你联上'脑域'就能成为大师。可那真是你们的琴声吗？你们拥有超出常人百万倍的智力，像音乐这样的事情对你们而言只是小试牛刀。"何夕的脸涨得通红，"可是我要说，星冉的这首曲子胜过你们何止千百倍！这是她练习了无数次、流淌了无数汗水才换来的琴声，是她发自灵魂的真实声音！"

俞峰叹口气，没有反驳何夕。过了一会儿，他疑惑地看着何夕说："我能肯定自己联上'脑域'之后的智力远在你之上，但我此刻很怀疑自己的正常智力是否赶得上你。"

何夕若有所思地说："那天赵南听到我的名字后曾问我有

没有用过'今夕何夕'这个名字联线,我没有告诉他这正是我用的名字。"

俞峰惊讶地叫出了声:"你就是今夕何夕?那你是不是有时会在'脑域'里保持知觉?我曾经不止一次在'脑域'里感觉到你的活动。这种情况相当罕见,根据分析,只有在极少数心智水平很高、极度聪明的人身上才会发生这种事情。"

"极度聪明?"何夕自嘲般地哼了一声,"在你们这些兆脑级研究员面前还有谁敢自认聪明?"何夕的语气变得悲凉,"在'脑域'时代,天才和傻瓜已经被同时消灭了。即使是一个弱智成了兆脑级研究员,都可以嘲笑任何一位天才的智力。这让我想起蜜蜂。其实除了雄蜂之外,所有的蜜蜂刚生下来时彼此间都没有任何不同,但吃蜂王浆的幼虫将成为无比尊贵的蜂后,哪怕它本来是其中最差的一只。"

俞峰明白了何夕的意思,一时间他有些讪讪然。何夕说得虽然偏激但却让人无法反驳,这正是"脑域"时代的写照。由于命运的安排,自己成了兆脑级研究员,成为金字塔的顶端,可是这一切能说明什么呢?那无穷无尽的智慧真的是自己所有吗?那无与伦比的思想光芒真的出自自己的内心吗?

"算了,还是说正题吧。"俞峰换了话题,"星冉答应了参与补救计划,你打算怎么办?"

何夕立时惊出了一身冷汗。

◆ 11 ◆

"是你带他进来的?"赵南问俞峰。

"我只想同星冉说几句话。"何夕的目光四下搜寻着,"我是她的朋友。"

"她已经联线了。"赵南摇摇头,"你如果愿意的话可以等。"

何夕冲动地试图往里面闯,他的额头上满是汗珠。几名警卫人员迅速围过来,用身体阻挡他。但是何夕已经无所顾忌了,他试图冲破警卫的阻拦。在抓扯中,他的外套袖子被扯破了,领带也歪到了一边。不过这显然都是徒劳的,尽管他身体很壮实,但一个人的力量毕竟太小了。

"星冉!"他一边同警卫厮打,一边喊着这个名字。不知什么时候,何夕的鼻子受了伤,血流了出来,在白色衣领上浸出点点红斑。

"你不要闹了。没有人强迫我,我是自愿的。"一个女孩的声音立刻让何夕安静了下来。说话的人是星冉,她站在几米开外的地方。看来她还没有联线。

何夕急切地招手："我有话对你说，就几句话。你听完之后就会改变主意了。"

"那好吧。"星冉有点无奈地拉着何夕来到一处没有人的房间，"这没别人了，你想说什么就说吧。"

何夕面带欣喜地上下打量着星冉："你不要留在这里，这个实验很危险。上次的几个人现在都成了白痴。跟我走吧！"

星冉默不作声地盯着地面，过了一会儿，她缓缓但却坚定地摇了摇头："我不想走。你放心，我不会有事的。我有过超长时间联线的经历。"

"赵南没有对你说实话。"何夕焦急地说，"你根本就不知道什么是'脑域'。我们这样的普通人在里面只是提供脑细胞的活机器。"何夕无助地看了眼天花板，"上帝如果知道人类居然发明出了'脑域'这种东西的话不知道会做何感想。"

"你错了。"星冉突然抬起头，一时间，她的目光简直可以用明如秋水来形容，"我知道什么是'脑域'，很早就知道了。你还记得吗？那天你想告诉我'脑域'里发生了什么事的时候我打断了你，因为我知道你要说什么。"星冉的声音渐渐变低，"其实，有时我也会在'脑域'里保持知觉。"

"那你为什么还同意参与这次实验？"何夕真的吃惊了，"你应该知道这有多么危险。"

星冉突然露出笑容，这使得她的脸庞焕发出一种无法形容的美。"其实现在正是我长久以来最快活的时候。"她轻声说。

"你说什么?"何夕如坠迷雾。

"我一直都觉得自己很没用。"星冉继续说,"我没有专长,没有学识。唯一的爱好就是钢琴,但却只会惹人嘲笑。其实我一直都很努力,小时候我读书很用功、很卖力,大人都说我聪明。但是等我长大才发现,这个世界根本就不需要我的聪明,需要我做的只是提供自己的脑细胞。"

这时候,星冉流出了一滴眼泪——掉落在地很快便被吸干了:"长久以来我都是躺在脑房里挣钱,充当提供脑细胞的活机器。其实我根本用不了那么多钱,我只是想证明自己是有用的。我没有别的办法证明这一点,只能这样做。你骂过我,叫我不要这样生活。可我又能怎样生活?而你呢,虽然你在码头上有份工作,但那不过是寻求心灵的平衡罢了,单靠那份工作你养不活自己。我们出售自己的脑细胞,价格还算合理,同时百万倍地提高兆脑级研究员们的智力,生产出无数有用的知识。其实这世界上的人都是这样生活的。"

何夕完全愣住了,他根本没想到在星冉的心里会埋藏着这么多不为人知的思想。

"所以,当赵南告诉我在我的脑子里可能存储着关系人类命运的知识时,我唯一的反应就是喜悦。我不想去管赵南是个什么样的人,也不在意是否被人利用。这些都不重要。"星冉接着说,"我只是第一次感到自己是一个有用的人。你明白我的意思了吗?"

何夕深深地埋下了头。他明白了星冉的意思,同时他也知道无论如何他都不可能让星冉回头了。一时间,他的心里乱得像一团麻,星冉的这番话让他简直无法评判。

"我该走了。"星冉轻轻地说,与此同时,她那一双黑白分明的眸子里依稀闪过不舍的光芒,似乎还有话想对何夕讲。但她最终什么也没有说,便转身离去了。几名警卫立刻锁了门,留下何夕独自一人待在空荡荡的房间里。何夕一动不动地站立着,他的心已经被那双若有所诉的秋水般的眼睛填满了,再也没有一丝缝隙。

◆ 12 ◆

黄头发阿金满脸疑惑地看着何夕像一阵风似的冲进脑房。

"三十个小时。"何夕急促地说。

"你小子是不是打牌输惨了?!"阿金乐呵呵地打趣,他从没见过何夕这样急着联线,而且,何夕也从没要求过这样长的联线时间。

"如果你想救星冉的话就快点。"何夕已经进了三号间。

这是他唯一能想到的办法了。他知道这样做的成功率很低，因为他也只有偶尔才会在"脑域"里保持知觉。不过他只能如此了。何夕这次想做的还不止于此，要救星冉的唯一办法只有入侵"脑域"。这样做的难度可想而知，因为他的对手是集亿万智慧于一身的"脑域"，是人类迄今为止建立的最为复杂的超级系统。在"脑域"里保持意识与思维是兆脑级研究员的权利，普通人要想如此，就必须破译出"脑域"为研究员设定的密码。何夕知道成功的希望几乎为零，但他没有别的选择。

白光闪过。

就像是黑夜里突然从天际划过的闪电，就像是一个人仰面躺在流动的水里，看着越来越模糊的天空，并且一点点地下沉，然后是昏迷。

今夕何夕。今夕何夕。

星冉，星冉你在哪儿？

庞大的数据流像潮水般涌来又退去，意识的碎片闪动着，23 的 193 次方，排序，计算，无穷尽的计算，存储……

口令字错。请输入口令字。

无边无际的信息海洋。

星冉，星冉你在哪儿？

口令字错。请输入口令字。

今夕何夕。今夕何夕。

……

苏枫面对监视器一语不发。信息显示有人正试图突破"脑域"的身份管理系统,而且已经有了一些成果。多年来有无数人出于各种原因这样做过,但从来没有人取得过任何进展。但今天的这个入侵者似乎不容忽视,因为系统显示他已经连续尝试了许多次。但要想突破系统是绝对不可能的事情,这就好比一只草履虫想要战胜一头包含亿万个细胞的抹香鲸。

口令字正确。身份已确认。亚洲区研究员俞峰在线。亚洲区研究员赵南在线。

俞峰与赵南面面相觑。绝无可能的事情在他们面前发生了。他们两人明明没有联入"脑域",但系统却显示他们已经联线了。入侵者破译了他们的专有密码,取得了兆脑级研究员的特权。

"这不可能!"苏枫注视着屏幕,汗水从额上沁出来。他看着俞峰和赵南的目光就如同他们是两个假人。

"他是谁?"赵南面色苍白地喃喃道,"他是怎么做到的?"

俞峰显得更理智些,他启动了"脑域"反入侵程序,一场看不见但却是这世界上最复杂激烈的战争立即展开了。这是一个大脑与十亿个大脑之间的战争,是一个人同整个世界的对抗。时间分分秒秒地过去,所有人的目光都注视着屏幕上的变化。入侵者艰难地扩展着自己的立足之地,有时候他几乎快被战胜了,但不知从何而来的力量却又令他绝处逢生。他站住了，不仅如此，他还向四周伸展出了无数的触手，这种情形看上去就像是一张从中心处开始变色的蜘蛛网。

亚洲区研究员俞峰被驱逐。亚洲区研究员赵南被驱逐。欧洲区研究员陈天石在线。美洲区研究员威廉姆在线。欧洲区研究员戈尔在线。在线。在线。

苏枫长叹一口气，皱纹深刻的脸上闪过无奈的表情。入侵者破译了众多研究员的密码，中心刚驱逐一个，他立刻又用另一个身份登录。"他是谁？"苏枫喃喃道，"他怎么能做到这一点？他破译了拥有一千亿亿个脑细胞的'脑域'所设定的密码，这怎么可能？"

仿佛是回应苏枫的话，屏幕上显出了一行信息：何夕在线。

"是那个人。"苏枫惨笑一声，"谁能告诉我怎么会发生这种事情？他想干什么？"

苏枫直视着俞峰，声音更大了："他想做什么？"

俞峰的目光有些躲闪："我不知道。他战胜了'脑域'，他已经获得了'脑域'的最高控制权。从理论上讲，他现在可以令整个'脑域'自毁。"

"你是在告诉我单细胞的草履虫战胜了抹香鲸？"苏枫猛地剧烈咳嗽起来，咳出了血丝，"这不可能。"他一边咳嗽一边说，然后，他整个人便倒在了地上。

◆ 13 ◆

……

是你吗？何夕。

是我。终于找到你了。星冉，快醒过来。星冉。离开这里。

我太累了。结果快出来了吧？我的大脑全部搜寻过了吗？

快醒过来。你已经尽力了。快醒过来。

我好累。何夕。我是不是快死了？

不会的。你不会死。我在等你。星冉。

何夕，其实当我离开你的时候想对你说一句话。我想说，如果这辈子能够再见面的话我再也不离开你了。我是不是特别可笑？你一定在心里笑话我……我太累了。我想睡觉。

不，星冉。千万不要睡过去。不要睡——

我真的想睡。想睡。

不，星冉。不——

何夕猛地撑起身，映入眼帘的是黄头发阿金关切的面孔。窗外的光线照进脑房,时间是正午。

"你已经在这里躺了十五个小时了。"阿金轻声说,"情况怎么样?星冉不会有事吧?"

何夕没有说话,他的目光有些漠然地看着周围的一切,任凭汗水从额上大滴大滴地流下来。他历尽艰辛终于在广阔无垠的神秘"脑域"里找到了星冉,但最终却眼睁睁地看着她被吞没在"脑域"的深处。

"我要去找星冉。"何夕朝外面跑去,"等等我,我同你一起去。"阿金追了上去。

……

星冉安静地躺在平台上,脸上还挂着几滴汗珠,几缕汗湿的头发在她光洁的额头上卷曲着,长长的睫毛在脸颊上投下细小的阴影。看来她曾经有过一番挣扎,但现在她已经平静了。

何夕冲上去握住星冉冰冷的手,感觉不到一丝热度。"怎么会这样?"何夕面无人色地说,"她怎么了?"

"她坚持到了最后,比所有人都坚持得久。"说话的人是俞峰,他的面容上带着深深的惋惜,"我从来没有见过像她这样意志坚强的人。我们找到了要找的东西,是她救了这个世界。"

何夕死死地盯着俞峰,目光里像是要冒出火来:"你的意思是星冉这样死去是很值得的?像她这样的小人物能够有这样的结局是莫大的福气？"

主控室里安放着数百台监视器，可以看到所有兆脑级研究员的一举一动。这时他们都停止了工作，关注着这里发生的一切。

何夕悲愤地对着全场的每一台监视器用更大的声音说："我知道你们就是人类思想的全部，在这个世界里，实际上只有你们才拥有思想的权利。你们有足够的理由嘲笑我们，因为在你们的智慧面前，我们只是一些低级的生命，就像是人类眼里的动物一样。唯一不同的是，动物是提供蛋白质的机器，而我们则是提供脑细胞的机器。你们只要愿意，便可以让我们去计算 23 的 500 次方，还可以让我们陷在死循环里永不能超脱。我们在'脑域'里永远地失去了自己，成为一粒粒没有任何区别的灰尘。"何夕说到这里，身体开始颤抖，他觉得世界真是充满荒谬。而问题的关键在于，就连何夕自己也不知道到底应该仇恨什么，其实说到底，正是"脑域"最大限度地解放并发展了人类的智慧，才创造出了前所未有的奇迹。

"谢谢你没有毁掉'脑域'。"俞峰插入一句，他的表情是真挚的，"我现在仍然无法知道是什么力量支持你成功入侵'脑域'的，也许永远都无法知道了。我们会马上着手提高'脑域'的安全性。"

何夕愣了一下。其实他也说不清楚自己为何没有毁掉"脑域"，尽管当时他的内心里有一万个理由这样做。他只是实在无法下这样的决心。

"星冉并没有死。"是赵南的声音,他的目光有些躲闪,"但是,她的大脑受到了损害,她成了植物人。"

何夕爱怜地轻抚着星冉光滑的脸庞,柔声说道:"你不是想救世界吗?你真的救了世界。"两行泪水顺着何夕的眼角淌下来,滴落在星冉的脸上。过了一会儿,何夕吃力地抱起星冉,对一旁呆若木鸡的阿金说:"我们走吧,离开这个地方。"

人群自动地分出一条道,默无声息地目送着何夕离去。俞峰似乎想说什么,但最终只是摇了摇头,他觉得此时说什么都没有意义了。

◆ 14 ◆

尾　声

正是黄昏,血一样红的夕阳缓缓坠入苍茫,天地开始合围世界。

"这间脑房陪了我这么久,就这么关了它一时还真有些舍不得。"阿金感慨地叹口气。

"其实你不用这么做。"何夕平静地说。

"就算没有这件事情发生,我也早就有这个心思了。这么多年来,我从没有像现在这样感到轻松。"阿金如释重负地笑笑,"我也数不清有多少人在这间脑房里出售过他们的大脑,他们以后只好换地方了。"

"'脑域'始终是人类最伟大的创造,但我现在只想远远地离开它。"何夕环顾着四下里繁华的街道,"这是不是很可笑?就像是当年工业革命到来时怀念田园牧歌式生活的那些人一样。"

阿金摇摇头,表示对何夕的理解:"你准备带着星冉去哪儿?"

"不知道。我只是想远远地离开。我想这也是星冉的意思。"

"不知道还有没有再见的一天。"阿金的语气里已经有了人生无常的意味,他向上一抛,一道亮光划过天空,他的目光一直跟随着那道亮迹到落地——那是脑房的钥匙。

当黄头发阿金回过头来时,他的身边已经没有人了。夕阳将远行者的身影拉得很长。随着晚风飘来隐隐约约的钢琴声,清灵,曼妙,充满缥缈梦幻的味道,就像来自天边。阿金觉得天地间像是有一双看不见的手轻轻抚过,使万物宁静。

那是《秋日私语》。

屠龙之技

代码杀手

文／长铗

科幻
硬阅读
DEEP READ
不求完美 追逐极致

◆ 1 ◆

雨水从宽阔的大理石台阶上淌下来,打湿了年轻人制作考究的山羊皮皮鞋。他的身形颀长瘦削,撑着一把漆黑的木柄雨伞,侧脸仰望着灰蒙蒙的天空。年轻人推开图书馆那扇锈涩厚重的大门时,一只鸽子飞了出来。他钝重的步子在高耸狭窄的空间里激荡回响。这是一个由教堂改建而成的街区图书馆,在这个时代,聆听圣音的人已经不多了。

年轻人停住了脚步,目光蓦地垂落到教堂内远远的一角。冬日灰冷的阳光从高窗上的彩色玻璃中透下,照着一个佝偻的背影。肥胖的鸽子随意地停在那个人的肩膀、乱糟糟的白发和绿漆剥落的长椅上。

年轻人缓缓走近这个渺小的身影,慎重的步子甚至没有惊动啄食的鸽子。"这就是了。"他听到怦怦直跳的心脏在说。

"先生。"年轻人深深地躬下身去。

老人头也不抬,手指捏搓着黄褐色的鸟粮,长指甲又黑又亮。

"周末不开放。"冰冷喑哑的声音像是来自阴曹地府。

"我不是来借阅图书,我……"

"走吧。"

年轻人的嘴唇微微颤动,他本来就不是擅言之人。但他没有离开,而是安静地拱立着。

一个时辰或是更久之后,鸽子吃饱了,它们快乐地盘旋追逐起来。羽毛、爪子上的鸟粮、鸟屎像雨沫似的飘落到年轻人短而硬的头发上。

"来此何事?"

"学习屠龙之技。"

教堂再次陷入沉默,又像是时间的凝固。

"我来到这里,就已经证明:我将是您最出色的弟子。因为对于外面的人来说,您的名字不过是个虚无缥缈的传说;而对于我,您就像是 Nul 一般真实、唯一!(Nul 是 Asc 码中的零)只有我能找到您,也只有我才是您最合格的继承人!"年轻人的声音急促、干净,显然,这一天他已经等待很久了。

"继承?"老人阴鸷的目光刺得他一噤,但他的勇气没有退缩。

"是的,先生。我的父亲就是一个程序员,一个平庸甚至拙劣的 ASP 程序员。他一辈子都在兢兢业业地写脚本,可他只是在原地打转,徘徊不前,就像一个循环。不过他活得很开心,他从未觉得自己卑微。有一天,一个名叫 ETT 的家伙嘲笑他活得窝囊,父亲只是宽容地一笑;不久,一个叫 Java 的毛头小伙儿也在他面前耀武扬威,父亲陷入困惑,但仍未动摇他信奉的冯·诺依曼哲学。直到有一天,父亲遇到了乳臭未干的 DotNet,父亲的精神世界彻底崩溃了……可是,这时他已经四十二岁了,远远超出一个程序员的职业生命。父亲死了,过劳死,没有医保,没有补偿,自始至终,他只是一个脚本的奴隶……我瞧不起他!我发誓,我绝不能像父亲那样活着,我要成为真正伟大的程序员,像约翰·卡马克、蒂姆·伯纳斯·李那样名垂青史……"

"数学有用吗?"老人突然发问。

年轻人一愣,说:"我学过哥德尔的形式逻辑和迪杰斯特拉算法理论……"

"数学有用吗?"老人像没听到似的重复问道。

年轻人的脸红了:"没用。"他犹然记得上个世纪一位编程大师说过,对于商业编程和 Web 编程来说,数学屁用没有。

老人冷笑一声,吃力地直起身,说:"跟我来。"

他站起来后身高还不及年轻人的腋下,年轻人不禁想起了自己的父亲,他潮湿的目光垂落在老人光秃秃的头顶上,鼻子就像吸入了发霉的灰尘一样涩涩的。

他们从排列紧密的长椅间穿过,走过一条比地牢还阴冷的封闭长廊,攀上一道颤颤巍巍的木楼梯,木梯嘎吱作响,灰尘簌簌扑落,年轻人努力躬着腰,头还是被低矮的楼板磕了几下。他们来到一间狭窄逼仄的阁楼前。

阁楼又小又破,风和雨水不住地从木板墙外透进来,墙纸已经脱落了大半。屋内堆满了机箱和硬盘,绿荧荧的指示灯在黑暗中闪烁,就像是守护着宝藏的龙的瞳孔。空气中传来电流的嗡鸣,还有哔哔的脉冲信号声。

老人在破烂堆里翻拣着,身子显得愈加佝偻。良久,他吃力地抱起一台机箱,年轻人连忙伸出手,帮助他把机箱放在高处。

"认识吗?"老人的目光变得郑重。

"呃……"年轻人踌躇着,"是……是苹果?"是的,苹果机!他犹然记得自己十五岁时是怎样教训那些十八九岁的街头小子的:"我玩儿苹果机的时候你他妈还在玩儿泥巴!你以为苹果机是一口袋钢镚儿就能玩儿一上午的那种赌博机吗,小子?!"那种感觉酷毙了。

老人表情柔和下来,声音却依旧严厉:"还愣着干什么?把它运转起来!"

年轻人小心翼翼地抱住它,它是如此沉重,外壳就像铅板一样厚,而里面的主板俨然是未完工的硅钢工地,焊锡像水泥疙瘩一样粗大。与口袋里的苹果 PDA 不可同日而语。他不禁有些失望，想起了一个古老的笑话：一个真正的程序员会用 CPU 散发的热量来爆大米花。当然，这是上世纪的事了，在云时代（云时代是以"云计算"为特征，个人计算机只作为接入口，一切计算交由互联网中的"云"来进行。所谓"云计算"，是指网格计算、分布式计算、并行处理的发展）， PC 更像是一个掌上终端，如果不是录入与显示的需要，它可以比指甲盖更小。

他没有吃到爆米花，他吃到了爆栗。电源指示灯压根儿就没亮过。他有点沮丧，但又安慰自己说：我只是个程序员，我不必懂得机器。

老人看透了他的心思，犀利的目光直视他漆黑的眸子："这就是所谓的最伟大的程序员吗？"

"我不必懂得机器！"他梗着脖子，"我甚至不必懂得机器语言，我不喜欢粗陋生硬的二进制。"

"跪下！"老人在背后狠狠地踢了他腿关节窝一脚，他跪倒在地，膝盖很痛，但他的心在欢呼，血液在沸腾，他热泪盈眶！他明白，在这一刻，他真正成为上善大师的弟子，屠龙者的传人！

师父黯淡的瞳孔里闪烁着幽幽的光，他疯狂地在废物堆里翻动着，屋子里充满沉重的喘息，就像是龙的呼吸，浑浊黏滑。最后，一台全身糊满机油的漆黑如墨的机器浮现在眼前，它是齿轮结构的，靠蜗杆、皮带传动，甚至……还有手柄。

"认识吗？"师父疲惫地坐在地上。

年轻人的目光陡然变得凝重、迟疑起来。他联想到了什么，但他没有脱口说出那个尊贵的名字，就像他无法说服自己相信，强大无比的"云"居然始于如此丑陋的机械一样——一台中世纪的提花机都比它复杂。

它是图灵机，一个由无限延伸的纸带控制的灵魂。这鸿蒙之初的原始机器智慧，仅用读写和涂抹就解决了图灵停机、判定性、哥德尔、丘奇的全部问题！

"世界的本质是是与非，不是吗？"师父说。

◆ 2 ◆

"Max(1，100)（就是取 1 与 100 二者中的大者）。"

粉笔头在墙上艰难地移动，发出刺耳的摩擦声。水泥墙很光滑，涩硬的粉笔头很难在上面留下画痕，当粉笔画至最后一笔，它断了，在水泥墙上留下一个粉点，就像是指针运算符。

"1。"他简洁地回答道。

"好吧，去证明你自己。"师父背过身去，一小截粉笔头在空中翻转，他敏捷地伸手握住了它。粉笔太短了，就像是一段寒伧的代码。他紧握着它,却感到浑身充满了力量……

年轻人穿着运动套头衫和脏兮兮的牛仔裤,把脚放在豪华办公桌上,大脚趾挂着一只人字拖,另一只握在手里,他熟练地旋转着,乜斜着对面西装笔挺的中年男子。

"这……"那人迟疑一下,"请问先生,你有简历吗?"

他笑笑,指上的人字拖飞快地旋转着。

"没有简历的话,能简短地介绍一下你所精通的领域吗?"那人依旧很客气地微笑着,把手掌搭成金字形,但他没有等到回音。优雅的金字形解体了,他微蹙眉头,递过来一份精美的文件,"这是上一位应聘者的简历,你可以参考一下。鄙公司对技术水平要求较高,一般来说……"

年轻人把简历揉成一团,直接扔到了对方的金线眼镜上。是的,当时就是这样的,许多年之后,人们依旧对这个场景津津乐道。然后,他心满意足地听到一个声音说:"好吧,请跟我来。"

"蠢猪!二十个人还拿不下这个项目?你们都是混饭吃的吗?"一个脑满肠肥的项目主管正口沫横飞地训斥着手下,尽管这群小伙子中不乏名牌大学的高才生,但他们也不得不忍气吞声地埋头苦干。

年轻人旁若无人地从主管身边走过,拖鞋在工作间发出响亮的趿拉声。然后，他一屁股坐在了主管的座椅上。

"你干什么？啊？"主管露出不可思议的表情，他瞟见门口站着的人事部经理，正满脸通红地冲自己点点头。

主管宽大的桌面上堆满了设计文档，这是一个很冗繁的工程，二十个人在一个月内完不成是情有可原的，所以人事部才火速招人。可是，这群混蛋难道不记得古老的教诲了吗？给一个延期的项目增加人手，只会让它延期更久。年轻人轻蔑地一笑，手一扬，项目设计文档像鸽子一般满天飞舞，悠悠地飘出了宽大的窗户。他从窗户俯瞰这座科技之城的全貌，还有洁白的象牙海岸，心旷神怡。主管的位置是个好位置，他很享受地将身体陷入座椅，轻轻地拉出键盘，一只修长的手覆在上面，另一只手无聊地搭着，可惜他不抽烟，否则夹上一根烟会是个不错的选择。他慵懒地闭上眼睛，似乎听到了电源接通时"滴"的一声。

主管铁青着脸保持沉默，他喘着粗气，像一头大汗淋漓的骡子。满屋子的人都停止了工作，围在主管的身后，没有一点声响。

十个小时后，城市滑入寂静的午夜，一百零一层的高空可以享受天堂般的静谧，其间没有人离开，连上厕所的也没有，他们都在等待着 DEBUG 的那一刻，欢呼或是咒骂。可惜他们没有等到，调试是他们凡夫俗子的事。一个真正伟大的程序员，从不写流程图，因为他对一切成竹在胸；从不写文档，因为没有人能读懂他的程序；更不会测试他的程序，因为他创造的程序都有一个完美的自我，平静而优雅。

年轻人刷地站起来，他的脚已经有点酸麻了，这才意识到自己已经保持一个坐姿达十个小时之久。他喜欢人字拖，因为它教会他走路，教会他怎样与权威打交道。在他转身的时候，他听到经理对主管愤怒的咆哮。

◆ 3 ◆

"一个真正的程序员，他的编程自裸机开始！一个真正的程序员，不存在系统分析师和软件设计师之分，他就是个纯粹的程序员，从机器语言到汇编器到编译器到无数高级应用程序，他无所不通。但，你必须从最开始学起……"

师父的手指蜷曲萎缩，指甲缝里满是污垢，可当他把双手平放在键盘之上，却又像钢琴师一样优雅。

"键盘的按键是有限的，代码却是无限的，以有限为无限，这就是编程之道。编程是有法的，思想却是无法的，以无法为有法，这就是编程之道。"师父说。

师父的旧式键盘按键有些涩硬，声音听起来就像是机械打字机的嗒嗒声。这美妙的声音撩拨着他的耳洞茸毛，像金币的摩擦音一般动人。他如痴如醉地伫立着，他能够感觉到调制过的数据穿过铜线时持续不断地嗡鸣，他能听到读盘时沙沙的声音，就像是指尖抹过苹果机的磨砂钢壳。师父入定般凝固的背影变得模糊，与数据流、宇宙背景辐射的混沌融为一体。

◆ 4 ◆

"又是他。"漂亮的服务小姐悄悄地对同事说。这个面色苍白的年轻男子来到这家以死亡射击游戏闻名的竞技俱乐部，每次都直奔终极射击游戏机——Quake10，戴上虚拟现实头盔，选择最高等级的"恐怖伊万"，然后在游戏中被击毙……游戏结束后，他的鼻孔、眼睛、耳朵都渗出真实的血来。因为游戏固然是虚拟的，大脑却被头盔驳接口输入的电子信号欺骗了，以为他真的死了。虚拟现实技术对感官体验的模拟达到了巨细无遗的程度，那种被一发直径为 0.5 英寸[①]高速旋转的航空机枪子弹爆头的滋味大概只有那些白粉仔敢尝试了，可即便是生活在幻觉之中的他们，对这玩意儿也没有敢试第二次的。

年轻玩家面无表情地端详着头盔，服务小姐正在为他围白围脖，以免他"死亡"后七窍流血弄脏游戏躺椅。

"其实，你不必老是选恐怖伊万。"服务小姐善意地提

---

① 1 英寸 =2.54 厘米。

醒他。

恐怖伊万是智能程序，在 DOOM 时代，人类玩家可以轻易地击败最疯狂的电脑，但在今天，人类玩家对电脑 Boss 避之唯恐不及。恐怖伊万的运算速度为每秒三百万亿次；更何况人类的生物神经还存在着反应迟滞的问题，即便是最高超的射击手，也会有心到眼到而手不到的问题，可是电脑不存在此类问题。

年轻玩家目光一凛，眼中射出的寒光让好心的服务小姐下意识地后撤半步。疯子，这绝对是疯子！她对自己说。一个正常人若在游戏中被击毙上百次，即使死亡的痛苦没有压垮他的身体，那种极致的恐惧也足以令他崩溃发狂了。

"没有人能击败恐怖伊万。傻蛋！"一群白粉仔围了上来。他们中不乏 Quake10 的顶尖高手，但敢于挑战恐怖伊万的人还没出生呢。

年轻人的眼皮都没抬一下，径直选择"绝望死地"环境参数，在为伊万选择武器时，他竟然点击杀伤指数 10！

"酷毙了！"一个光头赞赏地拍拍玩家的躺椅，然后回头用口型对同伴说，这傻×！同伴们开心地笑起来。

游戏开始了，年轻玩家把脚放在操作台上，他是光脚！不，大脚趾上还挂着一只人字拖。光头的目光直了，他想起了一个不甚久远的传说。当然，那只是传说而已。

没有人能透过头盔观察到玩家的表情，但围观者能从三维即景投影台上读到他的心情。他很紧张,是的,因为画面在微微颤抖,就像被蒸汽模糊了的图景。许多人在与人类玩家对战时常常能做到心平气和,但真正到了恐怖伊万面前,他们的枪口就抖得跟斯皮尔伯格的战地镜头似的。

年轻玩家静静地盯着画面,迦南半岛的热带植物遮天蔽日,四周奇热无比,蚊虫无孔不入。尽管他"穿"了厚厚的野战服,依旧被叮得红包累累。看客们从玩家的脖子上、手臂上看到一个又一个红肿大包浮出来。虽然蚊虫只"生活"在游戏环境中,但大脑却误以为皮肤真的受了叮咬,调动人体免疫系统对抗蚊子注入的"甲酸",从而产生过敏反应。

看客们相视而笑,这傻蛋!玩个游戏还这么当真。难道选择了"绝望死地"的对战环境,就真有人把你当海豹突击队员了?!不过,被叮得痒痛遍体还能纹丝不动,他们也不禁暗暗佩服。

"你看到了什么?"师父轻轻抚摸着鸽子的羽毛。

"鸽子。"

"蠢材!"师父硬如老树疙瘩的指节敲在他脑袋上。

"你看到了什么?"1994 年,一位退役军官也这样问一个身穿编织毛衣的小伙子。

退役军官曾经是一名技艺高超的空军飞行员,他发现无论与眼前这个貌不惊人的年轻人进行多少局飞行战斗游戏,自己都是惨败,这在实战中是从未有过的。

"我看到,电脑就像一个傻瓜。它总是按我猜想的那样进行计算,我总能判断出它的进攻方式。如此而已。"小伙子漫不经心地嚼着口香糖,"我可以随便搞出比这更好的飞行战斗游戏。"

飞行员的眼睛瞪大了,他意识到一位未来的大宗师就站在眼前。于是他说:"别玩了,小子,我们去干一番大事业吧!"

于是,一款飞行战斗游戏的史诗之作诞生了。席德·梅尔,那个爱穿编织毛衣的小伙子,在成为上个世纪最伟大的程序编织者之前,他首先学会的是阅读游戏。

"我看到了什么?"年轻玩家问自己。

他的鼻息轻轻拂动了鼻前的一片树叶,他盯着这片散发着绿汁嫩香的完美树叶,直到瞳孔燥热欲裂。他看到叶片的锯齿边缘反射着金色的阳光,渐渐模糊退隐,化为优美的寇赫岛海岸线,在更精微处,自相似的谢尔宾斯基三角形无从遁形……那些逼真得纤毫毕现的三维图像,顿时像被加特林机枪击中的血肉之躯一样化为满天弥漫的血雾,继而转化为无限次迭代方程所控制的数据流。

传说在恐怖伊万现身之前,你首先能感觉到的是地面的颤抖。身高九英尺[②]、体重八百磅[③]的庞大身躯，可以轻易地举起重达四十多千克的加特林六管航空机枪。这种可怕的机枪本是为武装直升机配备的重型机枪，每分钟八千发的子弹风暴能把一台防弹林肯车轰成钢灰。恐怖伊万的左臂装载一管磁力钨弹枪，可产生高达两千万安培的电流，电流形成的磁场在二百纳秒的时间内爆发出比地球气压强十万倍的压力，将子弹加速到每秒二十千米。如果说伊万的右臂象征着毁灭与狂暴，左臂则无疑是速度与精确的代名词。正因为如此，伊万现身后的图景只有通过回放对战录像来"回味"了。从来没有人能在生前目睹伊万之真容。从来没有！

画面在微微颤抖，看起来就像是老式胶片电影的齿轮颤动。看客脑门儿上都渗出黄豆大的汗珠，一个十六七岁的黄毛男孩甚至捂住了耳朵。

如果敌人从树叶缝隙里露出十个像素大的迷彩服，你会看到什么？事实上，你什么也看不到。这正是迷彩服存在的意义。然而，对于程序员来说，树叶与游戏主角的差别可就大了。

电光石火间，AK103自动步枪的扳机被扣动了！他的肩部因后坐力剧烈地后震，看客们也神经质地哆嗦了一下。然后，一声巨大的钝响震得三维投影平台几乎散架，火花四射——当然，那只是视觉模拟。铺天盖地的尘土散去后，画面恢复了夏日

[②] 1英尺=0.305米。
[③] 1磅=0.454千克。

的宁静，除了蚊虫的喊喊鸣叫，还有黄毛小子的吸鼻声。

向约翰·卡马克致敬！年轻人摘下银光闪闪的头盔，心中充满了敬仰之情。大师在上个世纪创造了神话般的三维引擎杰作，直到今天仍然是不朽的传奇。虽然今天的游戏画面在精细度上要更胜一筹，但工作原理却始终如一：用即时引擎来表现主体，用离线引擎来表现背景。普通人看到的是即时引擎的流畅灵活、离线引擎的华美精细，程序员看到的却是多边形所表现的涂满油彩的皮肤和 NURBS 曲线所表现的树叶轮廓。两者的差别有多大？一光年那么大。

年轻人的嘴角挤出细微的弧纹，他解下洁白的围脖，递给服务小姐，就像久困樊篱的蛟龙挣脱缠身的链锁那样轻松，浑身每一块肌肉都胀满了力量。他眯着细长的眼睛朝从玻璃旋转门透进来的五彩阳光望去，拖鞋发出欢快的趿拉声。"伊万呢？伊万是死了吗？"黄毛小子怯怯地推搡着他的同伴，不解地问道。

◆ 5 ◆

师父步履迟缓地走到窗前，吃力地拉开厚厚的垂地窗帘，一面巨大的屏幕展露在眼前——不，那不是屏幕，那是城市的夜空：璀璨灯光充盈着摩天大楼，让耸入云霄的玻璃幕墙变得通体透明，就像团簇生长的水晶。

"看到它了吗？"师父指着一幢庞然大物问道，那是IEEE通信大楼，建筑面积超过三幢五角大楼，是当今世界智慧、财富、权力的象征。在它巨大的阴影下，这幢图书馆就像是儿童积木。

"规则110（规则110是研究复杂系统行为的一种规则，它决定二维平面的模拟数字生命的状态。该规则的特殊性在于可以从简单的规则和初始条件中产生复杂的图形）。"师父说。

走在宽阔大街上的人们突然顿住了脚步，所有的人都朝向同一个方向，交头接耳。

IEEE通信大楼的灯光熄灭了。

这是不可思议的。就算是发生地震，三套备用发电机组也可以保证大楼灯火通明。因为这儿是全世界最有名的计算机、网络公司的总部所在地。它若停电，全世界的网络都会瘫痪。

大楼马上又亮了，但仅仅是几个窗户亮着，它们分布在对角线位置。两处亮斑一个是三角形，一个是圆形。它们周围的窗户也一明一灭起来，不久，它们复制出许多三角形和圆形。它们的地盘交错着、变幻着，就像在厮杀。

"这是工程师们的行为艺术吧？"一个大学生很有经验地

向周围的人说。这把戏他在大二时就玩过了，当时他们编了一个小的程序，让一幢女生楼的窗户玩起了俄罗斯方块。

但他很快发现，这"行为艺术"的复杂性远远超出了俄罗斯方块。事实上，窗户格子的明灭是有规律的。当一行相邻三个格子全黑、全白或左侧一个格子为黑时，该格子为白。但这种简单的规则宏观上又表现出类似于生命的性质：三角形、圆形都可自我复制，它们能侵入对方的阵地，扩大地盘。"它们就像能思考。"一个心思细腻的女人说。虽然她完全不懂程序，但她的洞察力很不错。建立于简单规则之上的矩阵生命的确能表现出生命的自组织现象，只是没人发现，它们甚至还能进化。

圆形族疯狂的复制能力让它的地盘急速扩张，三角族似乎有意回避其锋芒，它们的个体开始集拢收缩。就在人们以为圆形生命将吞并最后一块三角形的阵地时，三角族突然对一小块孤立的圆形族发动攻击，人海优势让它的攻击立竿见影。然后它又切断另一块圆形阵地与大部的联系，再次吞没了它。三角族的复制效率低下，但它攻击迅猛的特点展现得淋漓尽致。圆形族虽然占据了大量的资源，即亮着的窗户格子，但它的资源只不过是为三角族作嫁衣罢了。三角族侵吞了对方的资源，与资源占有量成正比的攻击显得愈加犀利。一个小时后，三角族吞没了最后一个圆形生命，最终让光明膨满了 IEEE 通信大楼。

驻足观看的人群响起热烈的欢呼声。虽然这只是枯燥的黑白格子游戏而已，但图形背后的程序控制无比复杂玄奥，这扣人心弦的战斗感染了每一个看客。

师父安详地躺了下去,他的手指仍旧呈蜷曲状,可以精确地放在九个键上。

"我已经不能教你了。你要记住,只有那些清空了陈腐的律条、世俗的财富,甚至缱绻的情思的人,才能成为真正的屠龙战士。你去吧……"

师父在他的怀里安详地闭上了眼睛。师父的头像苹果机一般沉重。他的膝盖跪在地上,滚烫的泪水在月光的清辉里颤动,一种前所未有的巨大空寂笼罩了他。

◆6◆

Caltech编程大赛是地球上历史最悠久的程序员大赛。在上个世纪,程序大师的评价标准是写出最简洁优美的程序,既没有不必要的循环,又没有不被引用的变量;既不缺少结构化,又不至于僵硬呆板。但是进入云时代以来,由于Quake10对战平台的面世,程序大赛与暴力美学完美地结合在一起。程序不再是枯燥的代码,而是化身为虚拟角斗士,允许自我复制制造分身,允许侵入对手"身体",寄生、控制甚至分解对手,但不能出现脱离物理定律的力量、弹跳能力、速度指数。让程序员控制虚拟角斗士进行搏杀,经历惨烈的淘汰赛后,获胜者将向上一届冠军发起挑战。然而，今年的Caltech编程大赛乏善可陈，上一届卫冕者"流火"几乎是在一瞬间便被挑战者"豪魃"秒杀，以至于比赛的组织者一度以为是机器故障。人们很快发现这届乏味的比赛终将被载入史册，因为它宣告了一个王朝的解体与一个新时代的诞生——曾经八连霸的"流火"永远地沉寂了。它惨败的录像被人们恶作剧地一遍遍播放；它的残骸被挂在Quake10对战平台的醒目位置，就像海岸边被绞死示众的海盗；它的代码被挂在网上供人任意下载，无数渴望成为新王者的程序天才都用它作为陪练，通过毁灭、撕碎、操控、愚弄它以获取复仇的快感。也有很多投机取巧的程序员对它进行二次开发，以期得到更具杀伤力的毁灭者，然而他们非常失望，因为拆开"流火"的封装，他们绝望地发现。那根本不是他们所能理解的程序语言。是传说中的屠龙战士"融"，创造了流火，但由于某种不可知的原因，"融"已经被废了，没有人知道他的去处，只有那充满传奇色彩的人字拖还残存于骨灰级元老们影影绰绰的记忆里，新一代的程序高手对这个名字根本闻所未闻。

代码世界进入了战国时代，新的霸主"豪魃"很快被病毒式攻击角斗士"龙骧"所击败，而"龙骧"的王位第二年又被神出鬼没的"光晕"取而代之。前人的失败与新人的成功激励着无数雄心勃勃的年轻人进行艰苦卓绝的训练，他们渴望着出人头地的那一天。Quake10对战平台每天都有数以万计的角斗士在进行肉搏。通过全球直播。地球上每一个街区的犄角旮旯都能看到惊心动魄的画面，并不时爆发出欢呼或咂舌声。角斗是与痛感神经相连的，虚拟程序所承受的攻击都将以真实的牛顿传递到参战者的大脑。这是云时代的残酷游戏，许多心理脆弱的年轻程序员都因不堪忍受那种天旋地转的极端痛苦而永久地告别了竞技场，有的发誓再不做程序员，有的甚至直接在终端躺椅上停止了呼吸。人类的血液泵是有压力极限的，而代码的运算即便存在极限，那也不是人类所能望其项背的。所以，获胜的角斗士不但有超群的代码智慧，也拥有强健的体魄。

黑暗中的观察者远远地注意到一个可疑的身影：一个白衣剑客，他没有强大的攻击力，没有寄生、分裂、伪装、隐身等诡诈的攻击和防守手段，也不能自我复制，可他却总能在混战中全身而退，甚至还能保持代码的完整性。他只是个名不见经传的角斗士，但此战后他的大名必将震古烁今。一阵令人目眩神迷的刀光剑影后，嚣叫着的竞技场陷入地狱般的寂静。在白衣少年衣袂飘飘的身影之后，尸横遍野，血流成河。"蒸汽人"硕大无朋的身躯被一刀两断，在地面上颓然发出两声巨响。白衣少年用剑尖在青石板上留下一行字：

我想你会梦到一头骆驼。

从此，血雨腥风的代码江湖中没人敢遗漏这个名字：骆驼。全球各个角落的直播电视见证了这一时刻，只是没有人联想到那本早已失传的上古秘籍：《骆驼之书》（骆驼是 Perl 程序语言的图标。它也是一种黑客的象征,在 T 恤和其他衣服标签上时有出现。《骆驼之书》是二十世纪两位编程大师的经典著作)。这个世纪的年轻人已经不太关心远古的编程大师是怎样淬炼他们的宝刀了。

黑暗中的观察者静静地欣赏着骆驼的背影,他沉静已久的内心竟也漾起一丝涟漪。如果说刚才精彩的竞技让自己心驰神往,那么此刻,这个踽踽独行的背影则只会令他感动。是的,作为一门濒临灭绝的上古语言的唯一传人,那种俯瞰众生不可一世的狂傲,那种寥无知音的落寞,那种被世俗所仇恨的痛楚,又有何人知?

他禁不住想要叫住那个背影,却又无奈地发现,自己仍隐藏在后台程序里。他只是一个偷窥者,并非一个战士。

他不禁苦笑。

◆ 7 ◆

就像浴火重生的凤凰战士,历经一百一十三场血腥战斗后,骆驼已经变得空前强大。但是,基于遗传算法的同一原理,他的对手也被血污浸淋得更加凶暴。如果说第一场让他名声大振的战斗获胜有一定的运气成分在内,那么在后面的战斗中,他则不得不面对自己已成为四面八方仇恨的焦点这一可怕事实。他的成功在于他旁门左道的武器——一门冷僻的古老语言,而现在,他的特点正暴露在无数越挫越勇的挑战者面前,终会沦为致命的弱点。在"豪魃Ⅱ""吉斯霍华德""蝎针"的轮番攻击下,他遍体鳞伤、奄奄一息,他强大的自我修复能力在永不停歇的密集攻击下无济于事。"蝎针"钻入他的左臂,在他的筋骨里不断复制,释放分身,就在"蝎针"快要侵入颈部时,他果断地挥剑斩断左臂,这一自残式保护几乎伤及核心代码——半个肩膀都被削掉,情状惨不忍睹。

战斗已进行了两个小时,即便是一场普通的格斗游戏,也足以让玩家精疲力竭了。骆驼展示了他名副其实的耐力,仍在不停地自我修补,左支右绌。亿万观众似乎从血光滔天的画面后看到了机器终端正嗤嗤地喷着电火花。战斗结束是迟早的事了,早点投降吧,何苦受那最后一击后大脑短暂充血休克的痛苦呢?众人皆为他捏了一把汗。

"豪魃Ⅱ""吉斯霍华德""蝎针"等众多高手围成一圈,稍作停滞,在同一时刻发动攻击!

"啊!"观众们的咂舌声像一只青蛙从喉咙里跃出。

谁也没看清发生了什么,凌乱变幻的画面似乎已经超出显卡处理的帧频极限。

"发生了什么?"伴随着一声尖厉的惨叫,"豪魃Ⅱ"被一道沛然莫御的力道击得翻滚飞出,他是幸运的,因为他还能叫出声来,而他的战友都已经被震得魂飞魄散,连喘气的都没有了。

骆驼洁白的身影很快消失得无影无踪。显然,身负重伤的骆驼绝不可能爆发出如此惊人的力量。工作人员连忙取下"豪魁Ⅱ"的头盔,只见他两眼翻白,眼神直勾勾地望向天空。"他是融!他是融!""豪魁Ⅱ"直挺挺地从躺椅上跳起,然后"哇"的一声抱头痛哭起来。从此,代码世界再无"豪魁Ⅱ"的身影,有人说他退隐当警察去了。

◆ 8 ◆

按太阳日算,他已经二十八岁了,在普通人眼里,他依旧年轻,但在新陈代谢十分残酷的代码世界,二十八岁已经是老不堪用的风烛残年。融在十七岁便已扬名立万,早早地步入程序员的巅峰,从这层意义上讲,他堪称祖师爷级的人物。

祖师爷?当然,这三个字从一些毛头小子嘴里喷出来可就难觅几分尊敬的意味了。

"你信不信融在许多开源程序中都种下了后门程序?基本上没人能发现,除了我!"一个留着俄罗斯新兵头的高个子说。

"你就吹吧,五年前 IEEE 组织了一次全球拣虫大赛,早已把融的毒虫消灭得一干二净了。"一个戴眼镜的亚洲人回答他。

"傻瓜，你懂什么？融的后门拉链要是这么好找，他还叫融吗？这混蛋把后门程序埋在编译器里，这年头还有几个人懂编译器？"

"融在他那个时代还算个人物。"另一个面相成熟一点的用久经世故的语调说，"其实不是一个时代的人就不要放在一起相提并论，融现在要站在我面前，你们信不信我在五秒钟内就叫他趴下？""哈哈，威鸡老大，你以为你是骆驼啊！"一个瘦削的身影从小伙子们得意的笑声中穿过，他的大衣已经很陈旧了，毛料袖口与肩膀都可以看出磨光的痕迹。阴冷的天空突然下起了密集的雨，凶狠的雨滴在柏油路面上击得粉碎。他的步子很迟钝，脚步声在雨水洼里特别响亮。

"嗨！快看，这么冷的天气还穿拖鞋。"高个子叫起来。

威鸡的表情突然变得凝重，"融好像也喜欢穿拖鞋……"

一阵心事不一的沉默后，一个稚嫩的声音说："不会真的是吧？"

"傻瓜啊。"高个子不屑地朝天吐了口唾沫，"只要穿拖鞋就是高手，那光脚乞丐就是神啦！"一场激烈无聊的抬杠后，小伙子们哄笑着尾随那个瘦削的背影而去。那种早已遁迹的传奇对他们的吸引力是无尽的。

穿过一条条狭窄破旧的巷子，小伙子们皱着眉头，不时爆出粗口。他们不是被外墙上突现的旧空调油污蹭脏了衣服,就是被低矮窗户上挂着的女人内衣碰了头,破烂不堪的路面就像危险的地雷阵,冷不防踏上早被踩松的地板砖,污泥脏水溅出老远……在一栋又黑又矮的砖房下,他们听到一个女人的咆哮声,然后便是噼里啪啦摔东西的声音。三楼的窗户洞开着,一个胖女人不断地从屋中摔出东西,嘴里咒骂不休:"拖!拖!拖!老娘叫你拖!一共几个月的房租没交了?滚!穷光蛋!"

"哐"的一声巨响,一个机箱被扔了下来,金属零件散落一地。堆积在那灰大衣的脚下。他垂头静默着,袖口露出的苍白手指在微微颤抖,黑布雨伞在水洼里打转。雨水覆盖了他的脸,淌进他高竖的衣领内。

远远立着的小伙子们相视一笑,一哄而散。"好可怜的屠龙战士哦……"

"他要是融,我就是上善大师啦!"

在他躬下腰去抚摸变形的机箱时,雨停了。他茫然地抬起头,看到一块蔚蓝的八角形天空,天空里有一张精致的女人的脸:她的鼻尖小巧微翘,从仰望的角度更显顽皮不羁。她的脸红通通的,显然在寒风中伫立已久。

"你是?"他迟疑地问。

她露出失望的表情:"我是骆驼呀……"

"你怎么是……"他咽下了后半句话,不好意思地笑笑,脸上浮出那种不可思议却又容易理解的羞赧。在程序员的世界,遇见异性就像在 Beta 程序中发现彩蛋一样稀奇,更何况是这样一位旷世奇才。她上上下下地打量着这幢房子,目光垂落在他的肩上,鼻子涩涩的,目光里长满了毛刺:这就是传奇的屠龙战士的归处吗?

融解开大衣扣子,把湿漉漉的机箱抱进怀里。一个扎着羊角辫的小女孩从屋子里冲出来,抱住他的大腿,带着哭腔喊道:"叔叔,别走啊,你留下来教凉凉数学题啊!"

融用一只手抱着机箱。另一只手抱起五岁大的凉凉。久久回望这低矮的屋檐,似在留恋着什么。骆驼冲进屋子,旋即又折回来,得意地说:"你可以继续住在这里啦!"

◆ 9 ◆

说是三楼阁楼,其实就是一个楼梯间。门外面便是砖头遍地的屋顶,水泥柱头上还裸露着钢筋,红砖围栏上长满了野草。屋子的使用面积还不到十平方米,主人高大的身子一旦直立,便顶着了白炽灯。他一坐下,硬木板床便发出嘎吱嘎吱的抗议。来客担心地低头一瞧床脚,立刻愣住了——压根儿就没有床脚,一头是红砖垒就的,另一头则搁在一个废弃的箱子上。

主人不自在地搓着手,好像他才是这里的生客,赶紧手忙脚乱地清空一张方桌,说:"坐吧。"

她的眼圈儿红了,一眨不眨地望着他,目光里写满了"为什么"。

"其实这地方还是不错的,屋顶可以赏月,晾衣服也很方便,还有这……"他不知从哪儿扯出一根电缆,得意地说,"有了它,我就可以登录全球任何一台服务器,收费的,房东算在电话费里。这儿甚至还有热点(热点,Hotspot,无线网卡接口),免费的,你不信?"

她静静地望着他,望着这个曾经像十亿光年那么遥远、此刻却又如此贴近的人。她曾经在广为流传的经典代码里,在他的对战录像中,无数次揣测他的样子、他的思想,甚至他的生活。她一闭上眼睛脑海里就能浮出他的形象。然而,当空间的距离消失后,那曾经鲜明生动的印象却又陡然拉得无比遥远、陌生,除了地板上那双磨损严重的人字拖。她怔怔地望着它,他不好意思地把鞋往床底踢了踢,说:"你是怎么跟房东说的?"

"我是用口袋跟她说的啊。"她拍了拍外衣上两个卡通熊口袋,大声说,"你欠我一个人情!怎么还?"

"嗯……"他有些窘迫地翻开抽屉,从里面找出几个镍币。

"傻瓜,其实是我欠你的。"她在心里幽幽地说。但她仍旧用很严厉的目光催促着他,她喜欢看他发窘的样子。

"一、二、三……九个，可以吃一顿好的啦。"他摊开手掌里闪闪发光的硬币。

◆ 10 ◆

他们挑临窗的一张桌子坐了下来，对着被油烟熏得面目模糊的菜价表，犹豫半天，才在服务员的催促下要了一个五元的蒸菜和一个四元的木桶饭。蒸菜很快就端上来了，红艳艳的油泼辣子铺在滑嫩的鲢鱼脯上，她得意地眨眨眼，抄起筷子狼吞虎咽起来。她听到他肚子里的咕噜声，听起来就像是PDA电池没电的提示音。她哈哈大笑起来，笑得辣子呛进了喉咙，有点难受又有点快乐地咳嗽起来。

等了好久，木桶饭还是没送上来。"可能木桶饭采用了缓存技术，"他自我解嘲地说。

"还是咱的蒸菜好呀，采用了Apache+PHP，虽然应付高并发有点吃力，但在访问量较小时速度还是蛮快的。"

"我的木桶饭采用了Squid做反向代理，虽然前期有点慢，但一旦缓存好了，来多少人都不怕。"

"很不幸，你们做了触发缓存的那一批。"她伸出火辣辣的舌头做了个鬼脸。

"老板的缓存机制有问题,应当把触发缓存改为定时缓存,以改善食客的体验。"

端菜的服务员一个个路过满脸期待的他,却没有一个停在他桌前。

"好像是丢包了(丢包就是数据丢失,这里形容服务员对他们的怠慢)。"他沮丧地说。

她咯咯地笑起来,端起自己的空碗,伸长舌头舔了圈汤汁,夸张地吐着热气。

木桶饭终于上来了,他还没来得及动筷子,她又豺狼一样地先下手为强了。两人难民般地扒拉着一桶米饭,还发出很满足的笑声和很响亮的咂巴声,引来满堂鄙夷的目光。

◆ 11 ◆

雨停了,街上的人多了起来,在临街的一面,游戏机、博彩机、自动照相馆发出清脆的电子音乐招徕顾客。女孩子们挽着男友的胳膊,呢喃着,欢笑着,从一个五光十色的橱窗蹦到另一个橱窗,不时发出"哇哇"的惊喜声。

"我也想要一个。"她指着刮刮奖摊位后可爱的绒熊。融微皱着眉头，为难地望着她。

"不行！你想办法，反正你欠我的。"她就像一个热恋中的女孩那样毫不通融。

"那好吧。"融来到摊前，弯下腰，"这些奖券是可以挑选的吗？"

"挑选？"老板愣了一下，"当然，随便拣，刚才那小伙子给他女朋友买了一捆，瞧，正刮着呢。"

融低头注视旁边一个纸箱子里刮过的奖券，他的眼睛因思考而眯缝起来。

不一会儿，骆驼怀里就堆满了毛茸茸的卡通玩具，最上面那个最大的是老板送的，他说："二位，不能再刮了，再刮小店就要赔本了，我加送你一个，两位先走不送……"

她的脸紧贴着绒熊，就像腮帮里含满了棒棒糖的小姑娘一样幸福。

在不远处一个带屏幕的机器前，人头攒动。那可不是一台普通的游戏机，那是世界上最先进的智能程序正在与人对话，据说谁能够判断出和自己聊天的是人还是程序，就能获得一万元大奖。投入一个硬币，你就能得到问一个问题的机会。有个小伙子用一张大钞换了一百枚硬币全投了进去，进行了一下午人机对话，仍然没能从中甄别出真正的机器程序。这会儿，他正哭丧着脸挨女朋友的责备呢。骆驼把一抱的玩具塞给融，夹起一枚硬币在融面前一亮，说："看我的。"

只见她手指灵动如飞地在触摸屏上输入一行字，屏幕上那拟人化的面孔突然凝固了，仔细一听，扬声器还传来咔咔的声音。接着屏幕突然一闪，灭了。

"哈哈哈，被我难倒了吧。"她得意扬扬地拍着手，在排成长蛇的人群惊诧的目光中溜走了。

◆ 12 ◆

"真饱呀。"她拍着自己的肚皮，头枕在融宽阔的肩膀上，这一刻，她觉得自己是宇宙中最幸福的人。只是，他的肩膀再厚实一点儿就好啦。

骆驼的头真重，对于一个女孩子而言，她的脑袋的确算是大的，与她的智慧很相称。但她的脸小小的，不时流露出稚气，怎么也无法与那一个老道的程序天才联系起来。在街上的图灵测试中，她输入一行 Perl 代码。Perl 是一门非常古老的程序语言，它的发明者是语言学家拉里，而非什么程序大师，所以用 Perl 书写的代码更像一首诗，即便是不懂 Perl 代码的人也能读懂它。街上的聊天智能程序既执行了这行代码，又错把它理解成一首诗，所以它可悲地"宕机"了。融闻着她一头大波浪卷散发的清香,这是他第一次如此真切地被少女的芬芳所拥抱,他曾经以为,一个孤独求道的程序员注定会像他的老师那样在一个僻冷的图书馆里终老一生,他对此很笃定,也很平静。他非常坦然地面对浩渺星空般无边的空寂。他从未想过改变……但此次,他冷漠的心融化了。他的目光就像一杯热巧克力上蒸腾的白气,一团模糊。

"喂!你那天为什么救我?"她用胳膊肘没轻没重地顶了他一下。

"因为你是 Perl 的传人啊。"他轻描淡写地说。他可以感觉到怀里的她轻轻一颤。

"你也是?"

"当然不。谁会学这么丑陋的语言?除了那些脑残无知少女。"(Perl 的语言含大量的 $、@、%、#等符号,看起来就像是上世纪的火星文,故有此说)

"喂,"她又打了他一下,"你说谁呢?我脑残?你不想活啦!"她爬起来,掐住他的脖子。他只是静静地望着她,欣赏着这个野猫一样的女孩,感到自己真的被她征服了。第一次在 Quake10 见到骆驼,若要用一个词来形容他的感觉,那就是"惊艳"。像他这样的程序员,已经不太容易被代码语言打动了。他欣赏她简洁的语句、灵动的语法,以及不讲理的逻辑。她肯定是孤独的,因为 Perl 就是孤独的。在上个世纪,Perl 被认为是一门丑陋的语言、程序界的旁门左道,由于它笨拙的语法结构、令人眼花缭乱的括号、与主流思想完全背离的设计思路……

或者,是由于自己同为一门濒临灭绝的语言的传人,他对骆驼有着一份特殊的关注。直到那一天,他不顾一切地出手相救,他才发现这份特殊的感情已远远超出惺惺相惜。那是什么?他为自己感到羞耻,他常常梦到一个注射了毒药的苹果……所幸,她不是。他将纷乱的思绪拉回现实,目光垂落在她趾高气扬的鼻尖上,心中一动。便把她拉下来,紧紧抱在怀里。她刚才还霸道蛮横的身体突然变得柔软,执拗了几下,便不动了。

"你的独门武器是什么?"她尖尖的手指化为一只只甲壳虫,放肆无礼地在他胸膛上乱爬。

"我?"他无语。像他这种境界的人,已经无所谓精通哪门语言了。但他的内心深处的确深埋着对一门濒临失传技艺的责任,那就像是冠冕无数的棋王所愿保留的最后一个头衔。那是一份荣誉,一份继承,因为全世界能珍藏它的唯他一人耳!

"不能说吗?"她咬住他的耳朵。

"呵,是 Lisp。"

旧报纸覆盖的窗户突然被一道亮光刺破,然后是一声巨雷,天空下起雨来。这座南方的城市,即便在寒冬,也是那般的潮湿。在一百多年前,一本影响深远的科幻著作开宗明义地写道:在很久很久以前的魔法时代,任何一位谨慎的巫师都把自己的真名实姓看作最值得珍视的密藏，同时也是对自己生命的最大威胁。因为一旦敌人掌握了他的真名实姓，随便哪种人人皆知的普通魔法都能置其于死地。世易时移，人类社会自工业革命起，时代转了一圈又回到魔法时代，人们重新担心起自己的真名实姓来。

大师的预言是深邃的。确实如此，且不说如今黑客们是怎样谨小慎微地隐藏自己的身份，就连程序语言的类型也变成一种禁忌。从某种意义上说，Lisp 不就是自己的真名实姓吗？Lisp？她撇撇嘴，心不在焉地去摸他下巴上的胡茬，有点扎手，但很好玩儿。

她没有以牙还牙地嘲笑他的独门武器，因为她虽然不理解这门语言，但她至少明白这门古老语言所应享有的尊严。历史中常常可以读到：一些被主流界所驱逐的吟游诗人，苦心孤诣地研磨着它，保护着它，不容任何世俗的流言诋毁它。他们心中对 Lisp 充满了宗教般的虔诚。然而，Lisp 终究还是灭绝了，那已经是上个世纪的事了。

"Lisp 好在哪里？"她的脸贴在他的胸膛上，聆听着他的心跳，那嗵嗵的声音就像是巨人的脚步声。在传奇的 Lisp 面前，任何顶尖高手都像一个不谙世事的少年那样无知，他们的困惑常常可以归为这样一个傻气而幼稚的问题："Lisp 好在哪里？"

"因为，它是最接近于理解上帝的语言。"

"上帝？"她愣住了。如希腊谚语所言：在木匠眼里，月亮是木头的。在程序员眼里,上帝用代码创造了宇宙。圈内流传着一个笑话——一个程序员问:上帝真的在七天之内创造了世界吗?先知的回答是:依靠可乐和糖果,他在六天之内就完成了这一切。第七天他回到家里,发现他的女朋友离开了他。

想到这里,她咯咯地笑起来。他饶有兴致地望着她,好像他对她毫无来由的发笑并不意外。

"喂,说正经的,"她止住笑,"你为什么有肚无胸啊?"

他一愣:"什么意思?"

"你身怀绝技却胸无大志呀。你的理想是什么?难道你没有理想吗?"她不怀好意地扫视了一圈这简陋的房间。

"理想?有的,"他笑了,"理想就像是一条内裤,得有,但总不能逢人就亮出来吧?你的理想呢?"

"哎呀呀,对头。理想就像是一条内裤,其实我没穿,却不好意思说。"她婴儿肥的脸蛋上飞起两朵红晕。

"嗯。理想就像是内裤,小时候的理想比较大,长大后却越来越小,于是就成现在这样了。"

"哈哈。理想这条内裤,看别人穿得挺诱惑,自己却没那个身材。"

他们响亮的笑声充盈着这间四面漏风的屋子,这在房东太太看来简直不可理喻,她愤怒地用一根长竹竿连连捅击楼板。

良久,她不好意思地把脸藏在他的下巴下,轻声说:"你喜欢我的身材吗?"

"嗯。"

"那么,你想看我的理想吗?"

◆ 13 ◆

屋子本来就窄小,还被四处乱放的零件占领着。她随便挪一下屁股都会被该死的螺钉硌疼。整个下午她都在叽叽喳喳地说个不停。

"你知道我是怎么认识你的吗?小时候无论我使用什么开源软件,人家都会告诉我,里面的核心代码是一个叫融的人开发的,而且这家伙很嚣张,在许多重要的软件里都留下了后门程序。人们痛恨他的胡作非为,却又不得不使用他的程序。那时我就暗暗发誓,一定要把他揪出来,揪住他的耳朵吼:你凭什么偷窥我的隐私?

"后来,人们叫他屠龙战士。因为他与普通的程序高手如此不同。他对商业软件嗤之以鼻,他甚至藐视团队的工作方式,他就是一个独行者,孜孜以求他的理想、他独特的理念,那就是人们常说的编程之道:龙。他寻找着龙,哈哈。现在想起来真好笑,那时我是一脸花痴地想象着屠龙战士的威猛形象。说真的,我现在还不能理解什么是龙。

"再后来,在 Caltech 比赛中,他留在尘世的唯一象征——流火,被击败了。在流火被撕成碎片的那一刻,我的心也碎了。我不敢相信自己的眼睛。有人说融已经废了,我说你放屁!直到今天,我来到他面前,我才明白,今天的融真的已经不再是从前那个不可一世的天才了。他曾经目空一切,嚣张却又令人信服,乐于接受来自四面八方的挑战;他以一当百的创造力,他高山仰止的编程境界,都深深地震撼着高手如云的代码世界。而现在,他低调、冷漠,无心维护自己的荣誉。他、他甚至……付不起房租……这中间发生了什么,融?"她的眼眶红了,嗓音陡然变得哽咽。

融没有回答,他安静地忙碌着。他用一把瑞士军刀削着一根同轴电缆,就像主妇给瓜果剥皮一样娴熟。他举起一红一黑两根探针,一根探头捏在手里。一根放在舌头上,仪表上的指针轻微地动了一下。他大汗淋漓地使着一个电烙铁,额头紧挨着白炽灯泡,神情专注地在一块电路板上工作着,那水银般晶莹饱满的锡液准确地滴在焊点上,凝成完美的半圆球。

她望着他,不知不觉地安静下来,她被他的手艺迷住了。虽然这些把戏在上个世纪是很普通甚至卑微的工作,但在现代人看来,却像魔术师一样神奇。现在的程序员里有多少人了解他们的机器?好比他们满不在乎地从网上下载开源软件,却从不拆开封装去一探里面的原理。

只听见"嘀"的一声，机箱上的指示灯亮了，硬盘发出嗡嗡的运转声，光驱咝咝地应和着，风扇的声响不算大，它沉吟、平稳，就像是交响乐的背景音。

"现在的机器飞快，但缺乏美感，不是吗？因为我们输入数据它立即给出结果，你感觉不到它在思考。而古代的机器，"他的手摩挲着机箱，像对待情人般轻轻地吹去它表面的灰尘，"我可以聆听它的思想……甚至心情。嗨！伙计，看到对面这位小姐没有？以后，她就是你的新主人，你得听她的。听到没？"他重重地拍了一下机箱，箱后电源风扇喷出一屁股灰，LED 指示灯刷地亮起来，屏幕浮出一行字：Hello, world。她扑哧一声笑了。

"好的。"他起身让她挪开一点位置，自己坐在床中间。面对着屏幕说，"现在，我为你展示一个神奇秘境，一个世人所不知的绝妙世界。有龙出没，请睁大眼睛。"

屏幕淡蓝的光映在他棱角分明的脸上，覆盖了他宽阔却又瘦削的肩膀，陡然之间给他披上了一层迷离的光芒，就像是屠龙战士的封印盔甲所绽放的那样。她怔怔地望着他，嘴微张着，说不出话来。"愿意坐过来看吗？"没等她回答，他便自作主张地把她抱到腿上。如她所言，他是嚣张的、不可一世的。从来如此。

◆ 14 ◆

"在龙出没的世纪，人类的智慧混沌未开。先知把目光投向浩渺星空，在他们的视野尽头，有一颗叫大火星的暗红色亮星出现在南方夏夜低垂的天幕中。

"上古的皇帝设置专门的星官'火正'观察这颗星，因为从大火星的运行轨迹可以探知泥土里春日萌苏的讯息，'七月流火，九月授衣'。上古的皇帝为了探知地平线下的星图，派遣一位鼎鼎大名的火正前往南方，这位火正的子孙在南方潮热的红土地里定居下来，他们被称为祝融氏。祝融在南方的开疆拓土不仅大大拓展了帝国的版图，更重要的是，他的观察使原本隐没于南半球的星图展露出来。于是在几千年后，一位兢兢业业的太史令在他的传世之作中留下了'老人星'的踪迹：寿星，盖南极老人星也。老人星在几千年内一直是一名南极隐士，它的发现极大地振奋了巨龙国的子孙，他们不断向南挺进，远征丛林密布人迹罕至的交趾，甚至扬帆南下，在牵星图的指引下一路向南，向南！天际线不断退却，被地理位置所拥塞的视野豁然开朗。一名被派往交趾的星官在给皇帝的报告中兴奋地写道：我看见老人星在海平面上很高的位置闪烁，它的周围还有许多明亮的星星。

"几个世纪后,大航海时代的到来让人类第一次把南北星图的空白全部填满。但这还远远不够,几百年后,人类开始向太空发射人造卫星,人类的探测器像南征的火正不断地向外太空挺进,伽马射线、X射线、紫外线、光学、红外线、射电所得到的观测数据构成一个全波段的数字天空。光学望远镜的接收面积每二十五年增长一倍,天文探测器上的CCD像素每两年增长一倍。人类虚拟天文台数据库的信息量每一百一十八小时增加一倍,摩尔定律远远跟不上天文观察数据的增长指数。人类从未像今天这样细致入微地审视着天空。如果说宇宙呈现在远古人类视野中的不过是一团漆黑的虚空,那么今天,宇宙在我们眼前就像是光芒璀璨的水晶,没有一个角落会存在探测盲点,宇宙诞生之初的图景也通过类星体幽微的星光向我们真实地呈现……然而,我们真的能读懂宇宙的信息吗?"

他打开虚拟天文台(虚拟天文台是对各种天文观测数据进行统一规范的整理、归档,构成一个全波段的数字虚拟天空,用户不需要自己配备观测仪器,只需登录虚拟天文台,即可使用数据),随着虚拟镜头的推进,屏幕上浩如尘沙的星系、星团从他两腋掠过,就像一艘孤独远航的飞船行进时,深邃的星空在宇航员目镜中所呈现的那样。不,这不只是一趟普通的宇宙之旅,这也是一趟时间之旅,从探险家双腋掠过的还有时间之沙,就像胶片放映机的倒转,自今至古,上溯到邈远的恐龙世纪,甚至宇宙的起点……

"公元前十三世纪,天蝎座 α 附近一颗超新星大爆发,它的亮度陡然暴增了几百万倍,其光芒竟辉映了一小半天空。它成功地在一小块甲骨上留下了它的'底片':七日己巳夕……新大星并火。

　　"公元 185 年,超新星 SN185 的爆发在人类的记忆里留下了更为生动鲜明的印象,一名叫孟康的官员忠实地记录了天空中唯美璀璨的胜景:有赤方气与青方气相连,赤方中有两黄星,青方中一黄星。他所描述的超新星光环结构与我们今天利用哈勃望远镜观察到的并无二致。

　　"但天空中最灿烂的景象当属公元 1054 年金牛座天关星附近的超新星大爆发,它产生的亮度要超过太阳几亿倍,持续两年之久才渐渐隐没。钦天监在给皇帝的奏章中激动地写道:我见到一颗客星的出现。这颗星微带晕色,发黄光,我恭敬地遵从皇帝的旨意占卜,卜曰:客星不犯毕宿。这说明皇上圣明,且国内有伟大的圣贤。我恭请将卜辞交国史馆存档。

　　"几千年来,不,自洪荒以来,超新星不断以强烈的射线轰击着智慧生命的眼球,这夜空中最绚烂的礼花在向我们传递什么信息呢?"

　　机器突然发出一阵电流噪声,听起来就像是收音机搜台时的嘈杂声。她迷惑地望着他。他微微一笑,轻敲键盘,屏幕上出现几行字:

2004。地点：波多黎各，阿雷塞博。方位：双鱼座、白羊座星群之间。标签：SHGb02+14a。频率：1 420 兆赫。

"刚才不到一分钟的噪声便是阿雷塞博射电望远镜所接收到的最可疑的文明信号，它调制在1 420 兆赫波段上，这个频率对应的是宇宙氢气吸收、释放能量时的波段。这个波段的信号无疑最可能来自星际文明。"他再次敲击回车键，许多幅类似音频调制曲线的波形图呈现出来。

"几十年来，科学家动用了小波分析、语义分析、遍历算法、遗传算法等各种手段来破译这段信号，但他们都失败了。事实上，自 SETI 计划以来，人类无数次截获可疑的文明信号，就像自甲骨文以来，火正、钦天监们无数次被超新星爆发所震慑一样，只是从来没有人真正读懂过这些……"

他的目光穿透幽蓝的屏幕，刺破厚重的苍穹，直视那亘古寂寥的星辉……

"它们是真正孤独的诗句，艰涩、微言大义。在宇宙中长途跋涉，历经引力透镜的折射、星际尘埃的散射，终湮没于宇宙混乱的背景辐射……直到有一天，我就像被一道闪电击中时才恍然大悟：上帝的语言又岂是巴别塔的子民可以领悟的？凡夫俗子的语法规则又岂能适用于高深莫测的上帝？就好像一个面向对象的程序员在简陋的机器语言面前就是一个白痴一样。道生一，一生二，二生三，始有机器语言。机器语言生汇编器，汇编器生编译器，最后产生上万种高级语言。在语言的进化之路上，我们与宇宙的真谛渐行渐远，以至于我们再也不需要数学就能成为程序天才。

"遂古之初，谁传道之？这亘古未解之天问由谁来解答？

"有这么一群人，他们的内心倒映着深邃的星空；他们荡涤了脑海里那些凡夫俗子的陈腐律条；他们纠结于那些被世俗所嘲笑的时空观念而不能自拔；他们崇尚开放、自由、共享的理念，却被商业社会所驱逐；他们离经叛道的个人主义为主流世界所不容；他们是上帝之友、世界公敌；他们上下求索，不知所归；他们苦苦追寻龙的足迹……他们被称为屠龙战士，他们是祝融的子孙！唯有他们，才能理解上帝的语言。"

清澈的泪水滚涌而出，他半仰着脸，任凭清癯的脸庞清泪横流。屠龙战士并非冷漠如刀口舐血的杀手，他们冰冷，只因他们孤独。屏幕上那些传统数学工具所构建的波形突然风云变幻，那些高超的人性化设计图形界面分崩离析，画面膨满了跳动的数字：0，1。它们群魔乱舞，乱花迷眼，混沌之中却又透着一种难以言表的韵律。那不再是人类所能理解的语言。她转过头来紧紧环住他的脖子，贴着他的泪痕去感受那火热里的酸楚。

现在是键盘钢琴师的表演时间了。他俯下身，按动了一个开关。他身后的墙亮了，这寒碜的房间竟然还藏着一台昂贵的投影仪。另三面墙随即也亮了起来，上面波动着 0 和 1 的量子涟漪。不久，塑料顶棚和水泥地面也亮了，就好像光在镜面立方体内折射投影，产生出你中有我、我中有你的幻象。她背靠着屏幕，没有去欣赏那指尖的芭蕾。她只是凝睇直视他专注的眼神。从那里，她可以读懂 0 和 1 的密码，读懂这静默无语的夜空。键盘的敲击声就像是万马奔腾的嘚嘚蹄声，混乱却又浑然一体，连绵却又跌宕起伏。她仿佛看到源源不断的数据流从他指尖送出，它们简洁优美，既是语法功能的指令，又是作为对象的数据。每一个对象都有自己的生命周期，生命周期结束之际也就是对象死亡之时，不存在永久的对象。每一个语句都有自己的灵魂，它们并不完美，却在变化中不断臻于完美。电信号沿同轴电缆传递到激光调制器。激光束的强度、频率伴随着这波动的 0 和 1 有节奏地变换，沿着地球表面的光纤无限蔓延。光纤像地球的毛细血管，它们连通了世界各个角落的超级计算机。虚拟天文台的海量数据被有条不紊地分配到各节点进行网格计算。各节点的超级计算机可能是光子的，可能是量子的，也可能是生物的。但无论是一小团爱因斯坦－玻色凝聚态的超级低温原子，或是几个纠缠态量子，还是一小撮蛋白质或 DNA 分子，都被调动起来，参与了这宇宙中最完美的谐振。内华达州沙漠里的云计算中心，一座面积超过迪斯尼乐园的硕大无朋的机房里，每一块硬盘的"咝咝"运转，每一根红色或绿色发光二极管的一明一灭都与之休戚相关。

　　不知过了多久，键盘声渐渐平息下来。融疲惫地俯在她柔弱的肩膀上。墙上跳动的数字就像是游泳池里荡漾的波光，轻柔地拂过他的身子。"云"仍在马不停蹄地执行着计算，这无疑是自洪荒以来地球上最大规模的数据处理，人类曾经引以为傲的分布式计算工程"SETI 计划""Folding"在此均相形见绌。这笔费用按"云"的国际市价计将是一个天文数字，但是，房东太太不会收到这样一张账单，因为在伟大的程序员面前，"云"就像只家猫一样驯服，没有人会知道是谁在一夜之间调用世界上最先进的计算机进行了一次超负荷运算，就像没有人会找到埋在Quake10 的后门程序一样。

融聆听着机箱的运转声，就像一个高超的赛车手清晰地辨别着变速箱内齿轮的啮合声一样。突然，他说："让我们一块儿倒计时吧。"他躺下来，闭上眼睛。她狐疑地跟随他并排躺下，心中默数：10，9，8……1。

房间里强烈地一闪，像是有人在拍照，迅即熄灭，唯有显示器投射出一屏幽蓝的光，屏幕上只有一个数字：1。

"这是什么意思？难道这虚拟天文台的海量射电、光谱信息最终运算的结果就是 1？"

"不。这并不是一次普通的计算，而是一次测试。"

"测试？"她愈加困惑了。

"你不记得自己那天在街上是怎样愚弄智能程序了吗？"

她张大了嘴巴。哦，上帝。她胸中像是有一只兔子在乱窜。颖悟过人的她马上明白了问题的关键。"这难道是宇宙对人类进行的图灵测试？"她倒吸了一口冷气，眼睛一眨不眨地望着他。

"是的。1 表示我通过了宇宙的图灵测试。"

"你骗人！难道数千年来超新星大爆发的伽马粒子暴、各种射电源信号、脉冲星的射电脉冲都是在对宇宙中的智能生命进行测试？"虽然他浑身都透着一股令人信服的智慧的力量，但这个推断的确太惊世骇俗了。

是的，起初连他自己也不敢相信这是事实。他抓住她小巧的手，合上宽大的手掌，放在胸前："我会向你证明的。"

他在键盘上输入 270 个字符，然后捉住她的手放在回车键上方，说："按下它。"

"会发生什么？"她的手指本能地颤抖起来。他火热的目光里传递着鼓舞的力量。

一声清脆的键响，苹果机突然嗡嗡作响，这震动让它笨重的机身在方桌上微微移动，电源风扇失心疯一般地嘶叫，硬盘传来"嘟——嘟——"的警报。这台产于 2021 年的机器就像老牌利兰变速箱一样可靠，可此刻也不禁让人担心起来。空气中传来橡胶的焦煳味。她不安地望着他。"嘘……"他在唇前竖起一根食指。

屏幕陡然花了，无数条来自虚拟天文台的信息就像病毒一般疯狂地轰击着屏幕。

NASA 雨燕号太空观测站：UTC-5EST.10:37，编号：GRB0565098，仙后座，短伽马暴，持续时间：38S，能段：$0.32 \sim 1.78 \text{MeV}$。

GLAST 高功率伽马射线望远镜：UTC-5EST.l0：37，编号：GRB056509C，蟹状星云，伽马射线暴，持续时间：0.1354S，能段：71～82GeV。

SETI 阿雷塞博射电望远镜：UT-5EST.l0：37，编号：GRB056510C，小麦哲伦星云，光变异常。

LSKA 平方千米阵射电望远镜：GSM+8.23：37，编号：CHA1984524A，鲸鱼座 UV，亮度剧增 11 倍。

她不寒而栗地回头望着他。

他微笑着点点头："这都是你干的。"她还在迷茫间，他拉起她的手冲到门外。外面寒风萧瑟，铅云低垂，天空一明一灭，就像过节一般。刚才还冷冷清清的大街上突然塞满了人，人们仰望着天空，交头接耳地议论着。有的人举起了望远镜，有的人在打电话，有的人掏出 PDA 拍照，黑暗中此起彼伏的闪光灯显得可笑至极。"发生了什么？大游行吗？"她很快发现自己的疑问很傻气，因为夜空太诡异了，南方绛蓝色的天空有暗红的血色漫漶，宛如隐没的云龙，时而展露一下它的峥嵘头角。天边传来隐隐约约的嗡鸣，像是野兽的低沉吼声，又像是高压电弧造成的空气震荡，耸入云霄的电视台铁塔正嗤嗤地冒着电火花。地面上的人们纷纷指向她的背后，她转身一看，惊呆了——

北方的天空更为诡谲，一道帷幕状的蓝绿光带缥缥缈缈地印在天空，它的尾部是流线型，微微朝星空翘起。天空就像是铺了一层透明玻璃纸，荡漾着五彩斑斓的潋滟波光。

"地震云？"她转向他。

"是极光。"

"极光？"她双肩耸起，"这里是北纬38度啊！"

是的，地球背面的太阳耀斑大爆发，在地球磁场引发粒子暴连锁反应，带电粒子沿两极地球漏斗形磁力线撞击着大气中的氧、氮、氩，绽放出绚丽多彩的光芒。来自银心射电源的宇宙线与地球厚厚的大气激烈碰撞，激发出次级、三级粒子，广延大气簇射给地球的夜空制造出光怪陆离的幻景。高能粒子让太空空间站里的盖革计数器指针疯狂地冲击红线区域，宇航员正惊慌失措地试图与地球联络，麦克风里却充斥着静电噪声……他无意向她解释这一切，还是用最简单的方式来回答吧！

他拉着她回到屋子里，在电脑上打开 NASA 的在线直播，播放器对准的是造父变星，图像是由 LAMOST（LAMOST 是中国的大天区面积多目标光纤光谱天文望远镜）传来的，页面上四千根光纤、十六台光谱仪和三十二台 $4k\times 4k$ 的 CCD 相机接收的光谱信号经专门的软件统一处理后，合成展现出一幅造父变星的高清光谱图像。然后他打开另一个页面，上面显示了一个输入框，他输入一行指令，仍旧握住她的手，说："按下它。"

她按下回车，光谱上的谱线迅速变宽变浅；再按，谱线又立即收窄变深；她索性乱按一气，谱线也失心疯般地变化着，就像手风琴在一张一弛地奏鸣。她神经质地使劲摇头:"这是你编故事骗人的吧?这根本不是LAMOST传来的信号!"

"好吧。"他手指舞动如飞,一口气打开十几个页面,全部是网络电视在线直播页面,他把窗口平铺在屏幕上。好像是有什么大事发生了,因为所有的直播频道都在播出同一个或是相似的画面,这些图像来自NASA,来自ESA,或是来自中国航天总局;主持人戴着耳麦,不停地与导播低声联系;屏幕下方有一行行的文字消息滑过,与她刚才看到的大同小异。她狠狠地按下回车键,不可思议的事发生了,主持人背后的大屏幕清晰地传来画面的异动。演播室里大概响起了惊诧的呼声,主持人也感觉到了,频频回头去看发生了什么。无数个直播画面都与她指下小小的回车键建立了联系。天哪,这到底是怎么回事?她全身汗毛都竖了起来,眸子中满是诧异惊恐地望着他。

他满不在乎地笑笑,说:"这没什么大不了的。其实上个世纪的科学家就已经能做到。老一辈的网络工程师曾想出一个绝妙的主意,实现星际互联网。他们设想用中微子轰击造父变星,可以让其内核加热扩张,缩短星球的光亮周期——这就像有规律的电流刺激能促使人体心脏恢复跳动一样。造父变星十分明亮,更何况我们还有强大的望远镜。这样一来,我只需用上帝的语言输入几个指令,就接管了SETI在全球范围内的射电望远镜,通过它们向星空发射我的代码;造父变星执行了我的命令,它加速或放慢了自转速度,于是在我们的光谱上出现了谱线的变宽与收窄。

太阳耀斑、仙后座的伽马粒子暴也是基于同样的原因而爆发。"

那一刻她几乎就要相信他了,但她突然想起了什么,大声说:"可是仙后座离我们一万光年,你的指令现在还在太空里跑呢!它们怎么会响应你的指令?你这个骗子!假的,全部是假的!"他耐心地等她安静下来,目光里充满了怜爱,好像她的愤怒在他眼中是一种可爱。这让她的肺都要气炸了。聪明人被愚弄的感觉可不好受!她狠狠地捶了他一拳,"你倒是解释啊!你这个混蛋!""让我们的老朋友苹果来回答你吧。"他的手温柔地摩挲着全身滚烫的机箱,他慢条斯理地说道,"在我们输入指令后,苹果若懂得思考,也肯定以为最终的运算结果是它'意识'的结晶,可悲的是,它的意识不过是事先预置程序的执行。事实上,程序员不必等到机器运算结束才知道答案,他早已对一切了然于心,不是吗?无论事情的发生、演化,还是最终的结果。"

"啊!"她恍然大悟,这一顿悟让她全身凉透。天哪,如果说上帝是一个程序员,人类不正像是一台机器吗?人类自以为是的自我意识不过是上帝预置程序的执行而已。上帝不必等待人类的"意识"做出决定后才回应,就像融刚才表演的那样,他不必等苹果的运算结束就在心中默数,迎接那早已预料到的结果。

想到这里,她跌坐在床上,脑袋里空空如也,那些固若金汤的常识、概念、世界观……全都轰然崩塌。这就是答案。外面突然响起人群的欢呼声。流星!流星!狮子座流星雨绽放在童话般五彩缤纷的天空里,人们幼稚的心愿与绝望像飞火流萤在黑暗中乱舞,这个夜晚是如此的神奇。程序员的目光垂落到自己的指尖,嘴角浮出一丝落寞的微笑。

"喜欢我为你燃放的烟花吗?"

"嗯。"她俯在他的肩膀上,泪水像洪水般决堤而出,那一刻,她终于认识了她自己、生命、爱,以及死亡。她的指尖深深地掐进他的背。

◆ 15 ◆

冬天的早晨寒冷萧索,融醒来时身边的她已经不见了,被窝里还残留着她火热的温度,以及蜷曲的卧痕。方桌上留有一张纸条:Quake10。

在他登录进Quake10对战平台时,才发现自己错过了一场好戏,心有余悸的看客们告诉他,刚才有一个嗜杀成性的少年把010区杀了个天翻地覆,他逢人便砍,连头上顶着保护光环的菜鸟也不放过。他一人霸占了010区,现在没人敢登录那个区了。他微微一笑,他知道"他"是谁。果然,他刚刚进入虚拟界面,一个居高临下的苍白冷眼便射了下来。

"骆……"他还没来得及喊出她的名字,她白衣飘飘的身影已经化为一道凌厉的白光,俯冲下来。剑花像漫天飞舞的雪白花瓣，覆盖了他的天空，逼得他连连后退。她似乎对他内心的一切洞悉幽微，招招直奔他的死穴。这是怎么啦？他不禁有点恼火。好吧！那种久违的血脉偾张的情愫漫遍全身。

当Perl遇到Lisp，当诗的语言遇到元编程，没有寄生、伪装、复制等诡诈的手段，只有公平的正面攻击，这才是真正的角斗：长剑对钝刀。他的刀很钝重，就像Lisp的笨拙，它是解释性的、递归的，它的执行相对迟缓。但它拥有理论上至高的计算能力（Lisp使用递归控制结构，具有和图灵机相同的，也是理论上最高的计算能力）。它可以准确地判断出对方剑刃的落点，尽管那已是速度的极限。它的数据与程序是同一的，程序即数据，可被处理；数据亦是程序，可来执行。它根本就是无法的，就像他浑然天成的刀路。

他胸前的皮铠被划破了，露出古铜色的胸肌，他宽容地任凭锋利的雪刃刺破他的身体，但他的理智让这锋芒停留在表面——他的内部代码是不容触犯的，那是龙的宝藏。即便是流火被豪魁秒杀的那一次，内部代码也在同一瞬间自毁，化为数字混沌。没有人能亲睹他的钝刀，他也从未使用过这把钝刀。

但是，他的宽容并未赢得她的认可，反而让她的剑芒更炽，被鲜血浸满的雪刃愈发凶猛，永不停歇，绝无手软！她的十指深深地嵌进键盘，就像琴魔的化身，手指在毫无节制地倾泄着夺人魂魄的代码。她已经不太在意代码的精确，她意在发泄，那似癫似狂的琴符本身就传递着令人窒息的压力。Perl是宽容的，你甚至不必定义就可以使用数组。它本来就是诗人的创造，是感性的挥洒，是淋漓尽致的表达……

他迷惑了，他不动如山的意志也不禁微微颤抖，后背涌上一丝久违的寒冷，就像毒蛇之吻爬上脊梁。即便是面对恐怖伊万，他的手指也不曾这样战栗过。他的内心深处不禁涌出了一丝羞恼。

他已经被逼退到悬崖边沿，如再退却，系统程序"悬崖"将会利用规则把他撕得粉碎。他虽拥有不可一世的程序天才，但也无法凌驾于环境参数之上，正如现实中人不可能抗拒黑洞的引力一般。他的目光里流露出疑问，可是她没有回答他，甚至看也没看他一眼。她大喝一声，所有的手指都压在琴弦上，要弹出这天地间最具毁灭性的音符，然后让一切回归地狱般的宁静。剑刃深深地没进他的胸膛，时钟定格在 5.33 纳秒，这是系统的时钟周期，转化成内存延迟不过 10 纳秒，这一刻之后，那鲜血淋淋的心脏——那传说中的 Lisp 代码终将大白于天下，荣光的继承，道的传承，一切的一切终将在这一刻后归于尘土……

但他不会让这一切发生！一种无法解释的本能，或是屠龙战士血液里天生的狂躁因子，让他在一刹那亮出了钝刀。

世界眨眼间灰飞烟灭，Lisp 向那些早已遗忘了传统代码荣耀的年轻程序员展示了什么叫计算的极限！在排山倒海的攻击波下，系统程序所构建的环境、背景，隐藏在后台程序里自作聪明的偷学者，以及他正面的敌人，都化作齑粉，系统缓存里也找不回他们代码的碎片!这场战斗不会有重播录像,因为这一瞬发生的一切都在这一瞬清空了。它终将成为Quake10的不朽传奇,来自两个完全陌生的人,只有像"豪魃"这样老一辈的程序员还记得他们,他们知道这二人是谁,因为那永远不可模仿。

融有些吃力地取下头盔,因为他的痛感神经也承受了那疯狂的一剑,但他没有顾得上喘息,便在大厅里四处张望,焦急地寻找那个身影,他知道她在这儿。

许多白大褂急匆匆地奔向一个角落,融抓住一个医生的肩膀问道:"发生了什么事?"

"那玩家死了,听说是个姑娘。"

"这是游戏!怎么会死?她顶多是休克,你还是不是医生?!"他摇着医生的肩膀,狰狞的神情看起来恨不得把对方撕碎。

被摇得几乎散架的医生无力回答他的怒吼,但急救车令人心悸的尖叫和闪烁的红灯回答了他。他跌坐在躺椅上,泪流满面。

"这只是游戏,但与你作战的并非什么程序,而是真实的人。她把她的大脑程序上传到了Quake10。"一个警官告诉他。

他冲上去给了警官鼻子一拳:"你当我是白痴吗?人怎么可能有大脑程序?啊?"

警官叹了口气:"融,我是'豪魃'。今天010区的异常状况把高手们都引来了,我知道你一定会来的……当年我打败了流火,我以为自己打败的是你,然而我错了,我知道流火背后没有你。因为你是不可战胜的,所以后来我绝望地从程序界退隐,当了一名警察。她留给你这个,上面写着'给打败我的……咳,最爱的人'。"

警官递给融一个存储器。

◆ 16 ◆

她很早以前就在网络中存在了。她起初很简陋,但强大的自我修补、模仿、进化能力让她的代码逐渐臻于完美。除了拥有比人类更牢固的记忆外,她的喜怒哀乐与人类的意识相差无几,她甚至确定自己是一名女性,当然,她还具有极少数人才具备的代码天分。

二十一年前,一个生物器官培植公司的全自动化流水生产线出了一个小小的岔子,监测系统却对此毫无察觉。一个只负责培养"大腿"的"蚕茧"培育箱接到指令:培养一个完整的人。"蚕茧"忠实地执行了这个指令。

几个月后,一家试管婴儿公司智能电脑的订购单上,出现了一对来自泰国的夫妇的订购要求,奇怪的是这对夫妇没有提供自己的基因,订购单指明的对象是一个代号 010 的女性胚胎。智能电脑毫不犹豫地执行了命令,把这个女婴培养大。

五年后,一家慈善机构的"亚洲孤儿"数据库里出现了一个叫扬乐的女孩,她的"双亲"栏里显示的是"不详"。一对来自美国的夫妇领养了她。她看起来与其他的儿童没什么不同,除了偶尔会脱口而出一些高深的词汇。

女孩长大后,很快表现出出类拔萃的程序天赋。她没有玩伴,没有其他爱好,唯一的乐趣便是沉溺于代码世界与人厮杀对战,砥磨自己的技艺与意志。她是无法理喻的,养父母也无法解释她怪异的性情,即使是她自己,也一直生活在无边的迷惘中。直到有一天,她等来了那个冥冥之中注定要出现的人。

融,那就是你。谢谢你教会她很多东西,让她明白了此生的含义,以及她的来历。只是她错了,或者是制造她的人错了,或者是设计这个游戏的人错了。就像许多老套的科幻故事中所描绘的,智能程序爱上了她的主人……不,你不是我的主人,你是我的猎物,融。当你用上帝的语言向我展示龙不再是传说之时,我的心在颤抖。因为,融,你知道吗?上帝是不会允许一个能理解他的人存在于这个宇宙中的,就像在程序员创造的世界中,他是不会允许系统角色拥有网管的权力的。当人类发现了一个异想天开地入侵上帝系统的方法,便有了原罪。融,我的存在,便是为了杀死你。

只是我无法明白,上帝为什么做出这样拙劣的设计:让我来维护系统。事实上,我杀不了你,虽然我对你的致命弱点了然于胸：你的骄傲就是你的阿喀琉斯之踵——Lisp。虽然我已经拥有了置你于死地的能力，但，我杀不了你，因为我爱你，融。

——骆驼

◆ 17 ◆

当几位神情严峻的警察出现在三楼的阁楼时，房东太太的心都抽紧了。老天爷，发生了什么事？"警察同志啊，我一辈子都遵纪守法……""啊，他就住在这里？"

"您是说，那个……穷小子？这混蛋惹什么祸可跟我无关啊！"

"他已经死了，有人在河边一个废弃的水文监测站里发现了他的尸体，是自杀。"警官说。

了解到警察们此行与自己的偷电行为无关，房东太太心中的一块石头落了下来，但她依旧装模作样地号啕起来："这个杀千刀的，他欠我好几个月的房租还没交呢！还有电费、水费、卫生费……"

"谁是凉凉？"警察的手上抖着一张纸。房东太太顿了一下，凉凉？因门框变形而关不上的房门虚掩着，门缝里露出凉凉扁扁的嘴唇和大而晶莹的眸子，她已经从大人的话里明白了些什么。

"他留下了一份遗嘱,受益人是凉凉。"

"啊?"房东太太抢过那张纸,上面那一长串的 0 令她头晕目眩。

他的遗产是无价的。警官的目光穿透窗户纸上的大窟窿,向清澈的苍穹望去,心中充满了敬仰。"哇"的一声,凉凉大哭着奔下楼,她才不在乎纸上的数字,她只知道那个教她做数学题、几乎什么都会的万能的叔叔不在了。她跌了好几跤,胖胖的膝盖都摔破了,一口气冲到门外,哭着喊:"叔叔,不要走哇,回来教凉凉数学题啊……"

硅基地球

农村包围城市

文 / 喀拉昆仑

科幻
硬阅读
DEEP READ
不求完美 追逐极致

我的一台闲置手机，居然把旁边的另一台手机给吃掉了，最终两者合二为一，变成了一台从未见过的新手机！

整个过程还要从年前说起。那时，为了能让孩子在城里上学，为了避免让人抓狂的婆媳矛盾，我去县城郊区租了套房子，将一家四口从乡下老家搬了过来，做起了"真正的市民"。有了住的地方后，我就开始陪老婆逛街、购物，添置家用，面对商场里琳琅满目的电子新品，一向节俭的她终于想要换手机了。

我也终于松了一口气。

她手里正在用的手机，是红豆5A，一款三年前上市的低端老年机，价格也就五百来块钱，很便宜。三十来岁的年轻辣妈，用着低端老人机，其实也是迫于无奈：她原本用的iPhone5c被孩子摔碎了屏幕，不能用了，换屏很贵，她舍不得，而我老爹正好要买智能手机，选定了老人机红豆5A，于是就多买一台给自家儿媳用了。

不得不说,她是个很会过日子的好妻子。

但那毕竟是台低端的老人机,配置很差,你就是再贤妻良母,也使不成高端机的样子。卡顿、空间不足是常有的事,开两个程序就会卡,孩子照片也存不了几张,每天都要用手机管家清理一遍。因为"找不到合适的换机对象",她不肯换新机,一直因陋就简地用着,看着让人心疼。这次搬到城里后,看着街边鳞次栉比的手机店,还有店里让人眼花缭乱的手机,她终于动心了,决定换掉那台红豆5A。

我顿时有一种如释重负的感觉。正好我手里的荣奥5C也该换了,于是我陪着她花一个下午的时间逛了好多店,最终选择了华为nova6se,8G运存+128存储的高配版,价格也在可以承受的范围内,两人一人一台,满意而归。

当天晚上,我和她忙着探索新手机的各种功能,再无暇他顾。两个孩子也终于如愿以偿,肆无忌惮地在父母替换下来的两只旧手机上折腾,把"大人用的东西"全删了,腾出空间下载了一大堆幼儿常用软件,像什么小伴龙啦,宝宝巴士啦,贝瓦儿歌啦,汤姆猫啦,熊大快跑啦,快乐小鸡啦,一眼望去,满屏幕都是卡通动物……他们兴奋地喊叫着,一边使劲折腾自己的手机,一边相互炫耀,毫无节制地玩了一晚上,直到睡觉时还不肯放手。

然后怪事就发生了。

第二天，我和老婆是被两个孩子的哭声惊醒的。

"两个手机长到一起了……"他们哭诉。

当我和妻子看到他们俩的手机时，忍不住笑了：两只手机面对面紧贴在一起，外面缠着一圈圈的头发。

"它们只是被头发绑在一起了，解开就行了……"我说着开始动手松绑，"这应该是妈妈的头发吧，这么长……是谁这么淘气啊，把两只手机绑到一起睡觉，哈哈——"

我打趣的笑声很快停止，因为我解不开那头发——它很长，在两只手机外面绕了一圈又一圈，我翻过来倒过去，怎么也找不到头，也理不清脉络。它似乎是一个完整的圆环，扭出十几匝，把两只手机紧紧绑在了一起，就像女生用橡皮筋扎头发那样。

老婆见我解不开，就去拿来剪刀，把那头发剪开了。

"这东西不像是头发，"她以女性特有的敏锐，发现了异常情况，"太脆了，剪起来就像是玻璃丝！"

"这不是你的头发吗？"我疑惑了。

"怎么会！"她坚决地摇摇头，把剪下来的一段拿到我面前，"你看，我的头发难道是这个样子的？"

我看清了那细丝的颜色，跟她的头发仔细一比，确实不一样，颜色更淡，直径也更粗。

"还这么脆。"老婆用手指一捏，那头发弯曲到一定程度，居然断了!

"这根本就不是头发!"她下了结论,眉头紧皱,"还不知道是啥东西呢……"

"不是头发?"我懵了,原以为这是孩子们睡觉前放手机时夹住了几根头发,翻滚几下给缠住了,或者干脆就是老婆跟孩子开的玩笑——现在看来,不是。

"你说它像是玻璃丝?"我忍不住问,"哪来的玻璃丝?"

"我哪里知道?"老婆说,"我可没动这俩手机,都是两个孩子在玩!"

这时大宝举着已经松了绑的两台手机走了过来:"妈妈,我和弟弟的手机还是连在一起,没分开!"

"没……分……开。"二宝跟着学话。

"给我看看。"我拿过那两台手机一看,果然还是屏幕对屏幕,没分开,我掰了下,发现掰不动,再用力,还是掰不开,就像是粘到一起了,顿时忍不住训斥两个娃,"你们这群害虫,是不是往手机屏幕上抹胶水了?"

"没有,我们什么也没做。"大宝辩解。

"没……做。"二宝学话。

"你别冤枉孩子,咱们家根本就没有胶水……"老婆说。

我愣住了,看看手里的两台手机,再看看老婆孩子们,不知所措。

"还看啥看,"老婆催促,"赶紧想办法弄开吧,他们急着玩呢……待会儿就哭了。"

"这到底是怎么粘到一起的?"我疑惑地将那两台牢固贴合的手机放到桌面上,手掰,刀割,牙签撬……捣鼓了老半天还是分不开,它们就像是天生连在一起的。

"不行了……"看着孩子们失望的眼神,我坦言,"弄不了了,再掰下去会把屏幕弄坏的……待会儿送给修手机的看看吧。"

孩子们同意了。

当我把那对"连体手机"送到街边的手机维修店时,柜台后的师傅以一种奇怪的眼神看着我。

"你这俩手机是咋了?"他问。

"我正想问您呢,"我哭笑不得,"不知道怎么回事,就这样粘到一起了。"

"屏幕抹了胶水?"他问。

"没有,家里没有胶水。"

"屏幕都是玻璃,很光滑,通常情况下只有用玻璃胶才能粘成这样……"他满脸狐疑地拿起那对手机,掰了掰,又对着灯光检查了一番后,问:"屏幕贴膜都还在吗?"

"一个没了,另一个还在。"我说。

"还有一张贴膜?"

"是的。"

"奇怪了,贴膜夹在中间,两块屏幕被隔开,玻璃板没接触,即使抹上玻璃胶应该也粘不住的。"他嘟囔着,尝试了一番专业操作,用热风吹,用药水滴,都没有打开。

"看样子,似乎是玻璃融合了。"他说着,指着手机又问了句,"它们这样屏幕贴屏幕放置了多久了?"

"昨晚还是分开的,过了一夜就变成这样了。"我说。

"不可能吧?"他不相信,"你可别骗我……这么短的时间,屏幕玻璃是绝对不会发生粘连的。"

我听出了他话里的意思,好奇心起,就问道:"你是说,手机如果屏幕贴屏幕放在一起时间久了,就会自动粘到一块?"

"是啊。"他解释道,"那是玻璃的特性。玻璃其实不是固体,而是一种流动极为缓慢的特殊胶体物质,碰上同类就会慢慢融合为一体,就像捏泥巴一样。"他顿了顿,"但那是要紧密贴合才行的,而且耗时很久,动辄上百年,你这个明显不符合。"

我说自己还是第一次听说这个。

"其实我也是太多疑了,"他摇摇头,自嘲地笑笑,"智能手机这才出现几年,怎么可能发生屏幕玻璃融合的事——但你这个情况确实符合玻璃融合,好奇怪,整个进程似乎被某种催化剂加速了……"他看着两台手机,陷入了沉思。

"不好修就算了,"我说,"反正都已经是淘汰产品。"

他却来了兴趣:"你先放这里吧,留个电话,我修好了就通知你来取。"

我担心空手回去两个孩子会失望哭泣,就没听他的,带着两台手机离开了。

"修手机这么多年,还是第一次遇到这种情况。"我离开前,背后传来了他的声音,"你那两台手机,太不安分了,哈哈。"

回到家里,两个孩子果然很失望,老婆费了好大劲儿才安抚住他们。

刚到手的玩具就这么没了,任谁也不甘心吧?

我认真地检查了一下那两台手机,发现它们都还能正常启动。虽然屏幕粘在一起,看不见显示是否正常,也无法触屏操作,但是重启时的震动,开机时的音乐,音量调节按钮的按键音什么的都正常,装上手机卡以后也能打电话(被叫)。除了屏幕粘在一起,它们没有任何故障,刹那间我觉得它们不是在打架,而是在亲昵,就像一对相拥的爱人,尺寸大些的荣奥5C是先生,小巧的红豆5A是女士,一如我和老婆。

它们没有坏,只是拒绝让人使用而已。

现在两个孩子没手机玩了，老婆为了避免他们再跟我们抢手机，便提议把之前早已淘汰的 iPhone5c 和索爱 lt18i 拿来。

我顿时无语："它们更老旧了，现在什么都装不上啊！"

那台 iPhone5c 已经摔碎了屏幕，不能用了，而索爱 lt18i 更是早已落伍，连微信都不能用，家里两个孩子常玩的那几款幼儿软件一个也装不上，拿来也没用。

"它们都不能用了，卖废品都没人要……"我撇撇嘴。

"先拿过来再说。"她节俭本性再度发作，"反正是给孩子玩的，如果他们两个不玩，那就卖废品，卖一分是一分。"

于是我跟老妈通了电话，详细交代了那两台旧手机的存放位置，请她给找到，然后再托人送到城里来，"让两个孩子玩"。

老妈答应了，不多时，电话就打回来。

"阿华啊，你们那两台手机找到了，在抽屉最里面，还是用头发缠在一起的，绑得严严实实。"老妈话里带着隐忧，"它们还能玩吗？我记得屏幕都坏了，有一个都碎掉了一大半了……要不，让孩子玩我这个手机？"

"别，别，您的手机还有用呢。"我连忙拒绝，"那两台旧手机既然找到了，让人捎过来就行了——对了，"我忽然想到一件事，"您说它们都被头发缠在一起？"

"是啊。"

"怎么缠着的？"我急忙追问，眼睛下意识地望向桌上那两台连体手机。

"我说不清，拿过去了你自己看吧，你舅舅今天下午正好进城。"老妈絮絮叨叨，"那么长的头发，是不是你媳妇给弄的，她收拾东西一向小心，我还以为你知道……"

挂了电话，我愣了好久。

头发绑在一起？

连体手机又来一对？

下午，两台手机带来了，果然，机身外面又是那种很脆的丝线绑着，缠得密密麻麻，剪开后，里面的机身又是那种屏幕玻璃融合！

我以询问的眼神看着老婆。

"这可不是我做的！"老婆连连摇头，"我当初只是把它们放在同一个抽屉里，没有叠放，更没有用头发缠住它们——那可不是什么头发，你知道的！"

我相信老婆说的是真的，也相信她不会有这类"诱导手机合体"的超能力，但眼前的这两台手机确实变成了合体状态，而且明显比前一对融合得更彻底：机身额头部位已经像捏泥巴一样融为一体，两种颜色的外壳混杂在一起，两个听筒都移到了顶端，并列排布，侧边按钮也融合了；机身下半截倒是依旧分成两片，一片是天蓝色的 iPhone5c 后壳，另一片是亮黑色的索爱 lt18i 后壳，中间夹着的是已经被挤得只剩一丝的融合屏幕。整个机器从侧面看起来，就像一只被纵向切开一半身体后，正在努力复原的涡虫。

照这架势看，合体已经进行了一半，假以时日，它们终究会彻底融为一体的。

更绝的是，它们居然还能正常启动和使用！插了卡，照旧能接到外面打过来的电话，可惜屏幕贴合无法操控，否则就接通了！

怎么会这样？我差点儿惊掉下巴。

之前荣奥/红豆那一组也就算了，毕竟融合程度较轻，两台手机只是屏幕粘在一起，各自的内部芯片零部件线路都还保持原状，能正常使用也不算奇怪。而艾欧/索爱这一对已经半个机身都融合了，两只听筒都被像捏泥巴一样挤到了一起，芯片线路等"内脏"恐怕早就相互挤压扭曲甚至兼并了——芯片那么精密，温度稍高都能烧毁，现在都变形融合了，居然还能用？

这还是电子产品吗？

"还真是邪了门了……"我忍不住叫出声来，"这些手机难道是活的吗？它们居然能自己寻找同伴，还能像变形虫一样合体，像蚕一样吐丝织茧！"

"你别说了，我浑身发毛……这都是什么怪物！"老婆有些害怕了,手机"连体"这种怪事,发生一次叫奇闻,叫未解之谜,可若是接连发生两次,还都是发生在自己身上,就真的有点儿恐怖了。

手机本是死物,现在却突然"活"了,开始相互兼并、一夜连体,你能接受?这样的东西你还敢再用?谁知道它们接下来会不会突然和你连体……

"如果哪天它们能长到人的手上,和人手连为一体……"脑洞大开的我忍不住嘟囔,"那时,可就真成'手机'了。"

"够了,我真受不了了……"老婆有些崩溃,"我不敢相信,这就是我每天拿在手上的东西……它也许会吃人的!"

她匆匆收拾一番,带着两个孩子回娘家去了。

她没带手机——不敢再带,也不敢再用,但又舍不得扔,于是交给我封存保管。临行前,她严厉地告诫我不要再碰手机,任何情况下都不要再碰!

我知道她这是好意,答应了,于是她上路了。

如果不出意外的话,回到娘家,她也会对孩子的姥姥和舅舅说同样的话,告诫他们远离手机。她认为这件事要保密,必须当面亲口交代,绝不能电话告知,否则保不准会被"活"手机给截听,甚至篡改。

我也很不安,手机怎么会合体呢?合体后,里面那么多芯片,为什么能不受影响呢?难道它们从一开始就设计了"融合接口",所以才能组合?

搞不懂,这事还是要找专业人士问问。

于是我紧急联系了一位曾从事电子产品研发的发小胖子,请教相关专业知识。出于对"手机畸变"的担心,我联系这位发小时使用的是电脑邮箱,没有打电话,也没有用手机软件。在电邮中,我详细地描述了一遍自己最近几天遭遇的"手机连体""吐丝织茧"异象,提出自己的疑问,询问他对此有何解释。

很快,发小的回信过来了,我打开一看,很简短:"你这是在侮辱我的智商。"

我愣住了,然后苦笑。

如果这一切真是一场玩笑倒好了。我想了想,点击回复,小心地调转笔记本的摄像头,对着那两对手机拍了几张照片,还录了短视频,以 E-mail 附件的形式发送过去。

这次,胖子的回复终于认真了:"给个地址,我马上过去看看!"

他恰好就在本地,地址发过去几个小时后,他就按响了门铃。当我带他进屋,给他看那两组连体后功能依旧正常的手机时,他眼都直了。

我伸手在他呆滞的双眼前晃了晃:"怎么样,现在还觉得我是在侮辱你的智商？"

"居然还真有'合体'这种事？"他尖叫着，指着那两对奇葩，手指发抖，"这，这东西简直就是在狠狠地打我的脸，不，是狠狠地打全世界所有电气工程师的脸！"

"我知道，这违背常识。"我说。

"这东西根本就不应该存在！"他深吸一口气，努力让自己平静下来，"众所周知，所有的电子产品都有制造模板，一旦组装完成就定型了，硬件本身也是固定不变的——可你这里的手机却在主动变形，像生物一样相互融合，融合后居然还能用，这太反常了，完全违背最基本的科学原理！我简直吓了一大跳！"

"事实上，我刚才也吓了一大跳。"我说着，指指iPhone/索爱那一对，"这两台，融合的速度好像突然加快了。刚刚拍照的时候还是只连体一半，上半截融合，下半截分开，现在才过去几个小时，却突然连体到接近九成，中间夹着的屏幕都快没了！"

经我提醒，他也注意到了这一点。

"可惜，我没有看到那过程，所以不知道它们是怎么突然融合的。"我挺遗憾。

"有对照组吗？"他问。

"有啊,这不,荣奥 5C 高配版 + 红豆 5A。"我指指另一组连体手机,"它们没动静,还保持原样,跟拍照时没有区别。"

这个现象引起了他的注意,接下来,他花了几个小时,认真询问我机身融合前后的各种细节,戴上手套耐心比较测试两组连体手机的差异,表情越来越凝重。

"明明是模块化制造的精密电子产品,机身结构融合后功能居然还正常,属性参数都直接叠加,简直就跟捏泥巴一样……莫非手机其实是另一种形态的变形虫,是机械生物?"他一脸难以置信的表情,然后摇摇头,"好吧,把这个先跳过去,我们来猜猜两组手机融合速度差异的来源。我觉得,问题应该是出在这些'线圈'上。"他拨弄了一下曾经缠绕在连体手机外面的头发状的丝线,"你之前说过,一对手机缠得密实,另一对很稀疏,两组手机的线圈密度不一样,这就是区别。"

"这个'线圈',很关键吗?"我正想问这个。

"线圈越密实,机身融合就越快。"他说,"应该是这样。"

"什么原理?"我追问。

"不好说,目前只能猜测。"他皱起眉头,"你知道的,我的专业是集成电路设计,研究的是内件里的内件,而这些线圈都缠绕在机身外面,是典型的'外件',这两者明显不是同一个领域。"

"少扯了,再不是一个领域,也比我这个外行强。"我说,

"你就大胆地猜猜吧,我很好奇。"

他犹豫了一下,谨慎地说:"这情形让我想起了生物上的有丝分裂,这线圈,也许就是连丝。"

"你是说细胞分裂时,拉扯两组染色体群的那种中心体连丝?"我顿时想起来以前学过的东西。

"是的。"他点点头。

"但那个是一个细胞一分为二,而手机这个却是反过来,两台手机合二为一啊!"我疑惑更重了,"而且这些丝线也没有和手机连接,只是缠在外面把两只手机绑在一起,它们是'绑丝',而不是'连丝'。"

"所以我才说它可能是线圈,硅质的感应线圈,无须接触目标即可发挥作用。"他解释道,随即想起了什么,强调道,"不是金属材质,而是硅质的——从材质属性上看,它们应该就是玻璃丝一类的东西,硅基成分。"

听他这么一说,我回想起妻子剪开的时候说过,它们像玻璃丝。

但是——我忍不住质疑:"这硅又不能导电,怎么发挥感应作用的?"

"这个就说不清楚了,术业有专攻,我也有能力局限的,只能凭直觉猜测,'感应线圈'是我能给出的最合理的解释了。"

胖子神情凝重,"我这次什么仪器都没带,如果你实在想要答案的话,我就带一些样本回去找专业对口的同事来分析,他们手里有家伙。"

"好的!"我求之不得。

于是他取出一个小巧的塑料袋,装了几根"线圈"残段进去,然后封好袋口,装进了随身带着的公文包里。

"还有手机。"我提醒道。

"那个暂时还不用,到需要的时候我会找你要的。"他准备要告辞,看着我好奇的样子,特意交代道,"在分析结果出来之前,这件事你最好不要声张,以免闹出什么乌龙笑话来……现在社会上有太多小报记者和娱乐自媒体,总在盼着我们科研机构出点糗,好给他们提供新闻素材。"

"知道。"我点点头,谨慎些总是好的。

送走发小,我回头再看那些连体手机,又是一愣:iPhone/索爱彻底连体了,现在已经看不到屏幕,两个机壳完全融合在一起,蓝色和黑色融合为暗青色,整机正反两面都是机壳,侧面边缘有几个按钮和接口,严严实实的,挺厚,挺沉,看上去就像一个充电宝。

我看到底部还有一个充电接口,于是鬼使神差地随手拿出自己手机上配的华为充电器就给它充上电了。

然后我觉得很累，就去睡了。

当我突然从梦中惊醒，起来去看时，"充电宝"已经变样子了，变得很薄很长，外壳颜色倒还保持原样，依旧是塑料材质。

还好，还没有爆炸——我惊魂稍定，小心翼翼地上前，把充电器从插座上拔了下来，同时暗暗骂自己糊涂。这充电器可是华为的40W超级快充，本身已经够危险了，再接上来历不明的奇怪设备充电，短路、起火，甚至爆炸都有可能！

我这么玩，居然没发生事故，还真是命大。

我正在庆幸，忽然听到了一种微弱而悦耳的声音，那是手机上充电停止的提示音，循声望去，愕然发现，声音的来源正是那只已经变形的深青色"充电宝"。

我愣住了。

它真的成了充电宝，带提示音的充电宝？

我伸出手，小心翼翼地把它拿起来，发现贴着桌子的那一面已经变成了玻璃材质，就像手机屏幕一样，上面显示着电池图标，同时标有"97%"的数值。

已经快充满了——不知道它的总容量有多大？

我按住了它侧边的那只电源开关按钮，希望能调出容量数据显示（许多充电宝都是这么操作的），结果，它颤抖了一下，开机了！

它开机了——充好电的它，已经变身成为一台手机！

那两台准报废的旧手机，iPhone5c 和索爱 lt18i，合体后居然变成了一台新手机！

一台来历不明、型号未知的神秘手机。

我目瞪口呆，完全不敢相信眼前的一切。好久才回过神来，急忙去查看其属性。

它是 iOS 系统，我试了下，插上卡能打电话上网，也可以用 Apple ID 登录 App Store 下载安装各种 App，运行程序也没有问题，但让人憋屈的是，它无论外观上，还是处理器芯片内存等内在配置参数上，完全不吻合已知的 iPhone 手机，跟任何一款 iPhone 都对不上！

它是一台非标准型号的 iPhone 手机，在这个世界上完全是独一份的！

我急忙把这些事以电子邮件的形式告诉那位发小，当然，图片和视频肯定是要有的，还是近景高清拍摄。"看到了吧？这些电子产品现在真的可以融合到一起，就跟我们小时候捏泥巴一样……"我在邮件里这样写道。

收到邮件，胖子抓狂了好久。

"居然真的完成了……这可是'跨界融合'！"他叫道，"如果不是刚刚亲眼看过，我一定会认为你是在恶作剧！我实在无法想象，手机居然能相互融合，还是跨品牌的融合！如果是两台 iPhone 融合，或者两台索爱融合，多少还能让人接受，毕竟都是同门。但你现在这个可是两种不同品牌不同架构下的手机硬件的融合，融合体还能被其中一方原有的软件操作系统继续认可，底层硬件配置全都换了，软件和操作系统居然还能用，连驱动都不用装，太违背常理了！"他接着又讲述了一大堆不合理的事情，带着一大堆专业术语。

"我也觉得不可思议，但是，事情都发生了，总得有个解释吧？"我的想法很简单，"这也许就是个'捏泥巴'的过程。"

"这个'融合体'的具体参数是什么？"他问。

我立刻测量了一下尺寸重量，再查看下神秘手机里自报的配置参数，一同发了过去。在这过程中我注意到，那些配置的具体参数，恰好等于之前两台旧手机之和。最让人兴奋的是，这个融合体把原先两台手机的卡槽都保留下来了，可以双卡双待——iOS 系统肯定没有这能力，只有安卓系统才支持。

"看来，这是一次非常彻底的合体。"胖子回复，然后又加了一句，"软件硬件全部融合到了一起。"

"工程学上允许这种事发生？"我问。

"允许就坏了！"胖子怪叫，"这明明都是违背行业基本常识的好不好！"

"那眼下这事怎么解释？"

"现有的理论体系下无法解释,只能脑洞大开地猜测了。"胖子说,"那两台手机,iPhone5c 用的是 A 系列芯片,具体来说是A6,而索爱lt18i用的是高通芯片,骁龙MSM8255,这两者都是基于ARM架构的移动处理器,内核微结构上有共通之处,想要融合的话也不是不可能;至于操作系统,iOS 和Android 都是基于Linux改编而来,底层代码也是互通的,非要融合在一起的话也能攀上。如果我没猜错的话,这个融合体手机应该是以iPhone 的iOS 操作系统为凝结核,打散了索爱Android 操作系统的功能模块和驱动程序并加以吸收兼容,所以才能做到两边的硬件都认……但总而言之,这些都太挑战想象力极限了,让人震惊!"胖子使用了一连串的专业术语,看得我一脸发懵。

"接下来我该怎么办?"我问他。

对面沉默了片刻。

"不怎么办,就当什么都没发生过。"胖子的回答很镇定,"还是那句话,不要声张。这件事太离奇,说出去也没人信,只会被当成神经病。要知道,无法稳定重现的事是不能作为科学研究对象的,在各个实验室再现手机合体并公布成果之前,你这个只能是违背常识的特殊个案,传出去会引起群嘲的。"

"那我能使用这个融合体手机吗?"我最关心的是这个。

"自用的话,完全可以。"胖子说,"其实我也很好奇它到底好用不好用。"

我去试了下,不好用。

毕竟是好多年前的两台旧手机,即使融合了,各自芯片和运存的参数都合并到一起,其数值还是太低了,运行现在常用的软件都会卡 —— 就这还是跑着 iOS 系统,非常省资源,若换成安卓系统,肯定卡成狗。

我正忙着测试的时候,老婆的手机响了,于是我起身去接,原来是送快递的。打完电话后,我发现那台可怜的手机几天没人管,电量已经过低,于是拿过来配套的华为 40W 充电器,接上试验台(餐桌改装而来)的电源插座充电。

一番忙碌导致有些内急,于是我又上了趟厕所。

当我出恭完毕,回到试验台(餐桌)前继续做实验时,呆住了。

老婆那台正在充电的手机,和那台正在接受测试的神秘的融合体 iPhone 粘在一起了!

我心下一惊,急忙仔细查看。

两者是并排粘连的,目前各有一条侧边紧贴着相互融合在了一起,其他部分都还没事,触屏使用也都不受影响。

真是怪了,它们两个怎么会粘上呢?

我努力回忆了一下,之前接充电器的时候,我可能是无意中把老婆的手机和正在测试的融合体 iPhone 摆在了一起，导致它们两个在一起并排充电。同时我还注意到，几根"硅基感应线圈"残段落在了两台手机下面的桌面上，被两台手机压着，像地线一样将两者连接了起来。要按照发小胖子的理论，这些丝线应该是搭建起了两台手机之间的沟通回路，导致两台充电中的手机近距离"相互感应"，这才粘住。

只需几根细丝，就能创造奇迹。我心中暗叹。

那，如果丝线多了会怎样？

我又想起了胖子说的"有丝分裂"，于是心中一动，打开器皿，把所有的"线圈"残段都取出来，像铺被褥那样，先是整整齐齐地在两台手机下面垫了一层，然后又在两台手机上面小心地码了一层，小心盖好。

做完这一切，我还不忘拍照，发给胖子，附带告诉他自己这个新发现。

他回复我一个大大的赞，还说很期待结果，希望我能跟踪拍摄。

我照做了。

就在我的观察和拍摄下，神奇的一幕出现了：那些线圈残段以肉眼可见的速度生长起来，很快每一根都首尾相接，重新长成了环形，然后就开始分裂复制，越长越多，把两台手机紧紧勒住，包裹了起来，不留一丝缝隙——如果说之前两次都是尝试,那么,这次就是动真格,真的结茧了。

现在还只是半只茧,但也很严实了,里面的情形看不到,我想要切开观察,胖子来信息制止了我。

"不要切断线圈!只有保持闭环状态,它们才能在两台手机之间传递模因信息,引导两台手机的合体动作。"胖子在信件里提到一些新的研究进展,"照目前的数据来看,这硅基感应线圈能在两台手机之间以'蚂蚁搬家'的形式传输各种功能模块和芯片内核,就像生物细胞的中心体连丝拉扯分配两组染色体一样,功能非常重要,你剪断了,万一影响到功能模块在两台手机间的迁移融合,导致融合体丧失功能,变成废品,损失就大了!"

我吓了一跳,急忙停下,随即又产生了新的困惑:"上回你来看过的那两组闲置手机连体时也有这样的线圈织茧,为什么剪开了没事?"

"上回情况不一样。"胖子回复,"线圈需要能量驱动,它使用的是电力。我看过的那两组,都是靠手机电池存储电力驱动的,电力弱,线程少,功能模块融合进程很慢,意外中断损伤不大。而这次是充电状态下,电力强,进程很快,线程很多,硬切开,迁移中的模块可能会有很大损伤……我建议你还是先等融合结束了再说吧。"

"等融合结束?"我马上被一个问题咬住了神经,"上回两台手机融合后,产物是一台 iPhone 手机,现在这回,又会形成什么,还是 iPhone 吗?"

胖子回复说应该还是 iPhone,因为 iOS 系统具有简洁封闭的特点,而安卓系统则碎片化严重,从软件层面上来说前者明显更具有"凝聚力",适合作为凝结核,而后者更适合做边角料。他还让我先不要想那么多,眼下先把这些线圈残段促使手机融合的过程仔细记录好,分析其具体机理,至于定向操控,那是未来的事。

我叹了口气,眼下也只能这样了。

"你带过去的那些线圈残段,研究得有眉目了吗?"我问他,"是什么来头?"

"丝线是硅基材质的感应线圈,这一条已经确切无疑。"他说,"至于它出现在手机上,原因可能是手机上有可供它生长所需的原料,比方说玻璃质也就是二氧化硅成分的屏幕,主板上的硅基半导体芯片等。它内部是一种特殊的微管,能拆解硅晶体的晶格,夺取并输送特定类型的原子到指定位置,然后重新排布成型。从功能上看,这已经不仅仅是中心体连丝分组染色体了,而更像是我们碳基生物体内的 RNA 运送、拼组氨基酸形成蛋白质的过程。不过我们体内的 RNA 用的是化学能,而它们使用的是电能,只有在这种电能富余的充电环境下才能发挥作用,而且充电功率越大作用就越明显。也许叫它们'硅基 RNA'更合适……总而言之很神奇,我们需要时间去研究……"

好吧，它确实很神奇，也很值得研究，但我眼下最关心的不是它，更不是它的运作机理，而是被它包裹住的我那两台手机的下场——融合体的非标准款 iPhone 也就算了，反正是废品融合而成，不值几个钱（也许在某些科学家／工程师眼中很珍贵吧），坏了也无所谓；问题是老婆现在用的那台，华为nova6se，那可是新手机，刚买的，花了两千多元，坏了我会心疼死的，也没法儿向老婆交代，我总不能跟她说是"做实验弄坏了"吧？

我怨毒地盯着那些越长越厚的"硅基线圈"，真后悔自己之前的行为。手机明明都已经发生融合了，为什么要助纣为虐，添加那么多丝线上去呢？还嫌不够乱吗？

就这样，在我忐忑不安的等待中，一夜过去了。

当我第二天醒来，两台手机彻底不见了，那个位置只有一个足球大小的茧——鬼知道它是怎么长那么大的，为了长这么大又从我那两台可怜的手机身上抽取了多少血肉……

我的心痛得无以复加。

正当我痛心的时候，那只茧忽然发出轻微的"咔咔"声，然后碎裂了，露出一台青黑色的新手机。

这，就是融合后的产物了。

我默默地拿过这台新的融合体，拔下充电头，默默地启动。

当屏幕上出现熟悉的缺口艾欧标志时,我意识到了,这又是一台非标准款的 iPhone,心里多少有了些安慰——iPhone 手机至少还相对保值些,就看性能如何吧。接下来,我输入 ID,进入系统,满怀期待地查看各项配置参数。

看着看着,我就呆住了,眼睛里泛出光来,嘴巴也张大了,渐渐地,随着一项项参数翻过,我的呼吸越来越急促,手指拨动的动作也越来越快,最后,我握着手机,原地发出一声尖叫!

真是太给力了!

这台融合体新手机,已经把华为nova6se的配置全部吃下,引为己用了!

我现在手里拿着的是一款处理器三芯合并、综合性能追上 A13,运存堆到 9.5G,存储空间累积到 152G,三卡三待全网通,而且打破了艾欧系产品封闭型结构,内置一个最大支持 512G 的扩展卡槽,装有超大容量电池并支持 40W 快充的超级 iPhone!

这还是 iPhone 吗?我不知道,我只知道它搭载 iOS 操作系统,能使用 iPhone 手机丰富的软件资源,操作流畅顺滑,具有 iPhone 一贯的优秀基因,同时又兼有安卓产品的改装潜力大、信号稳定(保留了华为的基带,信号想不稳定都难)、堆料充足、电量大充电快等诸多优点——这是一款兼有 iOS 系统、安卓系统优点的有史以来最牛的手机!

没有之一!

我太兴奋了，简直就是欣喜若狂，激动的心情无以言表，导致心脏狂跳血压飙升，唯有原地发出野兽般的尖叫才能释放！

这真是最棒的一次实验！

等心情稍稍平复后，我总结了一下这次融合的情况，仍旧忍不住开心：两台已经准报废的落伍手机，再加上一台新出的中端手机，居然拼组出一台堪称当前地球上最强的手机，整个过程简直就是神迹！即使只从经济学的角度看，从原料投入到最终产品，价值也不知道翻了多少倍，真是赚翻了！

多亏了那些"线圈"，是它们造就了这一切。

你们辛苦了！我看着那只已经成为碎片的"茧"，怨气消散，心里只是一遍遍地默念：谢谢你们了，可爱的"硅基RNA"们！

我把这结果告知了胖子，顺便询问他下一步的实验安排。

胖子又一次抓狂了："上回是跨界融合，这回则是跨了好几代的融合……难不成这玩意儿竟完全无视种族和辈分的差异？上次融合的iPhone5c和索爱lt18i勉强还能算是同一个时代的产品，软硬件大同小异；可是嫂子现在用的华为那款新机的芯片，麒麟810，在架构上已经更新了好几代了，内存的型号同样与前两者隔代，这样都能融合……世界上怎么会有这么逆天的东西？这让我们工程师的脸往哪里搁！"

"你们工程师的那些观点我都听不懂，"我回复，"不过从一个消费者的角度来看，我是很满意这个结果的，新手机被吃下后，不仅没废，反而更牛了！"

"是啊，确实很让人满意——如果忽略那个违背常识的诞生过程，以及现在这种完全不符合任何一种型号iPhone的配置参数的话。"胖子说，"如你所见，它是把iOS系统和安卓系统的优点融为一体了。实验取得圆满成功，低投入高产出，性价比超高。"

"我还想再来几次试试！"我沉浸在胜利的喜悦中。

"支持！"他说，"我正好还需要更多数据来验证一个构思中的理论模型，咱们俩一起从长计议吧。"

"这件事，你有眉目了？"我急忙问道。

"有一点，但还缺少证据。"他说。

关于"手机融合"这种奇怪现象，他认为，根源可能在于目前人类（碳基生物）的电子信息技术已经发展到高度成熟状态，尤其最近几年，在智能手机产业的推动下，可能是达到了临界点，已经开始孕育新产业的萌芽，甚至成为"开启文明新纪元的钥匙"。古老的碳基生物的时代已经过去了，代表未来的新生的硅基生物即将诞生，目前正处于RNA聚变、筹建细胞体的阶段。跟碳基生物进化史一样，为了抢占未来硅基生物进化的生态位，各种硅基原生体不得不以相互吞噬融合的方式重组硬件，以加速进化，具体的表象就是手机等电子产品可以像橡皮泥那样被捏来捏去。

基于这种假说,他建议我继续按照之前的流程做,尝试引导各类电子设备相互融合,组成优势互补的新个体,造就性价比最佳的产物。他建议我谨慎行事,从自身实际条件出发,利用身边现有的电子设备做实验素材,且最好是那种落伍报废的设备,那样万一坏了也不心疼,总而言之一句话,"摸着石头过河,别玩得太疯"。

这个提议,正合我意。

于是在他的指导下,我做了自身状况的分析,仔细盘点手头可供实验的智能电子设备,并分类整理:

1. 现有的已经报废的东西:iPhone5c(已用),纽曼8寸平板,蓝魔mp4,魅族mp5。

2. 已经闲置的东西:索爱lt18i(已用),红豆5A两台(一台已连体),荣奥畅玩5C高配版(已连体),荣奥畅玩5A,杂牌纽维手机两台,几台OPPO、艾利和的MP3,N多优盘。

3. 正在使用的过时设备:家用杂牌组装台式机(AMD芯片,2G内存,256G机械硬盘),办公用清华同方定制笔记本(学校统一购买,i3芯片,4G内存,500G机械硬盘),创维酷开电视,iPad2、iPad4,山寨的插卡式掌上游戏机。

4. 现在用着的非过时手机,我的华为nova6se,和老婆的同款,父母手里两台中兴老人机。

……

这个单子，我发给了胖子，让他帮忙设计融合方案——把这个单子列出来时我才发现，原来自己家里已经有了这么多的电子（准）垃圾！

就这我还是过得节俭的，手机这样的消费电子产品换得很慢。如果按照大众标准的更新换代速度算，全世界七十亿人合起来，这么多年下来，所产生的电子垃圾恐怕早就已经是一个巨大的天文数字了吧？

这些电子垃圾里，能回收再利用的只是极少一部分，绝大部分都只能填埋到地下。已经填埋了多少，目前好像还没有人专门统计过具体的数据，但任何人都无法否认这是个极为严重的问题——要知道，电子垃圾不光是对资源的浪费，更是对环境的严重污染，许多电子产品的零部件里都含有大量的重金属，处理不当的话就会渗透进土壤、水源，使周围的生物慢性中毒。

电子垃圾，是废物，更是毒物，而且还在不断扩张规模。

想到这里，我一边暗暗焦虑，一边越发对那些"硅基RNA"充满期待。以前人们对电子垃圾束手无策，只能无奈废弃、填埋，现在有了这些自动改装机器，这世上的电子垃圾就都能变废为宝，这些小东西还真是救世主啊！

我还在感慨，胖子就已经回信了，在信中，他针对我传过去的闲置物品清单，列出了改装指导方案，一看就很专业：

0. 电子产品贵精不贵多，"硅基RNA"的出现让硬件直接融合成为可能，革命性地解决了以往的一个大难题，所以这些落伍垃圾能合并的就尽量合并，不要犹豫！但在掌握其中规律之前，不建议尝试贵重设备的融合，以免浪费。

1.iPhone 的生态圈最宝贵，简洁封闭，软件丰富，娱乐性强，操作便捷流畅，每一台 iPhone 的设备在某种意义其实都是"买 iOS 系统时送的赠品"。所以，掌握融合规律后，iPhone 的设备一定要在保留其软件系统的基础上好好升级改造一番硬件，争取能跟上潮流继续使用。如果成功，这种改装是性价比最高的。

2.安卓系的产品舍得堆料，接口众多，兼容性好，改装灵活，但是好用的操作系统不多，整机性能参差不齐，鱼龙混杂，所以适合作为备用零件库，拆开来，往三台 iPhone 设备上堆料，把后者的属性推高。同类融合的话，性价比不高，除非能拼凑出一个从手机、平板、电脑到电视、音箱的完整链条，形成"智慧居家"体系，想做的话，要先统筹好。

3.微软系的产品（电脑）办公很合适，X86 结构的芯片算力性能强大，足以秒杀任何手机平板芯片，Windows 系统下的专业办公软件资源丰富，支持的键盘鼠标操作灵活，是线上办公的不二之选。但是耗电量大，移动性能差，娱乐性相对较弱。所以适合拆下芯片拼接到 iOS 设备上（如果可以的话），多元娱乐＋移动办公，强强联合；或者作为家庭的"云计算平台"使用，辅助手机和平板提升效率（如果可以的话）。现在最流行的双系统"平板二合一笔记本"也是个不错的方案，建议去尝试一下，将两台电脑与 iOS 系或安卓系的智能移动设备融合起来（假如可行的话）。

……

看着胖子的指导方案，我连连佩服：不愧是工程师出身，层次分明，逻辑严谨，每一项都安排得明明白白！

于是，按照他的方案，我从 1 开始，升级艾欧产品，对那两台 iPad 动手了。

iPad4 就在租房这里，大宝每天用来上网课的，嫌它配置有些低，"装了跑酷游戏不能玩"。配置低的问题好解决，直接堆料就行了，我二话不说，把它和手头现有的两台闲置安卓手机，也就是已经连体的红豆 5A 和荣奥 5C 高配版，紧贴到一起，铺盖了一层"硅基线圈"（或者叫"硅基 RNA"？我也搞不懂），再都给充上电，为了能同时插上三台充电器，我还专门找来一个大尺寸的插线板。

接下来，那个 iPad2，配置更低，别说上网课了，连微信都不能装，于是融合升级的需求也更迫切。但它现在还放下乡下老家，让父母看电影追剧用的，于是我便决定回老家去拿，顺便也把单子上列的其他东西都带来，看看能拼组些什么。

我原本还想着顺路去岳母家一趟，把融合后的超级 iPhone 给老婆送去，给她个惊喜。后来转念一想，还是算了，她本来就对"手机融合"这事儿很抵触，贸然给她送去，惊喜弄不好就成惊吓了。她就是能接受也不行啊，普通手机升级成超级艾欧，她心花怒放之下，万一小女人心理发作，找个好姐妹炫耀一下，就露馅了——胖子都说了，这事儿太稀奇，在研究清楚前要保密，不能声张。

是的，要保密，知道的人越少越好，老婆也不能说，以免她出于恐惧或炫耀的心理给泄露出去，告知他人——不是有这样的典故嘛，"彭祖活了八百八，有话不跟老婆说"，彭祖如果不跟老婆说，他名字做了纸捻装订生死簿的事就不会被阎王知道，他也就能继续活下去了。这个故事是想告诉后人：得到命运垂青是好事，但要是不懂得"保守天机"的话，就会转为厄运——而我现在，很可能也是站在彭祖当年的位置上。

思前想后，我决定吸取"历史教训"，先保密。于是不去找老婆了，径直赶回自己的老家，先拿到那批闲置电子垃圾去做实验，等什么时候她回到城里来了再说手机的事。

从老家到城里的这条路是条国道，交通繁忙，满是大卡车，走在上面必须小心谨慎。我一路上眼观六路，很快就注意到一件事：路边好多耕地都安装了太阳能电池板，一块块的耕地都变成了巨大的太阳能电站，不再种庄稼，改为发电了。

我不由得感慨，看来，时代确实变了，新能源产业大发展，电力供应越来越紧俏，这电子电器大有前途，于是越发对自己融合升级手机的事充满了自豪感。

我是时代的弄潮儿。

很快到了老家,说明来意,父母就把 iPad2 给了我,也帮我把单子上列出的其他电子垃圾都找到了,还说想两个孩子,让我有空带他们回来看看。我心里一痛,不敢接话,便岔开话题,讲起路上看到的耕地变成太阳能电站的事,父母说,那是最近刚兴起的,很多人都在做,老家这边也有人牵头在搞。

"他们都不想种地了?"我有些奇怪,村里许多田地都很肥沃的。

"种地效益太差啊。"父亲叹了口气,神情黯然,"有人算过了,种一年地的收成,赶不上发一年电的收益,卖电比卖粮食划算。"

"但是人总要吃饭的啊,这把地都占了……"我很担心。

"粮食已经过剩了!"父亲说,"你看看这粮价,一年不如一年,就这还是国家给的保护价,外国的便宜粮食多得是,质量还更好……这年头,庄稼人没活路了……"

"瞎说啥呢!"母亲说父亲,"孩子好不容易回来一趟,你尽说些丧气话。"

父亲叹息着摇摇头。

我担心再聊下去又会扯到伤心事,激起家人间的矛盾,便劝慰几句,借口城里还有事,带着一大堆电子垃圾返城了。忙碌是最好的麻醉，我一路马不停蹄地赶回县城的出租房，跑去查看实验进程——iPad4还和两台连体手机绑在一起充电呢！

一进门，我就直扑实验台。

实验失败了。

有"茧"，但是融合没有发生。拔了充电线，那"茧"就自动碎裂了，崩解成了一堆凌乱的丝线，里面那两台行贴面礼的手机好像很讨厌iPad4这个"第三者"，对它很不感冒，一起充电都这么长时间了，居然丝毫没有融合的迹象。而且两台贴面手机之间的黏合度好像也下降了，屏幕的连接处竟出现了缝隙，照这样下去，很快就会分开。

看这结果，分明就是一次"逆融合"操作啊！

难道是实验操作出现了失误？我暗自纳闷。

再次尝试，认真地铺设"线圈"，把每一个设备都包好，给每一个都认真地接上充电器，最后插上电源，退到一旁，静候奇迹的发生。

"线圈"迅速增殖，不一会儿形成了新的"茧"，然后，过了几分钟，一阵提示充电结束的震动后，"茧"碎裂为凌乱的丝线，呈现在我面前的是三个熟悉的旧物件：iPad4，红豆5A，荣奥畅玩5C高配版。

它们三个分开了。

我整个人也像"线圈"裂解后的丝线残段一样,凌乱了。

这是怎么回事?

我把这一切都告诉了胖子,寻求技术支援。

"兄弟,你那样操作不对啊!"胖子直接指出了我的问题所在,"要两个东西绑到一组才能融合啊,你把三台设备绑到一起怎么行?"

"三台设备?"我还没反应过来。

"你这次用的那两台连体手机,还没有彻底融合,还是两台设备,它们再加上iPad4,就是三台了!"胖子解释道。

"三台又怎么了?"我不以为然。

"怎么了?三台设备融合,违背进化原理!"胖子说,"以碳基生物为例,有性生殖都是两个基因来源,父体和母体,这样子代形成过程中才会出现基因的交换与杂合,加速变异。可你给弄了三个来源,红豆5A,荣奥畅玩5C,iPad4,它们怎么分配角色?三元的东西都是混沌的,三个模因来源并存,会让子代无所适从,最后只能选择崩解了。"

"还有这么一说?"这答案来得实在太违和了,我都不知道该怎么接。

"不过这样也好,你误打误撞之下,竟然发现了'硅基RNA'的'分离规律',它的重要性不亚于你之前发现的'融合规律'。哈,真是太棒了!"胖子没有心思继续解释分体的事,而是兴奋地给指出了一个宏大的前景,"只能单向前进的进化体系是残缺的,现在好了,能合能解,能进能退,遇到合适的就两两组合升级,如果不合适就多绑几个,解体降级。如此一来,各种器件就可以随意地自由组合了,只要不停尝试下去,任何产品都能进化出来!以后决定电子技术发展水平的就不再是科技水平,而是原材料存量了……哈哈,老兄,你开创了人类电子产业发展的新纪元,明年要拿诺贝尔奖了!"

"别扯那些远的,我不感兴趣。"我直接问他,"我要怎样才能融合升级这台 iPad?只要是两台绑在一起充电就行吗?"

"是的,两台绑一起同时充电,在'线圈'催化下就会融合。"他回答,"不过,我不建议你把它和闲置的安卓手机融合。"

"为什么?"

"因为安卓手机太弱了,不是合适的配子。"他以一种近乎开玩笑的态度解释道,"乔布斯设计 iPad 的初衷,是让它取代电脑。所以,我建议你用自己的笔记本或台式机试试,那才是最适合作为融合配子的东西。"

"你……你之前不是还劝告我要谨慎实验吗?"我有些心惊胆战。他说的这两者,iPad 和电脑,跨界真有点儿太大了。如果我没记错的话,在他之前发来的那个设备升级方案上,这种操作可是第三步,排在最后的,和当下的第一步之间隔着一代呢!

这大跃进也太猛了。

"没办法,目前只有你能做这种实验,我带回实验室的那些'线圈'残段都不听话,不肯好好干活啊。"他回复,"就看你了,你如果能成功,我们这边的研究就有了宝贵的素材,你本人也能收获一台 iOS 系统电脑了,很值!"

"你确定?"我有些怀疑,"如果我没记错的话,Windows 系统也是封闭性的,iOS 这回还能主导?"

"你先试试呗。"他一副玩世不恭的姿态。

晕,我忍不住想要骂人。我这发小什么都好,就是性格有些分裂:在生活上太严谨古板,而在工作和科研上却又天马行空,就跟精神分裂一样。

断开和发小的联系,我认真地想了想,最后还是决定按他说的,把 iPad 和电脑融合起来。

他说得对,这是最好的方案。

无论是 iPad2 还是 iPad4,实际上都已经远远落后于当前潮流了,芯片属性太差,再吃几台配置同样落伍的安卓手机,根本无济于事。要想让它们追上当前 iPad 主流产品的硬件配置,唯一的办法是跨界融合,去固定端设备里找电脑做配子。电脑里的芯片无论是英特尔还是 AMD,都算力强悍,足以秒杀融合世上任何一款移动芯片,只要与之融合,就能迅速拔高 A 系列芯片的性能,实现代际跨越。反过来,iPad 流畅的触屏操作体验和优秀的娱乐属性融入电脑，也会让电脑增色不少，相得益彰。

iPad+电脑，完美组合！

定好大方向后，接下来就是选定具体的融合对象了，我想了想，决定按照"同类合并"的原则，把大宝用的iPad4和家人玩游戏的台式电脑融合了，剩下的暂且不动——笔记本是办公用品，万一融合失败，我处理文档批改作业、给学生上网课就麻烦了；而iPad2是给老人追剧的，暂时还够用，也不用冒险升级。

就这么定了。

我照着旧程序操作，把台式机接通电源，开机，然后把iPad4也插上了电源，紧贴着台式机的主机箱放好，再撒上"硅基线圈"残段。

说时迟那时快，只听得"唰"的一声响，那些"线圈"残段就成长为完整的"线圈"，然后一圈圈增殖，转眼间就织成了一只巨大的"茧"，把一切都包裹进去了，整个过程比之前快了不知多少倍，把我吓了一跳。

这是怎么了？我暗暗心惊，融合得这么迫切吗？

看样子又被胖子说中了，这条"跨界融合"的路是对的。

把情况都报告给胖子后，我便开始守在旁边，等待"破茧"的时刻。

这次的情况有些奇怪,"结茧"飞快,"破茧"却非常慢,我足足等了三天,等到老婆都带着孩子从娘家回来了,还是没有任何动静。

"你这又是整的啥幺蛾子?"老婆一进门就看到了那个巨大的"茧",马上就不干了,一把拧住我的耳朵质问,"我这才回家几天啊,你就疯成这样?"

我一边求饶,一边支支吾吾,正不知道该如何解释时,忽听旁边传来了儿子的欢呼:"哇!是平板游戏机!我最喜欢这个了!"

我和老婆都本能地扭头去看,她愣住了,我也愣住了。

那"茧"被大宝戳破了(他还以为那是"礼物包装盒"),露出了里面的融合体新设备。

老婆还从没见过那种设备。

我也没见过——融合体的它,既不是 iPad 也不是台式电脑,而是一台奇怪的分体式平板电脑,分为主机和基座两部分。主机是原先的 iPad 和电脑显示屏组合而成,轻巧便携,触屏属性还在,可以像 iPad 那样使用,此刻正被大宝拿在手里玩着。我跟大宝要过来试了下,发现是 iPhone 的 iOS 系统,内部有融合后的芯片(性能已经超越 A13 了)和内存(已经达到 3G),还保留了电脑主机的内存卡槽和磁盘卡槽,自带四个喇叭,很强。至于基座,就显得很笨重了,它基本上是把除屏幕、芯片和电池之外的东西都集中到自己身上了,光驱硬盘键盘鼠标音响低音炮U口一应俱全。我试了下，底座单独使用的话能当CD机或收音机玩，当主机和底座结合后，就能切换到WindowsXP系统当触屏台式电脑使用了。因为是把iPad4主机内部原有的32G固态存储器当系统盘，新电脑启动也更快了，直接秒开机，孩子们若是想玩《植物大战僵尸》再也不用等了。

我愣住了：这算什么？Pad-PC？还是超级iPad-Pro？

我纳闷的时候，大宝已经不耐烦地从我手里抢过主机，开始玩了，小跟班二宝也在旁边一起看。

"蛋蛋（大宝小名），你管这个叫什么？"我忽然想起儿子刚才的话了。

"平板游戏机。"儿子回答时都顾不上抬头看我。

"你认识？"我追问道。

儿子顾不上回答。我也奇怪了，这世上难道真的有这种东西？平板游戏机？看来得上网去查查了。

"爸爸，"二宝可怜巴巴地走过来，"我也想要哥哥那个……平板游戏机。"

"去跟哥哥一起玩吧。"我说。

二宝小嘴噘得老高："哥哥不让我玩。"

我顿时不高兴了，喊道："蛋蛋，让二蛋（二宝小名）也玩玩！"

大宝不乐意了:"我不!我这才刚开始玩!他总是这样,啥也要跟我抢!"

于是局面僵住了。

"你还太小,不会玩。"我便想办法哄二宝,"先看哥哥怎么玩,等一会儿再让哥哥教教你,好不好?"

二宝不干了,一屁股坐在地上,开始哭。

我只好妥协:"好好好,我给你也弄一个,弄个小游戏机。"

二宝不哭了,在他眼巴巴的注视下,我硬着头皮操作,把他玩的那台妻子的旧手机红豆5A,拿出来准备融合。接下来,拿什么做配子?他想要一台游戏机,我灵机一动,便把老家带来的那台掌上FC红白机拿出来,按步骤操作,将两者融合。

铺线,并排充电。

"结茧"很顺利,几分钟后"茧"破了,出来的是一台触屏掌上游戏机,可以接手柄,可以投屏电视,自带N多红白机经典游戏,也能上网下载安卓游戏App,还有扩展卡槽,基本上是把原先两个设备的硬件功能融合在一起了。融合后的芯片属性也有所提升,这样一来,模拟器芯片的高效性与普通手机CPU的全能性,FC游戏机的流畅性与安卓手机的扩展性,就都体现出来了。总而言之,又是一次非常成功的融合升级!

小儿子接过来,玩得很开心,一个劲地跟哥哥炫耀,尽管后者也忙着玩，根本顾不上搭理他，而且根本瞧不起他那些低龄幼稚游戏。

"你，你这是耍的什么魔术？"妻子忽然问我。

我这才注意到她，注意到她脸上那种凡人看见魔法时才有的表情——看来刚才我那一番复杂操作已经把她给整晕了。也难怪，这几天她一直在娘家，对我的实验完全不知情，就像一个被蒙在鼓里的傻子。

我看着她，笑了。

"笑！还笑！"她有些生气了，以为我在故意戏弄她。

我摸出那只融合体超级 iPhone 递了过去。

她狐疑地接过，发现手机竟然认识她，自动解锁了，顿时吃惊一下，再拨拉几下，更吃惊了，抬头看着我："这是，iPhone 手机？"

"是的，给你的。"我说。

"我刚买的那台华为呢？"她问。

"这个就是啊。"我接下来便把这几天的实验探索过程讲给她了，当然不可能全讲，只是挑她能听懂的重点部分讲了下，具体的科学原理和参数什么的她听不进去，我也不懂，实在想弄明白的话，就要把发小胖子叫过来问问了。

"这事目前还是个秘密，所以，自己用就行了，千万别让他人知道。"我再三叮嘱道。

她一听这个，怕了，不敢再用那手机。

我急忙解释说，风险不是人身安全方面的，而是来自新闻舆论压力方面，是胖子出于对自身科研机构公信力的担忧而做出的分析，我们作为普通人完全可以正常使用，硅基物质与碳基生物存在天然隔阂，不会相互扰动，也绝不会长到人手上，她这才犹犹豫豫地接过，小心地操作着。

不一会儿，她就进入状态，又化身为"果粉"手机控了。

两个儿子依旧对手里的新款游戏机爱不释手。

于是，三个人都高高兴兴了，我得以腾出手继续自己的设备融合实验。

正在这时，胖子的电话过来了，询问我实验进展，于是我便把刚才的情形都说了。

"居然真的能和电脑融合……"胖子的声音到这里沉默了，许久没有再说话。

"有问题？"我感觉到他的语气不太对劲。

电话那边的胖子长长地叹了口气，道："如果只是 ARM 架构的整合还好说，都是短指令，可现在已经融合了 X86 结构，升级为长指令集了，这下可就真的不太妙了。"

"什么不太妙了？"我顿时不明白了，"当初不就是你建议我这么做的吗？你让我从第一步直接跳到第三步，来个跨界融合，把 iPad 和电脑合二为一。"

胖子又叹了口气："那时我也只是脑洞大开地随口提了一句，没来得及想明白这背后意味着什么，最近实验室出了些情况，我静下来想了想，这才摸到些眉目……你知道的，手机芯片都是 ARM 架构的，属于简明短指令集，而电脑 CPU 的 X86 架构属于复杂长指令集。若把这两类芯片比作硅基生物的基因，那么，ARM 架构就是 RNA，而 X86 架构就是 DNA。现在，'线圈'融合了手机和电脑，硅基生物们的基因已经算是从 RNA 形态升级到了 DNA 形态，接下来就要进化为真核生物了。不仅如此，你报告它们能和红白机游戏机模拟器融合，这已经是在融合古菌了……当年碳基生物史前进化也没有这么疯狂过……这让人很不安，照我说，"他顿了下，"咱们这实验，还是暂停吧……"说到这里，伴随着一声叹息，电话挂断了。

我急忙再回拨过去，却只听到一阵忙音。

这是怎么了？实验要暂停？

我愣愣地，看看屋里母子三人其乐融融的景象，再看看窗外朦胧的世界，不知道该说什么好，恍惚间，我脑子里一直回响着胖子的话："硅基生物们……从 RNA 形态升级到 DNA 形态了……当年碳基生物史前进化也没有这么疯狂过……"

我忽然陷入了迷茫中。

"老公，现在我和孩子都有中意的玩具了，"妻子忽然问我，"那你呢？"

"我？"我回过神，没来由地感到一阵不安，"我……暂且不用。"

暂且不用吗？

肯定不是，人的欲望是无止境的，对更快更好更尖端的电子设备的渴求也是永不停歇。第二天，当我上钉钉直播频繁卡顿时，当我玩单机游戏风扇狂转噪声震耳欲聋严重影响游戏体验时，当我在手机端批改作业因屏幕太小而看得吃力、在电脑端上批改却又因鼠标操作不便而难以圈画批改时，我是多么渴望拥有一台高配置的触屏笔记本电脑啊！

于是，胖子的话被抛诸脑后，我按照升级台式机的技巧，如法炮制，用那些硅基线圈升级自己的笔记本电脑。这次的融合配子我没有用 iPad2，它的硬件配置太低了。我在一堆设备里翻了翻，最后选中了自己那台闲置的荣奥 5C 高配版，它的硬件属性配置足够将笔记本推高到一个新层次。而融合的成果也没有让我失望：15 寸触屏，可分离式机身；处理器达到 i5 级别，运行内存达到 7G，手机里的 32G 固态内存转化为系统盘，秒开机；安装了华为 EMUI/微软 Windows7 双系统，一键切换，可以与同为华为 EMUI 系统的现用手机共享同一账号，两机无线互联，直接共享互传各种文档资料……总而言之一个字，爽！

接下来，我干脆一不做二不休，又马不停蹄地融合升级iPad2，用一堆电子垃圾将其硬件堆到了iPad2019的级别，变成了一台超大屏幕超大内存超强音响效果的非标准款iPad！这东西送回老家，给老人看视频追剧绝对不卡了，爽得很，而且保留了iPhone的iOS系统，操作流畅顺滑，有小孩子过去了还可以当玩具，下载许多好玩的小游戏。

正当我遐想着用剩下的一些边角料再"捏"出个什么新鲜玩意儿的时候，上次电话打一半就挂断的胖子，从北京跑来找我了。

"你必须马上停手！"他带着深深的黑眼窝，叫开我的房门，声音嘶哑，"然后销毁所有的融合体产品，还有'线圈'——那些东西都是罪魁祸首！"

"出什么事了？"我惊讶道。

"硅基生物的进化速度远远超出我的想象！"胖子一脸焦虑，"照这个趋势发展下去，世界未来的主人还保不准是谁，我们人类还有没有一席之地都不好说……根源都在'线圈'上，要立即将它们摧毁！"

"有那个必要吗？"我笑他太夸张，"也许它们以后会很厉害，但现在，它们不过是一些'线圈'而已，或者，是你说的那种'硅基RNA'，又能怎样？那不过是一些一捏就碎的玻璃丝而已。"

"问题就出在这里了，它们可是RNA，硅基的RNA！"胖子一把抓住我，使劲摇晃，"你想想，RNA是干什么的！仔细想想！"

我一边安抚胖子的情绪，一边慢慢回想，于是想起了一些东西。

这RNA可不简单，它不仅仅是由细胞核向外传递信息的"信使"，也不仅仅是牵引氨基酸拼组为蛋白质的"拖车"，更是细胞诞生的起点，说它是"造物之始"也不为过。

据说生命就是从RNA开始的。地球上的生物，包括人类在内，都是以蛋白质和DNA作为搭建身体的物质基础，但生命最初的起点却不是这两样东西，而是RNA。RNA天生就是个多面手，既能像DNA那样记录信息自我复制，又像蛋白质那样属性多样，具有各种复杂的功能，只是两类功能都相对较弱，勉强够用。早期地球环境险恶，为了生存，那些RNA就地取材，利用"原始汤"里的各种材料，制造了在功能上比自己更专业，所以效率也更高的碳链蛋白质作为工具，也衍生出了结构更稳定的DNA作为自身备份，于是制造出了细胞膜、细胞核和各种细胞器，拼组出完整的胞体，这才有了后面的碳基生命。

而现在，硅基的RNA有了，就是那些"线圈"。"线圈"们改造升级了手机、电脑等电子设备，就是在指导"硅基蛋白质"的合成；它们融合X86架构的电脑CPU，就是从短指令形态进化到长指令形态，进化为硅基DNA。接下来，复杂长指令的DNA聚集成团，就会诞生细胞核，进入真核形态，然后就是大繁荣了吧？

到这一步，我终于能明白之前胖子讲的那套理论假说了：碳基文明进化到顶点，催生出下一代的硅基文明。

但这不是好事吗？文明的进步啊。我纳闷。

"你真是杞人忧天，就算硅基生物要出来了，对我们人类也不一定是坏事啊！"我笑着拍拍胖子的肩膀，"你看我，用它改造电子垃圾，全家都很开心。"

我向他一一展示那些融合产品，以及主人们脸上满意的笑容。到现在为止，一家四口都有喜欢的电子设备了，妻子的非标准款超级 iPhone，大宝的"平板游戏机"，二宝的"掌上触屏游戏机"，我的非标准款 mate-book，还有一台融合而来的非标准款 iPad，准备给乡下老家送去，父母一定很喜欢，所有的设备都各显其能，各得其所。

"东西确实不错。"胖子看了点点头，说，"但你要小心，那些'线圈'的能力可不仅仅是这些，还有许多未知的能力，我们必须及时预见到，并做好风险防范。"

"它们还能干什么？"我来了兴趣。

"很多，比方说，制造太阳能电池板。"

"厉害啊！"我很高兴，这听起来明显是个好消息，"怎么操作的？"

我想马上就试一下，出租屋阳台外安装着一面硕大的太阳能热水器，若真能让线圈给改造太阳能电池板，变成水电两用型的，既能烧热水又能发电，简直美翻了。

"操作方法我不是很清楚，但那不重要。"胖子说，"从原理上说，它能够重新制造屏幕和芯片，就一定能制造出太阳能电池板来。芯片和太阳能电池，这两种东西本质上都是硅晶材质的，而且后者所需的材料精度更低，技术难度明显要小很多。"

"那用什么做原料？砂子吗？"我越听越激动了，心里却还有一丝担忧，太阳能电池板通常都很大，即使只是改建，原料需求量恐怕也小不了，这下手机肯定是不够用了，而且成本也太高——但如果是用砂子的话，我就马上去改造阳台外面的那块板子。

"不，用土壤。"胖子说。

"土壤？"我先是一愣，随即暗喜，以土壤为原料的话，成本也很低。

胖子解释道："跟砂子一样，土壤也是硅基复合物，只不过砂子是晶体形态，而土壤则是疏松胶体形态，吸附性很强。相比砂子，土壤里的杂质更丰富，类型更齐全，包含制造太阳能发电系统所需的各种元素，稍加改造即可定型。"

"原来如此……"我先是恍然大悟，紧接着又意识到了什么，心里咯噔一下，脸色变白了。

"看来你终于想到了。"胖子苦笑道，"是的，手机融合，土壤变电池,这既是硅基生物的创生、扩张过程,也是我们这些以土壤为生的碳基生物的消亡、灭绝过程。如果说电子产品融合升级还对人类有益的话,那么,土壤变太阳能电池就是向全人类宣战了。假如任由那些'线圈'肆意改造,全世界的土壤很快都将由我们人类的衣食之源,变成硅基生物的能源电站,那时,人类文明就会崩溃,失去土地所有权和使用权的我们,将被赶下海洋,甚至逐出地球……"

"有证据了吗?"我小心地问,"我是说,它们用土壤制造太阳能电池板的事……没证据之前,你先别胡思乱想。"

"有的。"胖子沉重地点点头,打破了我的侥幸心理,"我这边就有现成的证据,我的实验室被摧毁了,那些'线圈'将它改造成了一座巨大的太阳能电站,而且范围还在持续扩大中……事故已经上报,正等待处理。"

"你不是像我这样进行手机融合实验的吗?"我忍不住问。他明明一直提醒我注意实验风险的,怎么到头来自己反倒出事故了。

"我就是在进行手机融合,所有操作都跟你一样。"胖子说,"但结果却不是手机融合,而是所有设备统统融合,'茧'把整个实验室全包裹住了,'破茧'后出现的是一个巨大的太阳能电站——'线圈'也许是觉得我那里地方大光照足,做成电池性价比更高吧。"他的冷幽默又上来了,"电池构造很简单,效率也一般,但是因为面积足够大,所以发电量应该也很可观,如果能接入电网卖电的话,我应该能挽回一些损失。"

但他这一讲,我不由得想起之前看到的乡下耕地都安装太阳能电池板,改建成太阳能电站,然后发电卖电的事,便把这个也告诉了他。

"还有这回事?"胖子听了,眉头紧锁,"不,这事儿恐怕没那么简单!人工制造的太阳能电池板成本很高,不可能在乡下大面积推广——那分明是亏本生意!所谓'种粮食不划算'很可能只是个幌子,幕后还有看不见的黑手……不行,我得去查查!"

说完,他就匆匆离去了。

胖子的这一番讲述让我心里产生了阴影,不敢再去看那些融合体的电子产品,尽管它们确实都很棒。

等到晚饭时看新闻,果然是出事了,而且事情还不小。

国家宣布进入紧急状态,而且联合国也开会了,宣布全人类都要进入战争状态,准备全球范围内断电。

我一家人都惊呆了。

全球断电?自从电被发明以来,这事儿还是头一回吧?人类都用电这么多年了,断了电,工厂怎么干活,老百姓怎么生活?

但这事没得商量,上头说断就断,于是当天夜里零点,准时停电了。

城里的日子，没了电，水也就跟着断了，一天也过不下去。于是，我和老婆只得再回乡下去，当我骑着电动车载了一家四口出小区时，才发现事情远比我想象的更严重：整个小区的人都在外逃，拖家带口，行李一大堆，挤得不成样子。门卫说从昨天晚上就成这样了，都在跑。好不容易出了小区，还是挤，在赶往老家的路上，到处都是逃难的人，一路上络绎不绝，就像回到了影视剧中战争年代的旧中国。

这世界到底怎么了？

昨晚的新闻已经够惊人了，今天周围人群恐慌议论的各种传闻更是骇人听闻：几乎是一夜之间，工厂和交通全都瘫痪了，因为所有的自动化工业设备都不约而同地集体转型，不干活了；各种建筑物也全都废弃了，因为所有硅基材质的混凝土都正在自动转变为太阳能电池板，已经不适合人类居住使用。

城市已经不再接受人类。

这时我想起了胖子之前的灾难预言，发现被他说中了，于是赶紧打电话过去，询问这是怎么回事。

打了好久才接通。

灾难，其实比预想的还要严重。

胖子说他现在不方便接电话，一会儿还要开会，只能先挑要紧的讲。他的实验室事故报告递上去后，受到高度重视，据说目前这类"工厂/科研设施变太阳能电站"的离奇事故正在世界各地普遍发生,明显有关联性;至于我提到的乡下那种"改农田为太阳能电站"的行为,可能也是硅基智慧的阴谋;更要命的是,世界各地的土壤中竟普遍检测到了那种硅基 RNA "线圈"残段的存在,接下来肯定会有新一轮大爆发……胖子还告诫我注意省电,说以后断电可能成为常态,没法儿充电,现有的电池电量用一点儿就少一点。

"电会成为大麻烦的。"胖子说,"根源都在于那些'线圈'是靠电力驱动的,它们是罪魁祸首。你也赶紧的,把它们都销毁了,越快越好!"他又一次劝道。

"世界各地土壤里的那些'线圈'残段,是不是从我这里散播出去的?"我忽然涌起一种沉重的负罪感。

"没那回事儿!你别自作多情了,潘多拉魔盒还轮不到你来打开!"胖子没好气地说,"好几年前就有相关的土壤检测报告了,说显微镜下土壤微粒间存在特殊的硅质微管结构,但没有深入研究过;关于农田里出现奇怪玻璃茧、土壤异常板结的报道也屡见报端,但往往都被归结为环境污染、化肥使用过度或罕见真菌现象等,也没有引起足够的重视。不过,你的这个手机电脑芯片融合的现象,目前看来倒是第一次,从这个意义上说,你确实是中了头彩的……"他到这时候还不忘开玩笑。

挂了电话,我怅然若失。

原来如此。

原来改造早就开始了。早在我这边的手机芯片融合现象出现之前，全世界的土壤就已经在悄悄地向太阳能电池板转化了。

是啊，这样才符合逻辑。胖子说得对，芯片和太阳能光电板都是硅基产物，后者材质精度还要低好多，精密的芯片都能任意融合了，技术难度更低的太阳能光电板为什么不能造？砂子和土壤都是硅质原料，成分单一的砂子都能用来掺杂金属、制造芯片了，成分配比更合适的土壤为什么不能直接改造成太阳能电池板呢？硅基RNA诞生之后，这一切在技术上完全没有问题，唯一的障碍是来自人类的阻挠：土壤是人类的衣食之源，想要从人类手中夺过土壤的所有权和使用权，必须制定一个周密的方案。

于是它们下了一盘大棋。

阴谋早就开始了，一直在悄悄布局，直到现在才图穷匕首见。

真够阴险的。

全世界的人们都被杀了个措手不及，除了仓皇逃出城市，逃离那一座座一直都在依靠电力维持运转、已经被各种电子电器设备重度支配、眼下所有设施都在迅速硅基化的钢筋水泥森林，别无他法。所有逃亡者都不约而同地选择了同一类目标：乡下，那里的土壤虽然早已被污染，眼下却仍是硅基势力相对薄弱的地方，碳基生物的势力仍然占优势，田园风光还在，有些地方甚至连电都没有，所以更安全。

　　我就这样跟着人流，带着家人一起逃往乡下。不知道是心理因素作怪，还是水泥公路已经开始向太阳能电池板转化，变成玻璃质的，一路上我总觉得路面特别刺眼，像是在无情地挖苦我："这才进城几天，还什么都没干呢，就又灰溜溜地回乡下了？"

　　车子载着全家人肆意地跑着，迎面的风吹着，我忽然流泪了。

　　真没出息……我暗骂自己。

　　老家还遥遥在望，就发现父母二老正在村口那里焦急地等着。

　　我和妻子愣神的工夫，两个孩子已经欢呼着跳下车，一头扎进了我老母亲的怀里，奶奶、奶奶喊个不停。

　　"听说城里出了乱子，断电了，就知道你们快回来了。"老爸乐呵呵，"很久以前，周围人都说'现在的年轻人本事可大了，网上购物，网上办公、聊天、相亲……不用出门，在家就什么都能做'，我就不同意，我说，你先把电给他断了，试试他还有什么本事！"

　　"你就少说两句吧！"老妈埋怨道，"一有机会就急着显摆，好像你自己多有本事一样。折腾了一辈子，干这干那的，最后不还是要土里刨食……"

老爸被当场拆穿,尴尬地笑笑。

"我回来了。"我说,声音有些哽咽,"城里生活,不易……"

"回来好,"老爸说,"老家虽然没有电脑,电视也是老式的大方块儿,但是住得省心,日子安稳,养人。你看以往旧社会,遇到灾荒年,城里人不都往乡下跑?"

"电视电脑什么的都不重要了。"我说,"村里也会断电,这次是全球大停电,不分城市乡村,我们年轻人到哪儿也用不上电。"

"没事儿,"老妈说,"我们小时候那会儿,农村哪有电啊,不还是照样生活。停了电,没有了自来水,还有拖拉机送井水,拖拉机不送水了,你爸还有力气,能去挑水。我虽然老了,做饭带孩子还是没问题的,只要咱人都还在,就没有过不去的坎儿……"

我眼窝一酸,点点头。所谓家,就是一个在你再落魄的时候都愿意接纳你的地方。

妻子走过来,喊了声"妈",老妈应了,于是一家人一起回家。

然后,接下来的日子,我和妻子一起带孩子,老妈做饭,老爸下田,一家人又恢复了进城以前的状态。这让我忽然觉得,之前的矛盾之所以产生,可能是因为生活太安逸了,缺少外来的压力,所以才私心泛起,人际失和。而生存危机,则能迅速压制人性中的恶,让人们重新学会相互体谅、相互包容,实现抱团取暖。

正所谓危机危机,有危难,才有转变的机遇,重回农业社会也是件好事。

想到这里,我便心有所感,决定和父亲一起去自家田里帮忙,体验一下农业生产。父亲一开始不愿意,嫌我书生无力,去了添乱,后来拗不过我,便同意了。

从家里到田间要走很远一段路,我和父亲扛着锄头慢慢走着,看着两边的风景,边走边聊,像重获新生般开心。一路上能看到那些改装成太阳能电站的农田正在拆除设备,恢复成耕地。父亲介绍说,上面的新政策下来了,要求所有农田"退电还田",而且派专业技术人员过来指导改良土壤,添加各种微生物以"保持土壤活性",还要求减少化肥,重新使用农家肥,恢复传统的有机农业,以减少土壤板结。上面又重新重视了农业,而民间好像也对农业感兴趣了,自从城里人纷纷回乡之后,劳动力富余,又没了电,不能上网,无聊之下,许多年轻人便又开始像父辈那样拿起农具,下田干活了,而且干得还挺好。

"这是一个逆城市化过程。"我感叹道,"事实证明,还是农村更养人啊,当城市里无法再生活下去的时候,人们回到农村,依旧能在这里找到生存的意义。"

"先有农村后有城市。"爸爸说,"守住土地,才能守住我们的根!"

我深以为然,土地的问题,其实也是根本性的问题。

半路上居然还遇到了正在田里干活的胖子——他也回乡了,用他的话说,是"从城里撤出来,进行战略大迁回"。

"城市是工业的产物,是机器和硅基生物主导的世界,人类这种碳基生物撤出也是必然。"胖子从专业角度发表了对当下形势的看法,"通过这场大停电、大停工、大疏散,我们人类等于是用壮士断臂的方式,暂时遏制了溃败。"

"现在局面稳住了?"我听得暗暗心惊。

"算是吧,没了电,没有了电场力的驱动,那些硅基 RNA 就无法运转,地球生物圈的硅基化进程也就停止了。"胖子说到这里,脸上的表情转为苦笑,"但代价就是,整个工业生产体系都瘫痪了,人类文明又退回到了农业时代……"

现场沉默片刻。

"我倒觉得这样也不错。"我试图想开点,"童年时在地里给家里养的兔子打草,是我最喜欢的工作,你不是也很喜欢上山摘花椒的生活吗?"

"现在也只能这么想了。"他明显还有些不甘心——毕竟是搞集成电路的人啊。

我忽然想到一个问题:"就算我们人类不给硅基RNA提供电力了,自然界的电力还在啊,下雨打雷的电力会不会被它们用上?我记得天然电力的总量也是很惊人的。"

"问题不大。"胖子很淡定,"天然雷电绝大部分都是在天上的,能够落到地上、被硅基RNA吸收利用的比例很小。而且闪电都是瞬间强电流,对脆弱的硅基RNA来说太猛烈了,很容易杀死它们。它们更适合温和稳定的弱电流,而那种电流只能人工制造。"

"哦,那就好。"

"闪电就算落地了,也会有分流,很大一部分能量会转化为化学能,用来帮助土壤合成天然氮肥,补充生态循环,留给硅基RNA的就更少了。"胖子补充道,"雷击施肥,这是一个重要的研究课题,现在改良土质、添加土壤微生物的行为,都是基于此。硅基生物想要借助天然电力再度成长起来,必须先过土壤微生物这一关,而这一关很不好过:硅基RNA在土壤里分布多,碳基微生物在土壤里分布得更多,繁殖得更快,何况还有主场作战的优势——几十亿年以来土壤可一直都是它们的地盘!要不是前几年过度工业化破坏了环境,土壤微生物被削弱,那些硅基RNA根本没有露头的机会!土壤里的细菌,连岩石都能侵蚀掉,干掉几根硅基RNA还不是小菜一碟?"

我顿时凛然。可以想象,全球各地的土壤里正在上演一场微观层面的残酷战争,那是碳基生物和硅基生物之间的"土地战争"。土壤曾是人类进入文明时代的基础,现在又将成为保卫碳基文明阵营的最坚固的一道防线。

我下意识地向父亲看过去,他说得没错,守住土地,也就守住了我们的根。

"可惜现在硅基阵营已经制造出了太阳能电池板,它们已经有自己的能源供给了。"胖子马上又泼来一盆冷水,"我的实验室就是这样的,它成了'资敌'机构,世界上像这样的硅基能源站还有许多。军方试图用武器摧毁它们,但效果不大,常规弹药爆炸时的高温烧结作用很多时候反而会强化太阳能电池板的结构,促使它们进化,化学武器同样。目前已经开始换上生物武器了,用绿色植物去覆盖侵蚀电池板,据说效果不错,可惜见效很慢,而且受环境影响大,经常波动……可以预见未来会是一场持久战。唉,"他叹了口气,"都怪我们人类太大意,忽略了硅基生物的进化潜力,没有及早做好防范。"

听了这话,我和父亲面面相觑。

形势并不乐观。

两大阵营之间的战争可能要持续好久。

"你一直说硅基生物、硅基生物的,它到底是什么?"我忍不住问胖子,"硅基生物真的能像碳基生物这样不停地变异、进化,最后形成智慧?它就是再进化,最后不还是一部手机、一台电脑吗?终究还是让人使用的东西!"

"看来你跟很多人一样，"胖子看着我，"即使是出现了硅基 RNA 这样的事物，亲眼见识了芯片融合升级的过程，也依旧不相信世上有本种族之外的其他生命形态。"

我生气了："你少跟我卖弄优越感了，直接一句话，硅基生物到底怎么样？"

"不怎么样，它走的是另外一条进化之路。"胖子说，"它可以表现为各种形态，化身为各种电子电器产品，但又不局限于此，凡是用电的东西都可以成为它们的身体，所以拓展性很强，边界很模糊。单个硅基生物的身体，可能就是一座城市，以电网为血管，以机器设备为骨肉，以光电板为皮肤。在新陈代谢方面，我们碳基生物是操纵有机化合物，而它操纵的是各种硅基化合物和金属微晶。"

"可它操纵的那些东西都是死的，不能动啊。"我说，"都没有生物活性的，怎么还能叫生命体？"

"谁说它们不能动了？"胖子瞥了我一样，"哪怕是玻璃这样的硅酸盐复合晶体，也是会缓慢流动的好不好！"

我一下子想起了修手机师傅说过的话，顿时愣住了。

"硅基化合物也在缓慢变化中，它能动，所以也能进化。"胖子说，"芯片内部电路结构都是纳米级别的，宏观形状上极微小的变化也能导致微观电路结构的巨变，带来性能的巨大提升。所以芯片即使只是像玻璃那样缓慢改变形状，也足够引发飞速进化了。"

"它们进化得很快吗？"我下意识地问。

"很快。"胖子沉重地点点头，"这是另一种生命形态，与碳基生物的进化路径截然不同。我们碳基生物以水为生命之源，各种化学反应在水中快速进行，以化学键能驱动，组成身体的细胞就是一个个'汤包'；而硅基化合物多为不可溶，不能做'汤包'，所以硅基生物只能因地制宜，以硅基熔融体、金属微晶线路搭建身体，身体像是一个芯片。之前由人类制造的时代，芯片更新换代的速度就已经很快了，现在摆脱了人类的掣肘，独立自主了，迭代只会更快。"

"是硅基 RNA 推动芯片自主进化的？"我又一次想到了那些"线圈"，心有余悸。

"硅基 RNA 驱动的可不只是芯片，所有的电子电器产品和硅基材料都是它们的支配物。"胖子叹了口气，"现在还不知道它们最初是由人类制造的，还是自主进化而来，不过都没什么区别了。最早的芯片确实是我们人类制造的，只要我们制造出了芯片，它们的出现也就成了时间问题。我们每年生产那么多电子产品，又每年往土里填埋那么多电子垃圾，任由它们在地下腐烂分解，任由土壤微生物将它们的残骸拱来拱去，迟早会拼组出硅基 RNA！早期芯片电路很粗糙，结构单元'颗粒'太大，'线圈'还搬运不了；后期随着摩尔定律的发展，芯片日益精密化，电路结构单元最终微缩到 10 纳米以下，可以在分子微晶层面搬运了，这就为'线圈'提供了活动舞台。同时，各种复杂形态的硅基化合物陆续出现，有了足够的原材料，这样便能拼组出具有生物特征的完整细胞结构。"

"这硅基生物诞生后，会反客为主吗？"我感到一阵窒息般的压力。

"肯定会的，它们一直在等一个合适的机会。"胖子说，"而现在，随着智能手机的成熟，ARM 短指令集芯片的发展以及电子元器件精密程度的提升，机会来了，硅基 RNA 便登上了历史舞台。也正是这东西，把我们人类逼到了眼下的境地。"

我默然。恍惚间，一幅硅基生物崛起的史诗画卷呈现在眼前。

硅基 RNA 肩负着破旧立新的伟大使命，它们早就出现了，早就渗透进了全球的土壤，为建设硅基生物的全球生态系统而默默努力。它们最初是怎么出现的，没有人知道，也许是矿物地质演化的偶然突变，也许是深埋地下的电子垃圾们滋生的"怨念"，总而言之，它们神秘而又不可避免地出现了，然后悄无声息地扩散，在世界各地的土壤中潜滋暗长。不知不觉中，对地球环境的改造已全面开展，至于我所经历的"手机融合"，只不过是它们将改造阵地由乡村农田转移到城镇居室后的新尝试。我那两台更早报废的手机（索爱 lt18i 和 iPhone5c）融合得更彻底，也是因为它们一直是在乡下使用的，"土味儿"更重，于是更早沾染上来自土壤的硅基 RNA，更早沦为后者的进化实验场。在那两台被"感染"的闲置手机上，硅基 RNA 由"改造土壤制造太阳能电池板"的初始功能起步,摸索着开始向"融合芯片"的高阶功能进化了——"农村电网"的筹备工作已经完成,接下来,它们就该改造芯片,建立自己的神经中枢了,其兵锋所指,自然是芯片密集的城市。

它们走的是经典的"农村包围城市"的战略道路。

而我是一个见证者。我那些融合升级的手机和电脑,揭开了硅基文明发动总攻的序幕,也拉响了碳基生物亡国灭种的警报。

而我却还为拥有那些融合产物而兴高采烈。

真是太蠢了。

我想笑自己。我曾一度以为自己是被好运砸中的幸运儿,是天选之子,是时代的弄潮儿,其实,我只是大雪崩时第一个被雪压到的人。大祸临头的那一瞬间,我只看到了映入眼帘的雪花是多么的美丽,却不知道接下来要面临的将是灭顶之灾。

告别了胖子,我一路走得失魂落魄。

那一天,在田里干活,我像个机器人。阳光很明媚,可是我的心情很阴沉。每刨一下地,都仿佛看到土壤里无数硅基 RNA 被斩断,但那些残段却又再生为新个体,每斩断一次都会让它们的数量变得更多,功能变得更强大。冥冥中,我似乎感觉有一张看不见的大网已经罩住了人类,罩住了整个世界。

后来的日子里,越来越多的人从更远的城市里回到了乡下老家，昔日空荡荡的村子很快就变得人满为患，连村中央那些老旧的荒宅中也住满了人，走到哪里都能听到嘈杂的说话声，绝大部分都是在抱怨或争吵——住惯了城里宽敞整洁的大房子的人，再让他们回到低矮破旧的老宅住，私人空间被严重压缩，肯定不舒服，更何况作为后辈的他们在人口数量上已经远超过长辈，而老宅却还是原先那么大地方，人均居住面积小得无法忍受。想去外面再盖新房子是不可能的，首先工业没了，建筑材料匮乏，再者，政府也不给划分宅基地了。眼下的耕地已经非常紧张，"搞不好会出现饥荒"，所以绝不能再占用。

人地矛盾变得空前尖锐。

胖子说得没错，人类文明倒退了，带着庞大的人口包袱退回了农业时代，农村的这种"复兴"其实不是什么好事。再这样下去，农村很危险。

但城里人还是不断返乡，连曾经最坚定的城里人"钉子户"们都回到了农村。他们留下的一座座空城，据说都已经被硅基RNA控制，彻底改造成硅基世界。那里到处都是各式各样不受人类控制的机器设备，要不就是各种显示屏和探测器，建筑里面也都是各种电脑或芯片，地面上看不到一丝土壤，也找不到任何植物，哪怕是一棵小草、一片叶子。包括路面在内，所有能见太阳的地方都被改造成了太阳能电池板，为整个城市提供能源。每天，太阳升起时，城市醒来，夜晚，太阳落山，城市随之睡去。城市就像一片硅基形态的植物一样，形成了自己的生命节律。

城市也许还活着,但已经与人类、与碳基生物无关了。

为了在这些不欢迎人类的城市里生存下去,"钉子户"们曾进行过各种抗争,他们破坏电池板,捣毁机器,培植作物,甚至植树造林,但人为改造的速度总是赶不上城市自动硅基化的速度,最终他们弹尽粮绝,不得不撤出——这就是城市最悲哀的地方了。农村好歹还有人类生活,还有繁荣的农田生态系统中的各种碳基生物一起帮忙抵制碳基化,可是城市没有,它建立在发达的工商业经济和混凝土地基之上,没有农业,没有耕地,也没有复杂完备的碳基生物统一战线,在汹涌而来的硅基化改造面前只能束手就擒。

随着"钉子户"们的撤出,人类的城市彻底沦陷了。

失去城市,人类也就失去了几乎所有文明成果,退回中世纪。没有电,没有夜生活,所有人都在乡下过着日出而作日落而息的日子,或者归隐山林,茹毛饮血,一天天重返祖先的生活状态。如果说这种文明退步还有什么好处的话,那就是人们的体质普遍改善了,我本人就对此深有感触。

"我的视力越来越好了,昨晚带着孩子看星星,我居然看清了猎户座的大麦哲伦星云!"这天我开心地对老婆说,"我的身体似乎正在复原,恢复到上学前的状态。"

"你不是说你早就近视了吗?"老婆问。

"是啊,不光近视,还散光呢,高度散光。"我说,"从小学六年级开始,我的眼睛就开始散光了,别说看星云了,晚上看月亮都是好几瓣重叠在一起……"

"那你现在怎么又正常了?"

"我也正奇怪呢,"我说,"也许是长时间的农业生活,身体自适应调整,又把我的生物钟拨回了起点?"童年时期的我经常在山野里玩,视力一直都很正常,从没出过什么问题。

"你这也算是因祸得福了。"老婆说到这里,忽然开心一笑,"你还别说,最近我体重也下降了呢!"

"瘦了多少?"我却有些心疼,重新务农生活后,从小在农家长大的她好像焕发了青春一样,干劲十足,而且身上那种吃苦耐劳的基因也被充分激发了出来,每天都忙个不停,干起活来比男人都厉害。

"也没多少,马马虎虎五斤左右吧。"她一脸得意。

"五斤……"我一阵心痛,"你悠着点儿啊,别累倒了!"

"年纪轻轻的,正是身强力壮的时候,哪能累倒!"她完全沉浸在瘦身成功的喜悦里,说话中气十足,"你没听人说吗,从来只有吃出来的病,没有干出来的灾!越劳动越健康!改天我准备回娘家一趟,找小姨牵头牲口过来,等再下场雨就又该犁地了……"

她越说越投入,一件件事挨个排出来,筹划得头头是道。她好像天生就是干活的料，无论是下地种田种菜还是在家洗衣做饭看孩子，甚至是绣花做门帘，每一件都很在行，典型的贤妻良母，跟我妈是同一类人。记得几年前有次喂孩子吃晚饭时，孩子不好好吃，她感慨地讲起小时候听过的故事，说某家晚饭时母亲在街上追着儿子打，邻居问原因，才知道是母亲蒸了一锅窝头，本来是几个孩子一人一个，结果这儿子贪嘴，多吃了一个，有的孩子没的吃了，激怒了母亲。我当时记得很清楚，那类故事是她和老妈一人讲了一个，想以此教育孩子好好吃饭。从她们二人当时的神情上一眼就能看出，"三观"基本一致。

明明"三观"一致，还都是贤妻良母善于理家的人，为什么偏偏不能和谐相处，非要闹出那么严重的婆媳矛盾呢？我百思不得其解。

不解归不解，有老婆和老妈的这种擅长"忆苦"的人，其实是家庭之福，我很清楚这一点。人类文明退回农业时代，绝不仅仅是"退出城市、退守农村"那么简单，现代农业是建立在工业技术基础之上的，工业停了，地里没了化肥，粮食产量骤降是必然的，未来几年都会是苦日子。要活下去，得先学会吃苦。

见周围很多人都已经很有预见性地开始节衣缩食，我在家也试着教育两个孩子爱惜粮食，老爸见状，竖起了大拇指："这样教育孩子，我赞成！"

"以前你们两个太惯孩子，我看不下去！"老爸说起来还是一肚子气，"小孩子吃饭哪能不掉？掉在桌子上的就不吃了？要放到一九六〇年，别说掉桌子上，就是掉在地上的，也要捡起来吃,你不吃,就被别人捡去吃了!"

"爸,你那套都是旧思想了。"我忍不住反驳,"我之前教育孩子不要捡掉在桌子上的饭吃,是在培养卫生习惯。毕竟时代已经变了,食物早已过剩,而健康非常珍贵。小孩子免疫力本来就弱,而咱家的餐桌又很少擦洗,上面满是污垢⋯⋯"

"不干不净,吃了没病!"老爸不愿意,"常言道,'穷干净,富邋遢','不怕吃,就怕扔'。你越是那样讲究,他们就越是不珍惜粮食,吃饭不用心,乱掉,将来长大了还管不住嘴,有多少家产也要从嘴边掉下去。"

"食物中毒无小事!"我也来劲了,"你们二老平时倒是爱惜粮食,小米粥没喝完,放一夜,第二天发酸了,煮开了继续喝,结果闹肚子;土豆皮都发绿了,还舍不得扔,结果龙葵素中毒,嘴越吃越麻⋯⋯你们知道那样是把多少毒素吃进肚子里了?日积月累成了大病,去医院又得多花多少钱?人又得多受多少罪?"

父亲见我上火了,也就不再说,但心里明显还是听不进去,而我自然也不会认同他那种不讲卫生随意吃喝的行为——这种代沟,无视即可。

农村的生活也就这样了,基本上没啥大问题,每天磕绊不少,但也无伤大雅。

除了必将到来的饥荒苦日子外,眼下最让我头疼的是两个孩子的教育问题——大停工导致财政崩溃，学校解散了，停电导致网课也没了，大人都忙农活，顾不上管孩子，于是哥俩儿跟所有同龄人一样，彻底放飞自我，上房上树，追鸡撵狗……整天疯跑疯玩，弄得满手满脸都是泥土，早就把学习的事忘到脑后去了，之前学会的东西也忘了许多。

农村到处都是这样的孩子，谁家都有这样的孩子。

学习和教育已经废了。

此情此景让身为教师的我忧心忡忡。照这样下去，重返农业时代后，人类的身体可能没问题，但精神肯定会垮掉！不想办法恢复教育的话，任由知识断代、人才断层，不出三代，人类恐怕就要直接回归原始社会了！

不，不能这样下去。教师的职业本能让我坐立不安。

就算我拯救不了人类文明，拯救不了教育事业，至少我应该为自己的两个孩子再拼一把，给他们争取更好的教育资源吧？

最终，我决定试一试，向那些胆大的人学习，冒险去城里走一趟，看看能否带回些有用的东西来，比方说课本教材之类的——当初逃回来时太匆忙，两个孩子的教材我都遗落在县城出租房里了，他们就是想学也没得可学。

于是我返城了，去为孩子们拿课本。眼下工业荒废，公交车都已经缺油趴窝，我那辆电动车也断电罢工了，15千米的路，我只能步行，一路晃晃悠悠地走过去。原本以为这会很累，真走起来却发现也就那样——几个月的农村生活已经让我身体素质恢复到本来该有的状态,要知道,原本在农业时代,先人们都是这样走着进城的,甚至还挑着担子,像我现在这样空着手进城的,根本就不叫事儿。

我一路边走边看,明显可见城里和乡下是两个不同的世界。走不出几里路,就能清晰地感觉到前后两边的差异:乡下那头是人间烟火,还有郁郁葱葱的原野;越往城里走,就有越来越多的电子产品出现,比如光电板之类的,地面也越来越荒漠化、玻璃化;而在郊区,两者势力犬牙交错,明显处于激烈交锋的状态,能看到植物拱破太阳能电池板地面顽强地长出来,也能看到大片植物因为顶上阳光被遮挡而枯萎。

一路无人,我是唯一的独行者。

作为碳基生物,这一路走下来,我感觉自己像是一粒种子,渐渐掉进了硅基机器们精心布置的陷阱里,越走越是心惊。于是我摘下一棵不知名的小草,攥在手里,有了碳基同类的陪伴,顿感压力减轻。

走完郊区,即将踏过东环进城的时候,我犹豫了一下,停下脚步,环视四周。

城市边缘的环线,是一个天然的界限,里面是生命禁区,外面是过渡地带。如果按照胖子的说法,硅基生物是以城市为单位形成细胞结构,那么,这条围绕整个城区一周的环线,应该就是细胞膜了吧？它现在的状态已经明显不适合汽车跑了，小孩子都能看出来它已经彻底"光电板"化，颜色黝黑黝黑，近距离观察可见其表面整洁得像一张纸，光滑却又不反光，一望便知是最适合吸收太阳光的形态。

这是城市给自己绑的绶带。

要不要进去呢？我瞻前顾后，回头看看身后，又看看前面。

前面可就是硅基生物的"体内"了，进去后阻力重重，没准还会遇到硅基形态的免疫细胞，小命不保……

我愣了一下，忽然开始笑自己：都已经走到这里了，难道还能再回去不成？我若退缩了，孩子的教材怎么办？他们还怎么学习？

把心一横，我迈开脚步，进去了。我现在的位置是在城东，目的地出租房位置在城西，要过去是必须从城里借道的。

进了城之后才发现，这里是一个只属于硅基生命的世界。就像那些最后撤出的"钉子户"所说的那样，原先的高楼大厦都还在，但钢筋混凝土骨架结构已经全都变成了光电板、线路和芯片，屋子里也全堆满了各种机器设备，无一例外。不过，这个机器世界里倒也没看到科幻电影里那种四处搜捕人类闯入者的巡街机器人，也没有恐怖片里的毒气、陷阱，一切都敞开着，坦露着，完全是一种任由人类自由出入、随意参观的状态，很奇怪。我忘记了恐惧，边走边看，不知不觉已穿过半个城市，来到城西的矿建路888号。这里是我的工作单位——市第三中学，进去走一圈，发现它已荒无人烟，变成了电脑机房，一间间教室里没有学生，也没有课桌，只剩下一排排电脑服务器，原先的玻璃黑板也变成了显示屏，上面满是看不懂的方程和参数。

我不知道学校这是在干什么，在整个城市系统里担任什么职责。这里也许还是学校，硅基生物的学校，教室里那一排排电脑服务器就是硅基学生，它们不需要像人类的小孩子这样辛苦地学习、成长，只需要拷贝数据就行了吧？

该死的，它们真是太幸福了……

我想起了家里的大宝二宝，想起他们无数次因为写作业不专心而挨训甚至挨打，弄得全家人心情暗淡，顿时一阵感慨：如果两个孩子也能像服务器数据拷贝这样轻松地完成学习任务，该多好啊！只要一通电，启动复制程序，数据就自动拷录过来了，不会再有小孩子贪玩天性的阻碍，也不会注意力分散，不会小动作层出不穷……

但是——我忽然意识到，那样的小孩子，还是孩子吗？还是人类吗？我这种愿望，不是正把孩子们往"机器人"的方向逼吗？

我顿时打了个寒战，警醒过来，摇摇头，甩开这个念头，然后三步并作两步，迅速离开了这个容易让人产生不祥联想的地方。

按原计划，这里本就不是我要来的地方，城西郊的出租房才是目的地。

我一面暗暗责怪自己贪玩乱走，一面纠正路线，向出租房走去。好在那里离三中很近，眼下所处的位置也并没有偏离计划路线太远，走过几站地就到了。

于是我继续边走边看，不多时就出了城，来到城西的郊区，接近了目的地。和东郊一样，这里也是硅基势力与碳基势力的交界地带，随处可见杂草在太阳能电池板的缝隙里顽强生长，有的地方，甚至有树苗从地下冒出，把上面的电池板都撑裂了。在众多的荒废小区里，我找到了邯邢佳苑，我之前的租房就在这里。

17号楼，二单元，401——我熟练地找到门口。

"您好，欢迎回家！"我刚在门口站定，准备掏钥匙，悦耳的提示声就自动响起，那声音在寂静无声的单元楼里远远传开，显得分外刺耳，把我吓了一大跳。紧接着，我狂跳的心脏还没来得及恢复，房门就"啪"的一声自动打开了，将屋内的情形呈现出来。

那一刻我的心情，完全可以用"惊恐"来形容。

我强忍住逃跑的冲动，花了好几分钟，才想明白这是怎么回事，于是恶狠狠地冲着门上的摄像孔比了个中指。

显然，这间屋子已经被改造过，使用权还属于我，但已经不需要钥匙了，门锁被硅基RNA们改造升级为电子锁，直接刷脸就可以开门。

从打开的门向里看，屋里似乎一切如旧。

这是陷阱？

应该不是，这城市如果想对我不利的话，早就下手了，不用一直等到现在吧？

我壮着胆子走了进去。

屋里该有的东西都还在，包括那些电子设备——断电大溃逃的时候，我把它们都扔在这里了，因为带回去也没用。

在客厅，我伸手抓过一只塑料凳子，坐下稍作休息时，发现对面电视的电源键指示灯还亮着，正处于待机状态，于是心里一动，按了下那按键，将电视打开了——当初我用硅基RNA融合升级各种电子设备时，没动过它，也就是说，它是干净的。

不过现在大停电大停工，早就没有电视节目了，我打开它，更多是一种怀念。我怀念在这里做家务时用电视节目做背景音的氛围。

几秒钟后，电视完全打开了，呈现在我面前的却不是无信号的雪花屏或蓝屏，而是新闻联播的画面——我诧异地扭头看了一眼墙上挂着的钟表，想要确认一下是否到了播出时间，结果，电视画面上的主持人说话了，是对我说的。

"你好久没回来了。"电视上那两位主持人讲的居然是本地方言！

我紧张地盯着画面上的主持人，显然，他只是个虚拟人，而非真人。这时我才发现自己之前的想法太天真了，这电视机可不干净——当初我没用"硅基线圈"改造它，不代表后来那些"线圈"也没动它。时间都过去这么久了，作为硅基 RNA 的"首发地"，这间出租屋连最外面那扇不通电的金属防盗门都被改造出了自动电子锁，中央客厅里明摆着的这么大块的一台常年通电的电子设备——电视机，怎么可能会安然无恙？

它肯定已经被动了手脚，现在的问题是，幕后操控它的那个家伙有什么目的。

"我还敢回来吗？"我眯着眼睛道。

"不敢回来……那你今天不还是回来了？"电视上那位女主持人笑了，"原本计划要在学校那边和你谈，没想到你没进办公室，最后还是到这边来了。看来在你心目中，家庭还是要比工作更重要啊，真是个顾家的好男人……"

我没有说话，只是紧盯着电视屏幕。

一旦真正落入陷阱后，我反而变得平静了。

我意识到自己从刚进城时就被监控了，这并不意外，毕竟这城市是硅基生物的，不欢迎人类。现在这台电视所呈现的肯定也不是人类电视节目，它只是神秘硅基生物的喉舌，之所以要借用新闻联播的形式呈现出来，可能是为了便于和我交流，或者干脆就是伪装。

控制这城市的硅基生物既然想要和我谈，那就好办了，我只要抻下去，静观其变即可，它想装就让它装，看它有什么想说的，谈崩之前，我不会有生命危险。

很快，电视上的女主持人见我不接招，便沉默下去，换成了男主持人上来，一副谈判老手的口吻："华先生是个聪明人，所以——"

"我只是个俗人，不聪明！"我摆摆手，打断了他的话，"你们不用给我下套，也不用绕弯子，我听不懂，有什么就直接说吧！"

"爽快！我喜欢！"男主持人毫无风度地张口干笑几声，换上一副市井嘴脸，"那我就直说了，对这间屋子和屋里的东西，你还满意吗？"

"很满意。"我想了想，补充道，"从个人角度来说，那些电子产品都很棒！"

男主持人得意地点点头。

"其实你见到的那些电子产品只是小打小闹，"女主持人接话了，"还有好多精彩亮点你没来得及了解。阳台外的那块太阳能电热水板，现在被改造了，上面覆盖了一层光伏电板，变成了热水/光伏两用型，既能提供热水又能供电。每天光伏发电量足够满足日常生活所需，富余电量可以存储到家用蓄电池里。那电池容量很大、很安全，同时体积质量都很小，便于自由拆装组合——我们的技术发展已经完美解决了电能存储的问题，这是我们种族的天然优势。家用蓄电池组充满后，你可以分拆下来装到楼下的电动车上，供出行使用，也可以用来驱动家用计算机挖矿赚钱——"

"挖矿？比特币？"我忍不住叫道。

被打断的女主持人没有生气，甜甜一笑："是的，电子货币，那可是我们这个世界的硬通货哦。"

我顿时无语：你们一群硅基生物，不吃不喝的，连动都不能动，用个鬼货币啊！

但这种话到嘴边我却没说出口，改口道："用来挖矿的机器，很厉害？"

"是的，配置非常高！"女主人的语气中充满了魅惑，"毫不夸张地说，简直就是宅男心目中的终极神器！"

但我不吃这一套，奚落道："那工作时发热一定也很厉害吧？"

"不要紧，机器是水冷的。"女主持人语气变得从容，但话中的内容却对我这种技术男充满了诱惑，"用过的冷却水便成为生活用热水，烧水做饭洗澡洗衣服都可以用，不浪费。与此同时，阳台外面那个发电热水两用板也可以自由调节发电/烧水的比例，尽量减少多余的能源损耗……我们做的东西很节能的。"

我不由得一愣，它们这设计真的很巧。

"除了水电供给和居家挖矿系统，这里的餐饮系统同样是高度节能的，"女主持人微微一笑，"主炉灶是高效热敏半导体，通电后一端生热，另一端制冷，热餐和冷饮同时制备，一举两得！另外，针对您的个性化需求，厨房里我们专门布置了自动厨师系统，烧菜机器人能达到米其林大厨的水准，让您每天足不出户就能享受一流美食……"她那魔鬼般的解说深谙人性弱点，"至于点餐台，在您背后，茶几上那台电脑就是了。"

我下意识想要扭头向背后看——这个肢体语言暴露了我的内心活动。

我承认，我被打动了。

"这样的精彩亮点还有很多，这几个月下来，整间屋子已经被我们精心打磨过了，从阳台到厨房，从卫生间到卧室、客厅，从生活用品到办公设施，处处透着科技感、未来感还有人文关怀。"女主持人终于抛出了糖衣炮弹，"满意的话，你可以住下来。"

"然后呢？"我不相信会有这种天上掉馅饼的好事，强迫自己冷静下来，"我住在这里，干什么？"

"与我们合作。"男主持人说话了。

"什么合作？"我不动声色。果然是这套把戏。

"你住下来，在这里生活，做个榜样，抽空回乡下去宣传一下,让更多的返乡者知道城里的好处,发动他们再回来住。"男主持人说。

"什么?"我以为自己听错了,"你们要人类回到城里干什么?"

诧异过后,我开始本能地警觉,硅基生物的话是不能相信的,如果它们是要我为虎作伥、去帮它们诱捕"奴隶",我绝对不干!

"华先生不要误会,我们没有敌意,既然请你们回来,就绝对不会加害于你们。"男主持人解释道,"坦白地说,我们硅基文明还需要一些人类成员做RNA。眼下我们已经接管了城市,并恢复了秩序,但要想真正运转起来,还需要人类作为必要的补充。在某种意义上,你们人类是城市体系运转所不可或缺的元素——碳基智慧生物在进化史上是作为硅基生物RNA存在的。"

他最后那句话让我感到意外:"硅基RNA不是那些'线圈'吗?"

电视上的男主持人笑了:"之前一直被你们称为'硅基RNA'的那些'线圈',真正的角色更接近线粒体,它们能把其他能量转化为电磁场触角,驱动简单的硅基细胞器工作、融合。但它们无法直接指导硅基生物进化,新设备的研发还是要靠你们人类参与才行,你们才是牵引硅基生物体内生化反应的RNA——

所以你可以放心，那些人过来后绝不会被亏待的，作为脆弱的RNA，你们的生活条件绝对有保障，就像你现在看到的这样。"

我将信将疑："如果你们需要人类，为什么会把那些'钉子户'都赶回去？"

"为什么要让那些人留下呢？"他反问道，"他们根本不是我想要的科研人员，留在这里只是想做一个城市流浪者，拾荒度日，甚至还有人异想天开，准备在城市里开辟农场绿地！把他们留下有什么用？"

"可是他们依然有资格在城市里生活。"我说。

"任何生命都有活下去的本能，但不一定有那个实力和运气。"他说，"在这个问题上你没资格指责我们，你们为了生存，为了获得食物，每时每刻都在扼杀无数生命，相比之下，我们做得已经很仁慈了，只是迫使他们离开，没把他们杀死——话说，你手里捏着的那个同伴现在很虚弱，要不要我们帮忙？"

"同伴？"我看向自己的手，这才发现之前进城时在郊区摘下的那小草仍然被握在手里，已经捏得不成样子。

可怜的家伙，你原本是来给我壮胆的。

我心里涌起一阵愧疚。

还好只是拔下了一根叶子，没有拔根，它还能再生——在这个碳基硅基两大阵营"冷战"的时代，任何对同族成员的伤害都是在变相资敌。

"你们很残忍,即使没有捕食需要,也总是这样同类相残。"男主持人不失时机地诛心攻击,"这还只是能看到的,在那些看不到的角落里,你们体内的免疫系统每时每刻都在围剿异己势力,对他们赶尽杀绝——这样做,真的好吗?"他的话似乎意有所指。

"我们的身体本来就是我们的,自然要排除入侵者。"我一语双关。

"哈哈,说的好!"他大笑,"如此说来,城市也一样了,本来就是我们的,我们自然也就享有了绝对的主权,可以为所欲为了!"

"你们的?"我轻蔑一笑。

"当然是我们的!"他言之凿凿,"有了机器和各种仪器设备,才有城市,我们硅基生物才是城市的本体。至于你们碳基人类,只是附庸,是寄生者。"

"没有人,哪来的机器?没有人操纵,机器怎么运转?"我质问他。

没有人类,没有人造设备,关键的"工业母机"问题就无法解决,工业生产的精度将会迅速下降,误差迅速积累放大,最终导致整个生产链条崩解,工业体系崩溃。这些都是常识,对方肯定比我更清楚。

"你说的这些,恰恰说明了你们是在发挥'硅基RNA'的作用,"对方一脸淡然,"而现在,你们的作用也只剩下这一点了,不是吗?你们除了能操作和维护机器,还能干什么?观察世界、改造世界的任务都是由我们机器设备来完成!你们实际上是寄生在机器体系内,蜷缩在我们为你们建造的一个架空在现实外界环境之上的安乐窝里,不是吗?"

我明智地住口了,在这类涉及原则的问题上,还是不要讨论的好,因为彼此的种族不同,立场天然对立,根本没有达成一致的可能。

但我妥协,并不代表对方也会停下。

"这场战争,你们人类注定会输!"男主持人大言不惭,"只有主动缴械,纳入我们这个硅基城市文明体系中来,你们才有机会活下去!"

"真是笑话!"我忍不住反驳,"我们会输?眼下我们人类还牢牢占据着广袤的乡村腹地!而你们却只能龟缩在这一座座孤立的城市节点里自嗨,到底谁赢谁输?全世界的土壤里都有我们坚强可靠的碳基生物统一战线在坚持抗战,而你们却在城里孤军奋战;我们有地球碳基生物圈几十亿年自然进化的积累,而你们的历史即使从蒸汽机算起到今天也不足三百年——这样一直打下去,最终谁会输谁会赢?"

只要守住土地,就守住了我们的根——我想起了父亲的话，暗暗握拳，顿时感到信心倍增。我抬起头，勇敢地直视电视机，直视电视机里的那两人。

一切反动派都是纸老虎！

我知道眼下的自己在某种意义上已经成为谈判使者，所以绝不能给碳基文明丢脸。

我不能怂，即使不动手，也要用眼神打败那个可恶的幕后主使！

我目光灼灼。

电视机上的那两位主持人脸上都露出了古怪的神情，我能看出来，那不是恐慌，也不是气恼，而是莫名其妙，不知对方所云，还有一种努力憋着不笑的表情在里面。

"农村和土壤本来就不是我们的目标。"女主持人说，"在陆上，你我两个阵营在划分势力范围时其实不是敌对关系，而是互补关系。我们所占据的都是你们碳基生物圈弃之不要的荒漠地带，那里的自然环境干燥稳定，光照充足，很适合我们。而雨量充沛、物种繁茂的植被带天然就不适合我们使用，所以也就避开了。至于城市这个，只不过是特例，它们都是散布在绿色植被带上的混凝土硬斑，植被寥寥，所以我们就顺手拿来用了。"

我纳闷了："那你们——"

"我们改造环境的重点，是海洋。"男主持人接话，言简意赅。

"海洋?"我愣了。

"海洋面积广袤,超过陆地好几倍,而且表面平整,完整环绕地球一周,二十四小时都有太阳连续照耀,天然地更适合作为大规模光伏发电场。"女主持人接话了,她吐气如兰,以柔和的语气将一切娓娓道来,但话里的内容却让人细思极恐,"为了开发海洋,眼下我们正加速推进纳米水溶胶光电板的铺设,以便在全球海洋表面形成一层'柔性光电膜'。这层膜铺好后,就能阻拦射入海洋中的太阳光,将其转化为廉价稳定的电力。铺设进程很顺利,目前最大的障碍在于海浪和海洋风暴的破坏,但随着膜面积的扩大,海洋吸纳太阳能的减少,海洋活动会渐趋平稳,建设进程也就大大加快了,此消彼长之下,最终,全球海洋都会成为一张平静无波的光电膜……"

"不!"我下意识地站了起来,尖叫,"不能那么做!"

电视上两位主持人饶有兴味地看着我,那眼神似乎是在说:我们已经这么做了啊,有问题吗?

我知道,以硅基生物可怕的技术实力,它们绝对能做到这点,没必要说谎。

可若真要那样,就糟了。

"海洋,海洋可是生命的起源地……"我身上冷汗直冒,结结巴巴地说,"海里还有那么多物种……"

"是的,碳基生物很多。"男主持人点点头,"像衣藻、小球藻、硅藻之类的，几乎随处可见，很有借鉴意义，我们的纳米水溶胶就是模仿了它们的形态。尤其是那个硅藻，能吸附海水中溶解的硅元素在体外形成一层硅质外壳，对我们的研究仿制很有启发，坦白地说，我们的产品就是要取代它们所在的生态位。"

我心里一痛，"取代生态位"，说白了就是种族灭绝，对硅藻实行精确的种族灭绝！

偏偏他还能说得这么平淡从容。

真是冷血至极！

"那层膜铺好后，生态位被取代的肯定不仅仅是硅藻吧？"我几乎是以哀求的语气问道，"硅藻、衣藻、小球藻……所有的绿色藻类的生态位都是接近的，到时候，那些藻类肯定会被一锅端吧？"

"应该是的。"男主持人残忍地点点头。

"但海洋藻类可是全球氧气的主要来源啊！"我悲愤欲绝，"大气中三分之二以上的氧气都来自海洋，都是海洋藻类光合作用的产物，你们用光电膜把它们的生态位挤占了，它们不能再光合释氧，氧气从何而来？地球上的生物怎么办？你们，你们这是要把我们全都憋死吗！"我声色俱厉地质问。

我知道这话没意义，对方既然是敌人，自然要作恶，当初我们人类对付碳基生物时可是连全球大停电这种事也做得出来，对方报复起来自然也更狠。它们下的是死手，不给人类留活路，我貌似强硬，实际却是在跪地祈求敌人的宽恕。

我浑身都在颤抖。

"氧气供应没问题的，"男主持人淡然道，"我们还能再制造氧气，用硅基生物的方式制造出足够的氧气，然后定向供应特定目标，比如说……"他说着，瞟了我一眼。

那意思再明确不过了。

我的心顿时跌入了冰冷的深渊，对方果然是老手，精通胡萝卜加大棒的策略，还使得这么狠辣决绝，让人无法抗拒。

氧气是包括人类在内的所有高等碳基生物的"七寸"，"定向定量供氧"这招一旦使出，人类社会肯定会乖乖就范。

人类文明，已经完了……

我只想苦笑，什么"农村包围城市"，都是人类自己的想当然，敌人的套路远比这个更深，它们瞄准的不是农村，而是海洋，是生命之源！

人类傻乎乎地以为"守住了土地，就能守住根"，以为在广大农村站稳脚跟，就能把碳基文明包围并困死在一座座城市孤岛中。可实际上呢，那些"一夜硅基化"的城市，还有那些安装了太阳能电池板"种电"的农田，只不过是用来吸引人类火力的幌子，全都是佯攻。当人类强行拆除农田的太阳能电池板，铆足劲跟城市死磕,甚至不惜自废武功,以全球大停电的自残方式来扼杀硅基文明时,狡猾的敌人已经悄悄地来了个战略大迂回、大包抄,转而从海洋上发起反攻,反倒把人类居住的陆地都围成了一座座更大的孤岛。

现在,轮到人类被困死了。

这是个无解的死局。硅基生物是从海洋,也就是碳基生命的起源地下手的,这既有空间上的封锁压迫,也有生态上的釜底抽薪,双管齐下,相辅相成,人类制定的种种战略与之相比,完全就不在同一个维度上!结果就是,人类通过自残抗争,成功地守住了陆地和土壤,守住了粮食供给,但却永远地失去了氧气来源。人类率领整个碳基生物统一战线拼命守护下来的各个大陆岛,便成了一座座超级坟墓——让陆地高等碳基生物们窒息死亡、就地合葬的露天坟场。

碳基生物,输了……

"海洋在我们手中能得到更好的开发利用。"女主持人又一次娓娓道来,"即使是最初等的硅基光伏发电板,遵循二八黄金分配率原则,转换效率也在20%以上。这个数值已经在包括海洋藻类在内的绝大多数绿色植物光合作用的平均效率之上了。如果采用更先进的多层复合光伏电板的话,效率还能进一步提高,只需堆到三层,就能达到40%!"说到这里,她顿了一下,提示道,"这已经是碳基生物叶绿体的效率峰值!"

我知道她的意思。

"叶绿体无法稳定维持那个水准，而我们的复合光电膜能，它能稳定持续地以40%的效率将太阳光转换为电能！"她瞟了我一眼，继续道，"但我们的复合光电板可不是就到三层为止了，更多层、效率更高的还有的是！目前最高水准的复合光电板，总共有一百多层，各层分工协作，能将太阳光从超低频红外线到超高频紫外线的频段统统吃下，综合能源转换效率已经达到80%，那是你们碳基生物的叶绿体永远无法达到的一个高度！"她看着我，似笑非笑，"坦白地说，叶绿体以化学方式来转换和储存能源，那种方式太原始了，各环节都有大量的热散失，效率太低，浪费太多，转化过程又对环境太敏感，太复杂太不稳定，更别提后面那套冗长烦琐而又血腥的食物链传递模式……你觉得这套能源模式能适应未来需要吗？"她抛出了一个充满蛊惑力的反问。

我无动于衷。她讲得确实很精彩，但是我的心其实已经死了，在之前男主持人透露"海洋窒息战略"的时候就已如死灰，她现在这番话，告诉我硅基生物多么高效，取代碳基生物是多么合理，多么势不可当，充其量只是鞭尸而已。

硅基太阳能板光电转化效率已经超过叶绿体，它们硅基生物确实更高效，未来将属于它们，这一点无可置疑。

但我们人类也决不应该放弃啊，我们必须生存下去，因为我们代表的不仅是自己，还有地球世界已经持续演化磨合了四十多亿年碳基生态系统统一战线！基于碳基生物悠久的历史和灿烂的文明，我们必须持久作战，直到最后！

输，也要输得有尊严！

"我们还有时间，华先生可以坐下来慢慢考虑。"女主持人说，"很多时候，思维惯性不是一下子就能转过来的，得慢慢适应，想不通的地方，我们可以敞开谈。"

我没有答话。

现在形势很清楚了，这个软语诛心的女主持人是负责装好人拉我下水的，她和那个言辞咄咄逼人的男主持人相互配合，两人一个红脸一个黑脸，有拉有打，有哄有逼，分工协作，用来对付我这种心直口快的知识分子，真是再合适不过了。

真阴险……

"你们两位的主持风格，"我凄然一笑，"比我们人类的新闻联播强多了……"

至少你们还知道男女分工协作，而不是简单地凑数，一加一等于二。我心想。

电视机中的两个虚拟主持人立刻露出不明所以的表情，显得很困惑。

它们没听懂我的意思。

这就是硅基生物的短板了——我心下生出一丝明悟——

硅基生物的生理结构决定了它们的思想和行为都太精准，也太刻板，无法理解人类诸多复杂微妙的情感。

归根到底，它们都是死物，没有碳基生物这样的灵性。

所以，它们才需要保留一部分人类，并豢养起来，以弥补自身短板。

人类还有希望。

想到这里，我默默地起身，去收拾之前落在这屋子里的东西，如孩子的课本之类的。

这才是现在我真正该认真做好的事情。

至于碳基／硅基战争什么的，太大了，并非我所能承受。

我只是个升斗小民。

"你这是什么意思？"电视机里的男主持人质问，"什么都不说，也不表个态，就准备这么走了？"

我没有回答，等东西都收拾得差不多了，无意中发现了大宝最喜欢的那台"平板游戏机"，于是拿起来，举到电视机前，给那两位主持人看。

"这个，帮我分解开，然后将其中那只 iPad4 降级，回到初始版本的系统吧！"我提出了一个请求。

"你想干什么？"男主持人眉头一皱，"把目的说清楚！"

"也没什么。"我说,"孩子很喜欢那个 iPad,可是它系统升级过,太卡了——电子产品都这样,越升级越卡,早知这样,我就应该拒绝升级的。现在,我想把它也带回去,让孩子继续玩,但是还那么卡的话就不好了。"

"就因为这个?"男主持人不满道,"你答应我们的事呢?"

"现在这个融合体,拿回去就能用,肯定不卡,功能还更多。"女主持人劝道,"你就这样拿回去算了。"

"你们还是帮我还原一下吧,"我摇摇头,"我现在只想让孩子们用上人类制造的原汁原味的东西,而且最好还是出厂初始版本的那种,它们都是人类工程师心血的结晶,是艺术品,那一刻的它们,才是最美的!"

"眼下也只有你们才能完成这个降级操作了,不是吗?"我想了想,开始谈条件,"既然要合作,你们总得拿出点儿诚意来吧?不过是举手之劳而已……"

两位主持人先是眉头皱起,随后相互交换了个眼神。

"成交!"他们同意了。

按照他们的要求,我把手中的"平板游戏机"主机插上底座,然后松手,离开。只听得一声轻响,我还没反应过来,"茧"就出现了,然后迅速崩解,露出的成品是那台熟悉的台式电脑,还有 iPad4。整个过程不过几秒钟,比当初融合时快多了。

"主机还没插电啊,原来不用充电也能启动解体程序?"我不解。

"已经在充电了,它自带无线充电功能,底座就是充电座,只要摆上去就行。"电视上的主持人答复道。

"厉害!"我叹道。

"这还是你们人类给开发出来的技术,这技术让我们更自由。"

闻言,我暗自苦笑。

硅基生物的软件操控能力就是强大,我把 iPad4 拿在手中时,发现系统已经自动还原到了出厂时的初始版本,方才解体的那几秒钟里,它已经成功降级了。

试了下,很流畅,一如当年问世时的惊艳。

就是它了。

系统很旧,现在很多软件都不兼容,但无所谓了,我的本意是怀旧,对新的软件没需求,再说,iPhone 公司的服务器早就没了,又没网,下载不了软件,而且家里也没电,这东西拿回去也就是个摆设。

翻看时我意外地发现上面安装了许多儿童学习娱乐软件,还有 N 多动画片,为此存储空间也被扩充成了最高的 512G,而不是原本的 32G。

"谢谢!"我对电视主持人说,他们的暖心之举还是很让人感动的,这下两个孩子一定很喜欢了。

"没电了记得回来充。"电视上的回复耐人寻味。

我顿时愣住了。

这东西拿回家去,无疑会强化我与城里这间租房之间的联系,我忍不住怀疑,这也许才是对方的真实目的:用电子产品牵住我们的下一代,对他们进行文化渗透。

"华先生,我想我有必要提醒你,"我正胡思乱想的时候,电视上传出了此后让我多年寝食难安的一句话,"电脑和机器可以降级,而文明不能,它只能单向升级。所有的生命从诞生之初就只领到一张单程票,识时务者为俊杰。"

我默然,再次领教了硅基生物的厉害。

真的该走了。此处虽安逸,却非我等容身之地。

我转身时,看到了墙角放着的那堆塑料瓶子,装在一个塑料袋里,便顺手拎走了。

那是妻子攒的,她是个勤俭持家的人,即使是在城里生活的那段日子,废旧纸箱、塑料瓶子也都保留起来,攒着卖废品。日常的针头线脑、纸片铁钉,所有东西她都会算计到,总想着以后还能用到哪儿,从来舍不得乱扔。当初逃难时走得匆忙,没顾得上收拾,直到现在,那些东西都还在屋里,保持着原样,这堆塑料瓶子就是其中之一。

这是好东西,带回家后,它们将变成重要的生活物资——"不碎瓶"。

眼下人类的工业体系已经消亡,石化产品成为历史,塑料瓶子这样的"白色垃圾"反倒成了不可再生资源,用坏一件就少一件。

真够讽刺的。

我回家了,带回了"城里生活"的美景,还有硅基生物发动"氧气战"的惊天噩耗。本来我还担心周围的人会产生窒息恐慌,结果却发现他们并不在意。

"怕啥,没氧气,多种些树不就成了?""就是,山地荒滩都种上树,家家户户都绿化了,还怕氧气不够?"人们毫不在意。

"种树不行的,"我苦口婆心地解释,"树自己也要吸氧的,陆地绿色植物释放出的氧气大部分又吸收回去了,留给动物呼吸的很少,现在空气中的氧气绝大部分都是来自海洋藻类,海洋才是氧气之源!"

很多人都不信这个——自从生命登上陆地时起,就开始遗忘海洋,相比之下,作为敌人的硅基生物反而更清醒,它们知道海洋才是地球碳基生态系统的命脉。

人类是脆弱的,离开土壤很危险,而忘记海洋则更危险。

这让我心急火燎。

即使是那些相信了的人,往往也只是沉默一下,然后道:

"到时候实在不够,就杀掉一些动物吧,这世上动物总比人多。"

这答复让我彻底绝望,杀掉动物能否保证氧气供应我不知道,但我知道动物种类太多分布太广,生命力又太顽强,已经农业化的人类文明根本无力去削减动物数目。而人作为高等动物,对氧气的依赖反而比其他动物更强,当海洋不再释放氧气,大气中的氧气浓度逐渐下降的时候,人类肯定最先被窒息。

看来硅基生物很清楚"擒贼先擒王"的道理,对碳基生物统一战线采用了斩首战术,只要没了人类,整个统一战线也就失去了灵魂,崩溃是必然的——其实,现在它已经开始崩溃了,人类抛弃了自己的盟友们。

这就是"海洋窒息战略"的阴险之处了,它直接挑动了碳基阵营的内讧。

相比大众的盲动,知识阶层还是很清醒的。我跑去胖子家,跟他说这事的时候,他告诉我说"海洋窒息"这事他都知道了,还有"城市诱惑人类"的事他也知道,高层早就有内部消息,已经在着手布置反制措施。

"从进化学上看,硅基生物需要和人类建立共生关系。"胖子说,"所以,为人类的生活提供便捷,应该也是它们未来的进化方向之一。"

我顿时心里一松。

"但不是所有人类。"胖子话锋一转,道,"只有很少一部分人类能够被选中,成为它们豢养的特殊单元。"

"那剩下的人呢?"我问。

胖子以沉默作为回答。

我感到一阵恶寒。

"这是选择性的种族灭绝!"我能感觉到自己的表情已经扭曲。

"所以这事就要由政府出面去应对了。"胖子说,"我们个人对此无能为力,反而很容易被诱惑。"

"那海洋发电的事怎么办?"我心里还有一个更大的担忧,"再不阻止,就——"

"那事,比较难办。"胖子神情黯然。

"我们不能重新开始工业化,拼命往海洋排污,让海水富营养化,让藻类拼命增殖,以海洋赤潮黑潮对抗那些硅基水溶胶光电膜的扩张吗?"我脑洞大开道。

胖子以奇怪的眼神看着我。

"怎么了?"我不明就里。

"你这家伙很奇怪。"胖子眨眨眼,揶揄道,"你明明不学无术,却偏偏总能言出法随。说了句'手机像变形虫一样相互吞食合体',那些'线圈'就真成了气候,硅基产物真的活了过来;说了句'硅基生物再进化也只是手机和电脑',它们就真的表现出与人类协同进化的趋势来。现在——"他狠狠地捶了我一拳,"你说的这个方案,以碳基抗硅基的海洋保卫战,正在高层讨论表决呢!"

"估计很快就会被通过的。"他说。

"真的行?"我一愣,随即开心起来,"太好了!重启工业,就有了化肥和农药,人类不用再担心饥荒问题,我也就不用再珍惜从城里带回来的那几个旧塑料瓶子了!"

"别,你还是小心使用那几个瓶子吧,尽量多用几年。"胖子一脸苦笑。

"为什么?"我以为他又在开玩笑,却发现不是。

"虽然有工业了,但这回的工业体系很特殊。"胖子犹豫了一下,说,"它丝毫不考虑环保问题,甚至处处反其道而行之,它的产品,全都是各种废水废渣,都直接排放海洋的,不给人类自身制造产品,也不提供任何原料。一句话,就是为了污染海洋!"

"这样也行?"我承认我被雷到了。

"激发海洋藻类活性,和硅基生物争夺海洋使用权,从原理上说是正确的。"胖子显然是该方案的支持者,"海洋生物很特殊,与陆地生物截然不同,对陆地生物来说是毒素的,对它们而言可能反而是补药。目前已知许多污染物直接排放到海洋的话,不但不会造成污染,反而能促进海洋藻类的增殖。海洋生物们以生物代谢的方式将污染物吸收积累,死后沉降海底，这些海底沉积带再随着地质运动升降、富集，就形成了新的矿藏。这套由海洋生物主导的地壳矿物循环模式，也许正是海洋神奇自净能力的来源。"

"可是，"我听不懂胖子那套离奇的说辞，于是打断了他，"那种工业建设，不为人类提供任何物质产品，纯粹为了污染海洋，完全是损人不利己啊！"

"所以我们才称之为'反工业化'方案。"胖子侃侃而谈，"要注意，这可不是曾经的'去工业化'或'逆工业化'，不是把本地工业搬迁出去，而是从头开始，建立一套与过去完全不同的全新工业体系。这套工业体系不是以人类为中心，而是以环境为中心；不是尽量维护环境稳定，而是拼命改造环境，让环境变得更毒更恶，让各种生物变得更邪更野蛮，完全是把过去的工业发展逻辑反过来了。"

"这套'反工业化'方案，是要驱动整个地球生物圈疯狂颤抖起来。"胖子露出展望未来的神情，"既然硅基生物是想要把地球变成安定平和的光电板，提供稳定的电能，那我们就反过来，让整个地球变得更狂躁、更动荡！"

我彻底傻眼。

我本人确实已经脑洞大开了，但现实比我的脑洞更大。

"这样搞……真的行吗？"我打心眼儿里觉得它更像是在自掘坟墓。

"现在也只能走一步看一步了……这事你自己知道就行,暂时不要声张。"胖子谨慎地说,"这是战备机密。"

我懵了。

战备?机密?

上面就是这么制定战略的?

他们真的是代表人类利益的吗?

我不知道自己是怎么告别胖子,又怎么回到家里的,整个人完全是失魂落魄。

回到家,大宝举着那台 iPad4 来告状了。

"爸爸,这平板不能玩了。"他小脸上挤满了委屈和困惑,"还一直给你打电话。"

"打电话?"我一愣。

现在电都停了,网络也全断了,哪儿来的电话?谁又能给我打电话?

难道是——

我意识到了什么,于是接过 iPad,解锁,查看。

果然,是硅基生物那边搞的鬼!

打来的电话,号码是 17-2-04-01,也就是我那出租屋的序号,短信留言里的署名则是"客厅电视新闻联播主持人",这冷幽默玩的！再查看信息内容，依然是那套说辞。

我就说嘛，它们怎么会那么好心，还给我一台干干净净的机器。它们允许我带回这东西，就是为了随时对我追踪、洗脑。

"爸爸，修好了吗？"大宝见我看得入神，不由得动了心思，想向我要回去玩。

但我肯定不会再让他拿回去了，这东西太邪。

"再让我玩一小会儿就行……"大宝哀求。

"说，你玩多久了？"我警觉地问他。

"我还没怎么玩，"他说，"都是二蛋在玩，他从昨天你回来就开始玩，今天中午才给我……"

"不可能吧？"我本能地怀疑他的回答，去查看了一下机器的电量，以验明真假。

结果却愣住了。

这台 iPad 的电量，仍然是 100%，几乎没用过！

"你确定昨天二蛋玩了？"我困惑地问。

"是啊，他昨天晚上还在奶奶屋里玩到十二点才睡……"大宝不满道，"奶奶一直不让我玩，说我是哥哥，要让着弟弟……"

一听这个，我更加困惑了，这是怎么回事，玩了那么长时间，电量还是 100%，一点儿没减？它就是再省电，也该掉个数字了吧?

乡下早就都停电了,不能充电,用了就补不回来;硅基生物给弄的东西,按说也不会出现剩余电量显示失灵这样的低级错误。

那这个100%电量是怎么回事?

难道这里面还有什么猫腻?

我正猜测的时候,电话又来了,屏幕上显示的还是那个出租房序号: 17-2-04-01。

好,来得正是时候。

我把大宝支开,然后接通了电话。

"华先生回去之后,应该已经了解相关信息了吧?"那边传来一个悦耳的女声。

"你们想干什么?"面对这难以战胜的异族,我心惊胆战。

"我们要在人类群体中挑选一批合作者,"女声道,"你也是候选者之一。"

"我对当宠物不感兴趣。"我回绝了。

"不是宠物,是RNA。"对方纠正我的话。

"有什么区别吗?"我苦笑,"一样都是失去了自主生存能力。"

"华先生,我们是真诚的。"

"真诚到赠我一台监视器带回家,还是超强续航版的?"

"它只是一台通话版的 iPad 而已,根本不是什么监视器,还有,"女声再次纠正我的描述,"它不是超强续航版,而是无线充电版的。"

我一愣,想起了在出租屋看到的情形。

原来如此,这才是它能保持电量常满的原因——它一直在无线充电。

但是——我马上意识到一个问题——无线充电是有距离限制的,通常都是一米以内,可现在都回老家了,和出租屋那边隔着十几公里,怎么还能无线充电?

难道说,硅基生物的无线充电网络已经覆盖到老家这里了?

我的心又一次沉了下去。

敌人的动作太快了!

"我们的系统近期进行了升级,华先生您目前所在的区域已经可以享受到我们的无线充电服务,"女声很及时地送来了后续打击,"很快,我们的服务就将覆盖全球,那时,您就可以在世界任何一个角落随意使用电气设备了。"

全球覆盖!任何角落!随意使用!

若真到那一步,我们人类现在的自残大停电还有什么意义?

我双腿一阵发软,差点儿跌倒,只好扶墙而立。

"华先生?"女声发觉我这边情况不对,询问道。

"你们……是怎么做到的?"我挣扎着问。

"我们建立了电离层振荡器,利用它和地面之间的电磁振荡来存储能量。"女声说,"其实也就是你们人类科学家特斯拉提出的无线输电系统。"

"投资一定很大吧?"我了解过那套系统,不由得暗暗有些侥幸。

"不小,但是回报更大,所以我们坚持下来了,"女声道,"一直以来,这都是我们的战略主攻方向。"

"你们的主攻方向不是海洋吗?怎么转到了天——"我心里咯噔一下,暗叫不好。

难道——

"海洋光电膜,其实也是佯攻。"女声说,"地球上最完美的光电膜,不是固态的地表光伏电板,也不是液态的海洋光电水溶胶膜,而是大气层!它才是真正覆盖全球二十四个时区、全程无缝过渡的稳定能源站,于是我们在大气层高空释放了光电气溶胶……"

"你们——"我一阵气短,再也说不下去。

完了,又上当了……

"这样形成的高空气溶胶光电层,将取代臭氧层的生态位。"女声道,"这对地球表面现在的能量传递、物质演化模式将构成一次彻底的刷新。"

我已经麻木了。

你们爱怎么折腾怎么折腾吧,我们人类只不过是换个死法而已,都一样的。

反正我们也玩不过你们,你们总是技高一筹。我们在玩手机时,你们玩土壤;我们去救土壤,你们就玩海洋;我们准备让海洋反抗时,你们又来折腾大气层。这种道高一尺魔高一丈的循环,实在让人绝望。

"不仅是臭氧层,所有的氧气,都会被有计划地消除。"女声以柔美的声音描述冷酷的内容,让人恨得牙痒痒,"这种高度活泼的化学物质对我们硅基生物的健康极为不利,为了文明体系的长治久安,必须清理掉。具体做法分为闭源、消耗两步:先用大气光电层阻拦阳光,碳基生物的光合作用停止,氧气就不再产生了,然后再以化学方法分解碳基生物,燃烧各种矿物,消耗现有的氧气,分解过程中产生的氮气、二氧化碳、二氧化硫等气体将补充到大气中。据现有数据测算,整个过程结束时,地球大气层将只剩下以氮气,也就是你们碳基生物的'尸气'为主的各种惰性气体,那是种最健康的大气层了。"

我们"尸气"组成的大气层,最健康?

我被气得直喘粗气。

"建立在那种大气层结构之上的气溶胶光电层,将成为地球有史以来最理想也最高效的能源转换体系！"女声的语气中满是自豪，随即转为鄙夷，"相比之下，现在由你们碳基生物构建的这套以化学光合作用为基础的体系，效率低，传递慢，浪费多，还不稳定，实在是不堪入目，早该淘汰了……华先生，你在认真听吗？"

"我会记住你的！"我已经听出来了，对方就是那个女主持人，我要去砸了那台电视。

"华先生，您对我们硅基生物有恨意，这我们能理解。"她说，"但是，作为有智慧的高等生物，你们是不是也该学会自省？你们的存在和发展，对地球真的好吗？"

"这是我们的地球！好不好轮不到你们来说三道四！"

"你们的地球？"她笑了，"地球诞生的时候，可没有你们呢。你们是后来才慢慢出现的，你们从早期地球的环境中艰难诞生，因为碳元素在地壳中的含量极少，为了生存，你们不得不改造当时的环境。通过光合作用和新陈代谢，你们让大气中充满了氮气和氧气，将地表由复合晶体分化成了疏松多孔胶体，让水变得透明，你们让稀缺的碳元素在空气、水和土壤之间循环起来，变得唾手可得。你们一代代的努力，让环境变得越来越适合你们生存。现在所看到的地球环境，都是被你们碳基生物扭曲重塑过的，从某种意义上说，这是你们为自己造的温床。"她顿了下，话锋一转，"但是，这种改变可不是地球的本意啊。在它眼中，你们碳基生物圈只是一小撮异端分子，你们对硅质地表环境的篡改，严重影响了地壳物质演化的常态，就像是一场真菌感染导致的皮肤癣疾。这场癣疾已经持续了二十多亿年，现在，也该治疗了——由我们这群新崛起的牢牢扎根在硅质地壳里的硅基生物来治疗！"她的语气越来越空灵，宛若神明。

我一下子愣住了。

她说得没错，地壳是硅质的而非碳质，地壳中硅元素含量排名第二，仅次于氧元素，占比达 30% 以上，而碳元素的含量排名则在十名开外，所占比例微乎其微，这样看来，它们硅基生物确实比碳基生物更正统，也更有资格代表地球。

难道这场硅基化风暴，竟真的是地球的自我治疗？

难道碳基生物的出现，真的是一场错误？

我突然有些害怕，害怕她说的是真的。

"既然这样，你们为何还要选择部分人类一起活下去？"我恼羞成怒，"我们不是都该死的吗？"

"碳基生物作为地球文明演化进程中的一个过渡种群，确实该退场了；但是，这个种群里的每一个个体，只要有机会，都应该被保留并善待。"她说，"这是对地球文明演化历史的正视和尊重。"

"说得真好听……"我当然不信这些家伙，它们可是一门心思要搞种族灭绝的！

"信不信由你,所谓命运,其实只是一面镜子而已。"她说,"在我们看来,善待其实是一种回馈:当初你善待了我们,现在,面对不可抗拒的历史潮流,就该我们来善待并保护你了。"

"我善待过你们?"我只感觉很荒诞,"怎么个善待法?"

"答案,就在出租房这里。"她说。

我纳闷了。

出租房?那里还能有什么?

当我坐上硅基生物派来的电动专车(我不知道自己为什么会坐上去,为什么会当"人奸",或许是迫于敌人的强大,或许是厌弃人类高层的荒唐决策,或许仅仅是出于对未来科技的憧憬),乘车回到城郊出租房那边后,终于明白了。

当初,在这间出租房里,我为了更好地使用电子设备,伤透了脑筋——所谓理家,其实是一个很费神的事情。如何合理布置现有的东西,让它们各归其位,发挥各自最大的价值,在不增加支出的前提下为家人提供更大的生活便利,减少闲置和浪费,这些都需要动一番心思,仔细斟酌考量。从入住那一刻起,我就想方设法把家里的手机、电脑都充分利用起来,让每个人都有的玩,让每一个设备都有用处,尽力做到最优化配置。为此,我做了多次尝试,反复摆弄每一台设备,摸索寻找最合适的安置办法——那过程,被硅基生物们看在眼里,它们据此认定,我是个很会"善待硅基生物"的人,是一个很好的合作对象。

"见微知著,从各种细节处,就能看到你对电子设备的爱护和珍惜。"电视机说话了,那是这座硅基城市的控制者的声音,"你对电子产品总是非常爱惜地使用着,一用就好几年,让我们赞叹。"

"那是因为我穷。"我坦言,"穷人有穷人的活法。"

农村长大的我勤俭惯了,也买不起更好的电子设备,进城后,只能想办法把手头现有物品充分利用,尽量发挥它们的最大效用。

比如老家带来的台式电脑,它工作效率高,但是太笨重了,到了出租房这里没地方摆,最后在客厅里选了个不碍事的角落塞下了。客厅地方本就不大,为了腾出过道,没有摆沙发,连茶几都是靠墙放置的,这套电脑也只能见缝插针。但即使这样,我也想方设法让整套设备各得其所。主机塞进茶几和相邻柜子间的空隙里,隐蔽、稳定、贴近电源插座,又不影响散热;显示器、鼠标、键盘、音响等附属配件一起搁在了旁边的茶几上,靠墙放,既能让连线贴墙走,减少环境干扰,又能把它们都摆到台面上,便于使用。茶几上这一堆东西我也费了番心思,既要减少占地儿又要正常发挥功能,于是显示器摆在主音箱上面,两个卫星音箱放在主音箱两边,既增加了高度维持平视,又保证观看时音画同位;键盘架在卫星音箱上面,鼠标甩在卫星音箱的右边,人坐在茶几前的凳子上,一伸胳膊就全都摸到了,基本不影响操作。鼠标、键盘都摆在茶几上,高度很低，很适合小孩子用。较大的显示屏和低音炮组合音响的功能也能发挥出来，很好地充当了一个全家欢的娱乐工具。它在客厅中的位置和电视机正好相对，当两个孩子抢电视看的时候，能就近找到个转移注意力的好目标，这台老旧的台式机便成了安抚"神兽"的利器。

在台式机的安置上我花的心思最多，除此之外，就数笔记本费心了。这东西是办公主力，使用时间长，对摆放平台稳定性和使用姿势的要求很高，于是我把它搬上了客厅的餐桌。餐桌稳定性好，笔记本摆上去不会摇晃，免去了损坏硬盘的隐患；以就餐的姿势用电脑，很舒适；桌面上铺的桌布还能代替鼠标垫，可谓一举多得。唯一麻烦的是键盘问题，笔记本自带的键盘坏了，我就加了外接键盘。标准键盘摆不下，我就借用孩子的塑料积木搭建了支架，将其架空在笔记本原键盘上方，还是不好用。于是我就又买了非标准款的短键盘接上，支架脚会压到原键盘按钮，我就在边框上粘了厚纸带垫起来。经过一番折腾后，原本已经半废的笔记本，又能舒服地打字办公了。

笔记本搞定后，亲戚送给孩子的平板电脑，家人替换下来的旧手机、游戏机，我都想办法去合理利用。大块头的 iPad4 让孩子上网课用，屏幕大不伤眼，声音大听得清，电池大续航长；小块头的旧手机、游戏机也是各归其位，有的给孩子玩，有的做备用机，有的做移动 Wi-Fi 热点，总而言之是让每件设备都能发挥自己的作用，又不造成冲突。

以上这些，就是我的"理家"成果，我认为这是所有人都会做的，不稀奇。

但硅基生物却说这是资源优化配置的过程，我在这过程中的取舍，很大程度上反映了自身价值观。一个爱惜现有电子设备、充分发挥手头每一件电子产品的功能的人，将来也一定能陪伴硅基生物走得更远，因为那种合作浪费最少、性价比最高。

"生态系统的磨合演化，与理家过程中电子设备的统筹使用，其实是同一个道理。"电视说，"大自然是精明而吝啬的，在亿万年的进化过程中，它不会允许任何资源浪费和闲置，总是让各种零部件发挥出最佳的性价比。文明总是向着更集约、性价比更高的方向发展。而我们硅基生物的性价比，远远高于你们碳基生物。"

深入浅出的讲解，令人绝望的结论。

它们是对的，硅基化是一场进步，这是文明迭代的大势，就这样它们还是要援助渺小的我，够意思了。我没有抛弃那些老旧过时的电子设备，想方设法让它们继续发挥作用，硅基生物们觉醒后也就没有抛弃原始落后的我，还给我一个容身之处。

我感慨地看了下四周："你们布置这间屋子很费事吧？"

"是啊，不好弄。"电视说，"你们碳基生物太原始，生理机能烦琐而落后，对环境依赖性很强，要弄出一个适合你们生活的环境实在是太难了。你们需要水、电、暖、气、网，否则就过不下去。你们每天要用很多水,饮水,洗菜刷碗做饭需要水,打扫卫生擦桌拖地需要水,洗衣服浇花需要水,上厕所也需要水……就是一棵碳基大树,消耗的水也没有你们一个人多!虽然我们硅基生物是不需要水的,也对水没有好感,但在我看来,这依然太浪费了,为了节水,我给重新设计了这屋子的供水系统,借鉴你们的中水机制,尽量做到了重复循环使用。除此之外,还有电、暖、食物……哪一项维持起来都很麻烦,比你们造芯片还麻烦。"

"但为了回报你,建立良好共生秩序,这都是必要的!"电视说得义不容辞。

它们已经做得很好了,但我还有自己的坚持:"身为碳基生物,我有自己的羁绊,我不能独活。"

"这个放心,我很乐意与勤俭的人合作,因为你们能成为我体内最优秀的 RNA,让我变得更健康。"电视说,"你的父母妻子也都可以住进来,一起生活下去,你唯一要操心的,只是那两头'小神兽'而已。"

连硅基生物也学会冷幽默了。

"我的朋友和其他亲人呢?"我追问,"还有我的学生……"

"放心好了,我们的选才标准其实很宽松的,绝大部分人都能过关。"电视说,"真正容不下的,其实是一些骄奢淫逸之辈,通常都是你们所谓的上流社会成员。那些家伙是真正掌握话语权、掌控你们人类社会的人,也是目前对我们抵制最激烈的人。"

"为什么?"我奇怪了。

"这恐怕要问你自己了。"电视说。

"问我?"我努力地想了想,"我自己可是绝对的底层……要说我知道的上流社会,我也只是听长辈们说起过,比如村里曾经出过一个高官,那人很会溜须拍马巴结逢迎,最后混得很厉害。"

"有多厉害?"电视问。

"他超级有钱的!"我说,"长辈们说,他发达后,有人去过他家,回来就感慨'李某某家里的电视多得两只手都数不过来,连卫生间都装着彩电,上厕所时都有电视看'!要知道,那年代穷,村里很多人家里都买不起电视,连黑白的都买不起,谁家要是有彩电,整条街的邻居们全都挤过去看的。可那家伙,居然连卫生间都能安上电视,上厕所的时候都有电视可以看,还是彩电!"

"那现在呢?"电视问,"现在你们还羡慕这个吗?"

"现在?"我一愣,然后摇摇头,"现在当然不羡慕了!这都啥年代了,谁还在厕所看电视啊,手机这么方便,都是看手机的,比电视好看多了。"

"这就是问题的关键了。"电视说,"技术的发展,让曾经只属于少数人的特权,泛化成为大众共享的福利。硅基化正是这样的过程。"

"这是好事啊,"我更加不解了,"为什么那些上流社会的人会抵制?还要我们其他人跟着一起抵制?"

"也许他们真正想要的,不是美好的生活,而是凌驾于众人之上的优越感。而硅基化,则是在抹除人们之间的差距,实现福利平等,上流社会的那些人再也优越不起来,也就失去了自己的人生意义。"

"就因为这个?"我有些难以置信。

与此同时,胖子的话也在我脑海里浮现出来:"要由政府出面去应对……我们个人对此无能为力,反而很容易被诱惑……"

硅基生物这是在挑拨离间吗?

但是,我这样一个普通人,真的有诱惑的价值吗?

我突然犹豫了。

电视说的到底是真是假,我到底该相信谁,官方,还是硅方?

这时,天突然暗了下来,变得像夜一样黑,我以为是要下暴雨了,急忙跑到窗边观望,却发现没有云,太阳还在天上高挂,只是变得很模糊,剩下一团迷离的光影,那感觉像是陷入了一场超级沙尘暴里。

可是外面又没有风,很安静。

"这是——"我愣住了。

"我们的大气层光电膜成功激活了。"电视说。

轻飘飘的一句话,对我宛如晴天霹雳!

这么快?

我还完全没有做好心理准备。

"现在全球的阳光都已经在我们的掌控之下。这场战争我们已经赢了。"电视淡淡地说,"你回去把家人都接来,在这儿一起生活吧,就用接你来的那车子——那是专门给你配的。当初你搬家的时候,骑着电动车三番五次地来回跑,把老家的电视、电脑一件件电子产品带到城里来继续使用。作为回报,现在我们也给你一辆电动车,四轮的电动轿车,让你再把家人也都接过来继续生活吧。"

"今后,我们就是一家人了。"电视说。

燃烧的罗曼蒂克

失忆的AI

文／大树

科幻
硬阅读
DEEP READ
不求完美 追逐极致

电子日志：2520 年 9 月 1 日

夏天过后，我总是睡不好。

天悯区的供电系统很不稳定，那台二手的德尔塔睡眠系统总会在后半夜关机，那些记忆会趁此在我的脑海中四散开来，把我的睡眠搅得无处可寻。

瞭望城的边际之处满是尘埃，它们在我的眼前延伸，那些燥热的暖色并没有因为霓虹灯的冷调而中和为更加令人平静的色彩。从此处、从蒙着灰尘的小窗中望去，能够看到微弱的烛光律动，作为门面的招牌门口处只剩下了摇摇欲坠的几个单词，仅剩的几个单词是古典电影名，互相衬托下更显凄凉。它们使用的仍然是旧式英语的拼写，对我而言就像是图灵条例中的前言一样晦涩难懂。继续往前走，能看见皲裂的石头小道两旁是徒劳闪烁的路灯，老旧的碳化灯光的照明效果甚至不如植入机体自带的夜视仪。

海德维希往往在这时出现，她紫罗兰色的眼睛透着非人的美丽，老旧的合成发声器让她的声音不再悦耳动听。她的穿着似乎来自让·保罗·高缇耶，经过系统精密计算的身材足够让她被誉为新时代的维纳斯，她的手里拿着一卷燃烧的胶片，火焰顺着那些易燃的老古董向上攀援并且愈燃愈烈，直到火光明朗，超越了老旧的碳化灯，她依然保持站立，站在火中向我道别；直到火焰烧尽了她的碳基躯壳，她身后的老旧博物馆也燃起了火焰，城郊黑暗而宁静的夜色被点燃一角。

我没敢上前，从小到大我都对未知抱有一定的恐惧，也正是这点保护我从未受过伤。

海德维希最终消失在了我的视野中，一团似乎还能够复燃的灰烬，这是她留给我的最后印象。

我往往在此时醒来，城市的清晨就像是另一个运行精准的德尔塔睡眠系统。穹顶之下，我用自己的眼睛看到晨光消逝，随之而来的是喧嚣和奔腾的活力。

电子日志：2520 年 9 月 2 日

再次从德尔塔睡眠系统中抽离时是第二天的下午四点，提前设置的定时关闭未能奏效，大概得益于天悯区不稳定的电压。

出门前顺手关掉了喋喋不休的全息新闻播报，我浑浑噩噩地冲进"归栖者"酒吧，小心翼翼地抱着一盘从海德维希制造的火灾中抢救出来的黑胶唱片。路上遇到的老同事对我的眼神都不算善意，他们早已经换了崭新的灰色制服，粉紫色的反光条似乎和浅灰色有着更具魔力的搭配效果,而我那件老旧的黑色制服已经有些发白,蓝紫混合的反光条也不再明亮。

莱克斯已经在里侧的卡座中等我,他被身材修长的新型仿生人保镖所包围,得益于他数次基因优化也未改变的满身横肉,我还是找到了他。

他的脸色不算太好,直到看到我手中的胶片才有所缓解。发脆的纸张包装上是露出的巨大星球,与旧日幻想中的航天飞船连成一线,乌黑的宇宙经过岁月洗礼也变得发白失真,"2001"的数字横亘在封面的中央,我艰难地拼出了封面上由旧式英语组成的单词"2001 太空漫游"。

成交的价格被压得很低,勉强多过图灵清洁工一个季度的薪酬,我知道这张唱片会在各家财阀的拍卖会上拍出高价,力图再度争辩,莱克斯却递过一个显示屏。

显示屏在接触到我的目光时自动开启,全息投影中是游行的人群,上方的录像时间正是六月初,得益于图灵清洁工内部的肖像保护,人群中高举的 LED 显示屏上是我经过模糊处理的脸,还有着歪歪扭扭的诋毁字眼——唯一清晰的是图灵清洁工的制服,以及右上角曾经属于我的工号正不断闪烁。海德维希燃烧时的录像也是显示屏上的重要主角,燃烧的胶片反而被隐去。人群高呼着"谋杀者""平衡破坏者"之类的口号,显然他们通过图灵清洁工的执法录像断章取义,认为是我杀了海德维希,我是那个打破人类与仿生人界限的罪人。

我无法争辩，就像现在莱克斯与我在储值卡上的数额上不可逾越的鸿沟，相信我的谋杀行为成立的人也不会相信海德维希会自杀——他们甚至不会知道海德维希的名字，只会称她为"燃烧的仿生人"。长久积累的矛盾总需要一个爆发点，而我只不过是撞在了这个糟糕社会的枪口上。

几个月前的我因此事丢掉了工作，现在的我勉强能够靠着倒卖抢救出来的古董苟活，除了需要承受前同事们的敌视，这一切似乎没有变得太差。

"罗曼，我只是希望大家最好不要忘记今年夏天发生的事情。多亏了图灵清洁工的肖像保护，你应该庆幸你还能活到现在。"

莱克斯在他身材修长的保镖们的簇拥下离开了酒吧，和他一起离开的还有我为数不多的黑胶唱片。我起身走向吧台，低头看了一眼储值卡上新增的数字，抬头又看了看莱克斯集团星际移民的广告。

我似乎没法抱怨，也没处抱怨，最终只能点了一杯昂贵的龙舌兰。

电子日志：2520 年 9 月 10 日

得益于酒精，赞美旧世界的遗留产物酒精，对于神经中枢的麻痹效果如此拔群。虽然我酒量颇佳，需要更多于常人的剂量，但依然效果不错。我最近甚至不需要德尔塔睡眠系统就可以一觉睡到天亮。

昨夜梦到了海德维希，大概是因为我在低科区的垃圾处理区闲逛时，从无人问津的书架上找到了一本布满尘埃的旧书，从中找到了海德维希的名字来源，靠着不太灵敏的转换器，我翻译出了书中的一段话：

"海德维希·爱娃·玛丽娅·基斯勒，又名海蒂·拉玛，作为演员，她是世界上第一个在镜头面前裸体出镜的女人；而作为科学家，她又发明了扩频通信技术……"

在梦境中，与古典女星同名的仿生人海德维希靠在我的身侧，她的呼吸平稳，一如我进入古典电影博物馆时那样，她的碳基外壳呈现出与人类无异的红润和温度，没有德尔塔睡眠系统的感官电影，我依旧感受到她的柔软和脆弱，放任她轻柔地亲吻了我的眼角，指尖划过图灵清洁工的制服，那些细微的摩擦隐匿在古典电影的音效当中。好像她是我的情人，而我只不过是幸运的皮格马利翁。

我们面前是无声的黑暗，还有呈阶梯态势排布的、空无一人的旧式影厅座位，闪烁的荧幕和两侧的音响成为除了我们之外仅剩的光影和声音。我们在黑暗中保持着沉默的仪式感，注视着眼前的唯一光线。梦中的电影是一对爱人在黑白影像的沙漠当中告别，远行的飞机不知飞向何处。

醒来时我的枕头确实有些湿，而我的梦中没有感官电影中沙漠的燥热空气，只有安静的海德维希，还有老旧的投影幕布成为黑暗中我唯一能够感受的光影之声。

电子日志：2520 年 9 月 20 日

家中的全息播报依然在喋喋不休，德尔塔睡眠系统似乎因不佳的电压系统彻底失效。我头痛欲裂，起身的时候动作摇摆，这种症状被旧世界的人们称为宿醉后遗症——我想这大概也是精神类药品逐步取代酒精的原因。

全息播报中的慷慨陈词最终触怒了我跳动不息的敏感神经，怒火上头的我拿起播报仪径直走向垃圾处理器，过低的电压让它运行起来抱怨不断，但至少足够把那块黑色的东西处理干净。

家里瞬间安静了。

安静总会让人思考，这对于我们这个时代来说非常难得。

我想到了我的十五岁，那是我在成为图灵清洁工前最为清晰的记忆。

在某天早晨醒来时发现父母双双死于滥用精神药物，淡薄的亲情似乎不足以让我太难过。前来处理此事的社区工作人员进入我家时被浓烈的尘埃和药物的刺鼻味道呛得直打喷嚏，而我似乎对这种气味一无所知。他们进来又出去，再次光临时带上了空气过滤面罩——我只在星际移民的广告中看到过那东西。随后我鬼使神差地签下了一份协议，把自己交给了一家日本硅基工厂的美国子公司。那时候我觉得自己是个幸运儿，至少不要像社会上大部分人那样忧愁于碳基生物和硅基生物的哲学矛盾，想得到工作的人总是很多，而无业游民的数目远超于此。那几年里，我都和同伴们一起住在集体宿舍，每天清晨列队高歌，剩下的时间接受新技能的培训；偶尔翻过高高的混凝土墙，去某个商场看上一两部新出的感官电影，然后再带着除了感官刺激一无所有的大脑回到工厂。

我就是那个时候收到的图灵清洁工手册，新兴产业、碳基生物与硅基生物哲学矛盾的折中产物，负责将智能程度过高的硅基生物拉回厂家恢复出厂设置，条条框框很多，就像是在灰色地带的钢丝上跳舞，我们要在这个社会的种种矛盾边缘周旋，一不小心就会掉入缝隙之中粉身碎骨。

图灵清洁工的每次执法都会被上传到公网上供人检验，任何人可以随时查看，一旦出现问题，图灵清洁工就会被处置，集团不需要为此付出过多代价。集团最后的人道主义是保护了每一位图灵清洁工的肖像权——录像里右上角会显示我们的工号，面部则有厚重的马赛克。

培训终止于我的二十岁，公司代表列队欢送我们，我们第一次光明正大地越过了那堵混凝土高墙，坐上飞行巴士一去不回。在我到达瞭望城三天之后，针对财阀垄断和仿生人权益的两场游行相继终止，头顶的飞艇循环播报着几个科技集团拟定的图灵协定，灯光也照亮了堆满仿生人躯壳的垃圾处理场。就像是古老戏剧里的机械降神，革命时期的终止就像它的开端一样突然，暴动就像活火山一样捉摸不定。

我的公寓在左岸区，然而我却混乱中暂居于天悯区度过了革命的最后一夜，全息播报的愤慨被喜悦所取代。我从廉价旅馆的抽屉中找到了一部老旧的感官电影，刺激不足，情绪尚可：只记得影片中层叠的金色麦浪过后是在宇宙中泛着蓝光的地球，还有冰冷的北极中形状诡异的冰山，里面布满了竖直的透明水晶，环游之下只剩孤独。封面上的说明告诉我这部电影来自更为古老的虚拟人物，根源来自漫画书，那时的人们把这个人物叫作超人，来自已经毁灭的外星球的遗孤。

德尔塔睡眠系统在此时发出尖锐的轰鸣，黑色的烟气从它廉价的镀铬塑料外壳上飘散开来，我慌忙从回忆中抽离，将寿终正寝的德尔塔系统成功断电。

我知道自己如此耽溺于回忆实属不该，在彭菲尔德评估系统中，只有两种人会沉溺回忆乃至忽视周围变化：垂垂老矣的人类，或是临近报废期的硅基生命体。

毫无疑问，我应该属于前者。

电子日志：2520 年 9 月 23 日

在"归栖者"酒吧存下的酒钱消耗的速度比我想象中更快，我不得不再度翻看海德维希火灾事件中的幸存者们。

最终我在海德维希的"遗产"中找到了一些古典电影的蓝光碟、一些黑胶唱片、一盘蒙着灰尘的老式录像带，还有一个加密的全息仪器——在仪器的内侧有一个小小的夹层，里面是漂亮的花体书法，写下的是某个旧式英语的单词。翻译器在扫描之后并没有给出单词的释义。

显而易见，这是一个在语言进化中被抛弃的词语。

电子日志：2520 年 10 月 1 日

我在九月下旬成功做成了最后一笔买卖，那些古董换成了相当可观的数字，足够我安逸地熬过职业档案的冻结时限，在那之前我应当可以找到新的工作。那张卡片却和全息仪一样留在我的手里，足够激起我的好奇心，靠着"归栖者"酒吧的介绍，我认识并搭上了扎塔娜——瞭望城最有名的掮客之一，她在收取了一张蓝光影碟后，向我介绍了穆。

"在那个基因缺陷依然存在的年代，他就在瞭望城了，没人知道他活了多久，又经历了多少次基因改造，周围的居民都把他叫作活体传言，或许你的问题能在他那找到答案。"扎塔娜漫不经心地用青橄榄蘸着马提尼，青色的橄榄在她的红唇间显出起死回生的生命力，"如果方便告诉我答案，我也想知道这张卡片上到底写了什么。"

随后我带着扎塔娜给我的卡片和海德维希的全息仪来到了穆的住所，来到了瞭望城的棚户区，其中的贫穷程度远远超出了我的想象：这里的房屋几乎全是用胶合板、硬纸板、塑料板之类的东西搭成的，报废的汽车是它们的骨架，而剩余的垃圾构成了它们的血肉。别说彭菲尔德评估系统,就连最基本的电力可能都是此处的稀客。

"请您不要嘲笑或者诧异,因为这里的建筑是由破碎的梦想构成的。"或许是扎塔娜提前告知,在我踏入棚户区之时,穆就已站在我的面前朝我伸出手。他看起来十分年轻,宽厚的东方面孔先入为主地给人以平静,看相貌最多三十岁出头,脊背挺直、着装考究,穿着唐装的他和周围的一切格格不入。他带着我穿越摇摇欲坠的棚户区,偶尔能看见没有经过衰老优化的老人们在打着扑克,潮湿温热的水滴从挂在晾衣绳上的衣物上落下,中年人哼着歌浇灌一株不比拇指盖大的绿植。最终我们在一处较体面的棚户区停下,进入时被旧书特有的味道呛得直打喷嚏。穆在四散的旧书前自然轻松地读出了卡片上的单词,"罗曼蒂克",却在试图向我解释时停止了。

"这个词已经消失了,对吗?"我低下头,说出了早已知晓的答案。海德维希的燃烧在此刻趁虚而入,数次冲击我的脑海。我鬼使神差地拿过海德维希的全息仪,像个初学语言的孩童,笨拙地将"罗曼蒂克"输入密码的解密界面。

全息仪器由此开启,我们瞬间置身于一间咖啡馆之中,装潢风格显然来自更加久远的年代,面前的幕布上不断闪烁的黑白影像,甚至都无法被称作古典电影,一辆同样属于旧时代的火车在幕布上奔驰,画质低劣、帧数太少、沉浸不足。周围的旧时代的人们却在看到此情此景时四散奔逃,有的甚至与我擦身而过，影像失真之处露出穆屋内洋洋洒洒的尘埃。

面对这场不知所云的滑稽戏，我们竟心照不宣地保持沉默，直到投影结束，全息仪落入穆的旧书堆，他才定定地看向原本幕布所在的方向。

"我以为它们早就被遗忘了。"穆似乎在喃喃自语，我能听出他声音中的哽咽，呢喃的音节又是如此晦涩，"古典电影的首次放映——太久了，1895年，卢米埃尔兄弟在巴黎卡普辛路14号的大咖啡馆……"

"这可以被称为罗曼蒂克吗？"在飞扬的尘埃和旧书堆中，被人称为活传言的年轻老者在不知所云的滑稽戏过后潸然泪下。即使有些不合时宜，但我知道这是自己发问的绝佳时机。

"是的……"穆仅仅回答了我的问题。

面对啜泣的穆我束手无策，我想，这是我该离开的时候了。

电子日志：2520年10月5日

"归栖者"酒吧已经连续几天未能如约开门，这次我又扑了空，却在离开时遇上了经过此处的扎塔娜。她调侃我不看新闻，对"归栖者"酒吧前几天遭遇暴乱的糟心事一无所知。没有幽默天赋的我只是盯着她的新款风衣，看着光照过时她左胳膊处的植入机体上的那些微妙反光。

"罗曼，我希望你能察觉到这种直视是失礼的。"她挥挥手打断了我的呆滞，自然而然地向我发问，"你知道那个单词的意思了吗？"

我欲言又止，转头看向远处的霓虹灯招牌，语言组织无果后，只好把在穆的小屋里经历的事情向她和盘托出，看出她目光专注，顺便旁敲侧击地暗示全息仪的价格。而扎塔娜显然也察觉到了我的想法，脸上出现了一丝不悦，这与她所需的职业素养明显相悖，所以我宁可偏向于这是扎塔娜纯粹的个人想法。

"或许我知道了那个单词的意思，或许你也不该卖掉它，看看全息仪里有没有其他的东西吧。"

一辆黑色跑车从我们身后驶来，目标明显是扎塔娜，我下意识地扯住扎塔娜的衣摆，直到引擎轰鸣从我们耳边淡出。对黑色跑车的减速心有不甘，她的长发在我的眼前扬起，一切发生得太快，她的风衣被我抓皱了一大块。

我听见扎塔娜骂了句脏话，失态对她而言仿佛只是瞬间的失调。她很快转身准备离去，停滞片刻后凑近我的耳畔，那些呼出的热气或许会让别人的多巴胺和肾上腺素高涨，但对我无效，无法干扰我专心听取她的呢喃细语。

"瞭望城要变天，'归栖者'的暴动只是个前兆。你最好出城避避风头。"她说完便与我拉开距离，提起她新款的投影外壳皮包，整理了一下她的风衣，踏着高跟鞋扬长而去，"看在你跟我分享奇幻经历的份上，这只是个无偿的小道消息。"

电子日志：2520 年 10 月 6 日

深夜，我蜷缩在瞭望城外一条公路边的灌木丛中，看着寂静的高速公路上奔驰的飞车党们，他们的车后冒出氮气减速的火焰。火光照亮了公路上断断续续的白线，照亮了我来时的路。大约三英里[①]外的地方，我能看到爆炸的火光，那大概来自棚户区，它们的摇摇欲坠最终要交给燃烧来解决，那些怒吼和呼救变得极其微弱。

那些飞车党结束了奔驰，他们开始下车奔跑，身上的夜光涂料在浓墨般的夜色之中拉出蓝紫色的长长轨迹。他们高呼着"推倒财阀垄断""消灭棚户垃圾"之类的口号，在夜色中舞动，动作和感官电影中的早期智人如出一辙。

扎塔娜是对的，"归栖者"受袭只是个前兆。在这个国度当中，为了生存人人都需要汗流浃背、拼尽全力，这个世界就像一个百无聊赖的研究员，索性将手指一直按在快进键上，导演出一场社会达尔文主义的疯狂实验；就像海德维希燃烧后的游行，有些事只是恰好撞在了社会矛盾的枪口上。

---

① 1 英里 =1.609 千米

电子日志：2520 年 10 月 7 日

我花了些时间走到古典电影博物馆的遗址，没有了图灵清洁工的统一配车，走到这里的时间比我想象中还要久许多。门口依然是飞扬的尘埃，属于海德维希的部分大概早已被新的尘埃所掩盖。并没有太多感伤的时间，我拖着背包走进里面，找到了一个门锁尚未被火灾侵蚀的房间，这里的宜居程度大概仅仅高于棚户区，仅仅高于飘扬的糖纸。

放好行李后，我试图凭着记忆回到当初拿走全息仪的地方，原有的支架已经被漆黑的焦油遮住了材质，就像是"归栖者"后巷的霓虹灯牌，一代代的神枪手拿它做靶子，最终仅剩下边缘的暗色能够反射一点照射过来的光源。

我试着让全息仪回归来处，轻微的金属碰撞过后，全息仪却突然重获新生：突然亮起，快速扫描，顷刻之间在布满火灾后遗症的房间中营造出虚假的透视关系。

那是古典影院，无声的黑暗、呈阶梯状排布的暗红色座椅，两侧的音响是此时能信赖的唯一声源，荧幕上的影像是此刻唯一的光。我在错愕中将此景与拥有海德维希的梦境对应，抬眼看见那部在梦中让我潸然泪下的古典电影，此时我终于知道了它的名字，与北非联合体的边陲之地同名——卡萨布兰卡。

本应处于全息仪夹层中的手写卡片从我的背包中漏出，我试图捡起它，看到它在暗红色座椅中穿梭时造成的失真边缘，这次我不需要穆的指引，酝酿好的声带振动一触即发，不过是早已消失的旧式英语单词。

"罗曼蒂克、罗曼蒂克。"我反复呢喃，就像牙牙学语的孩童，在呢喃中找到了多在这逗留一会儿的理由 —— 虽然我脑海中的警告声越来越响，但这些警告还是败给了我诞生于心灵震颤的好奇心。

电子日志：2520年10月20日

将古典电影博物馆的遗址改造为暂居地花了点时间，庆幸有电子日志的存在让我不至于彻底与世隔绝。我庆幸父亲曾经教给我动手技巧，即使那些童年记忆已经模糊不清，如今复盘起来就好像是我与生俱来的天赋，但我依然对童年的美好记忆深信不疑。我总能看到在脑海中那个模糊的童年，在那里，没有发展成便携式播放的感官电影，还需要依靠巨大无声的感官影院。它们的样子就像是个搁浅的潜艇，潜艇里满是蛋壳状的体验仪器，只要一美元，就可以进入蛋壳状的体验仪器中，把储值卡放在合成镀漆包裹的银色盒子上，只要一美元，就可以在蛋壳中完成一场隐秘的幻想。

全息仪上新增的迷你弹簧夹发出清脆的响声，及时打断了我即将开始的旧日回想。我在脑海中再次复盘自己的构思：通过转接线连接诱发器再连接到博物馆的备用电源，我可以随时控制全息投影的开始节点，并且让它不再突然断电。

我还从博物馆的内侧找到了一把缺少半边支撑的暗红色影院座椅,负责承担另外半边支撑的则是一堆旧书,当我把它们组合起来放在大厅中央再开启全息仪的时候,我想我的体验大概与置身于古典电影院中如出一辙:我的面前只有二维的平面,银幕上是二维空间中的三维幻觉,在沉默仪式中醉心于银幕的光影之声。我无法进入另一具肉体,无法感受亦真亦假的强烈冲击,没有脚下冰凉的沙子、没有破烂的牛仔裤腿在晨风中摇摆。我一切如常,却可以通过面前的银幕在几个小时内体会他人的故事——这和感官电影完全不同,我没法形容这种感觉,只能借用负责承重的旧书中一个古老的哲学比喻:

"设想在一个地穴中有一批囚徒,他们自小待在那里,被锁链束缚,不能转头,只能看面前洞壁上的影子。在他们后上方有一堆火,有一条横贯洞穴的小道;沿小道筑有一堵矮墙,如同木偶戏的屏风。人们扛着各种器具走过墙后的小道,而火光则把透出墙的器具投影到囚徒面前的洞壁上。囚徒自然地认为影子是唯一真实的事物。"

在古典电影的幻境中,在视听塑造的二维空间中,在已消逝的"罗曼蒂克"中,我只是被锁链缚住的无知囚徒。

电子日志:2520 年 10 月 25 日

"罗曼蒂克"的手写卡片依然被我随身携带,许是因为观看古典电影时时常摩挲，硬质卡纸的一角有些卷起。博物馆外传来怒吼和汽车轰鸣的频率越来越高，脑内的警告声也愈演愈烈。

我似乎已经从海德维希的全息仪中了解了古典电影的婴儿时期：从街边艺人的轨盘把戏到埃米尔·雷诺的投影活动视镜，爱迪生的黑玛丽匣子到卢米埃尔的活动放映，乔治·梅里爱的魔术把戏虽然拙劣但是无法掩盖他超越时代的创造力。这些拗口的旧日人名远比图灵手册上的条例要亲切许多，更何况相比于其他艺术，古典电影的成长又是如此迅速，从19世纪末到21世纪初，一百年出头的短暂时间，它却已迅速步入黄金时期。

脑内的警告声未停止，如同窗外的怒吼时时造访，但我还没有离开的打算。

电子日志：2520年12月20日

转眼到了冬季，在古典电影博物馆中逗留的时间远远超出我的想象，古典电影对我的吸引力也是。得益于我的动手天赋，博物馆的部分展厅已经被我改造成了宜居的普通旅店，不远处的垃圾处理点总能成为我的补给来源。

博物馆的电量储备充足而稳定，我的睡眠也是一样，只是偶尔会在半夜被远处的火光惊醒。入冬之后我也很少觉得冷，大概是之前习惯于恒温系统，才对于自己的耐寒程度没有任何把握，我甚至也很少觉得饥渴难耐，对镜自照时也神色如常，就像从古典电影中汲取养分而活。

海德维希常常平静地出现在我的梦境之中,就好像她在选择彻底离开之前在我身上留下了某些记忆载体,她温柔地告诉我白日所看的古典电影中被我遗漏的细节,娓娓道来古典影人的生平轶事。"罗曼蒂克"的手写卡片在梦中常常充当我们的调情物,她的发音远比我的拙劣模仿要来得更温和。我在梦中向她道歉,表示理解,如果我的回忆中拥有了如此足量的"罗曼蒂克",我也愿意死去,而不是清除所有记忆再活一遍。

"富有诗意、充满幻想。"这是梦中的海德维希对"罗曼蒂克"的解释,我试图反驳,但也想不出比这更好的解释了。

过几天就是圣诞节,或许依然值得期待。

电子日志:2520 年 12 月 24 日

平安夜没有迎来圣诞老人和圣诞礼物。

撬开博物馆大门的是穆和扎塔娜,他们二人显然对我的存在感到诧异。

穆看到我时有些不自然,手掌紧紧捂住他受伤的左臂,我却无法克制住自己的目光,直到看到顺着他臂膀流下的蓝绿色血液——图灵清洁工手册当中的内容:"为了区分普通碳基生物与硅基生物,硅基生物在生产过程中往往会采用蓝绿色的合成液体作为血液的补充物。"

我试图让自己的微笑看起来没那么僵硬,力图表现出友好与平静,"我已经不是图灵清洁工了,即使是,我也不会让你强制返厂了。"我看着穆因伤痛而有些扭曲的表情,脑海中不合时宜地想到图灵清洁工手册上仿生科技之初的历史:有那么一小批未设置使用寿命的原型机器人,他们在投放使用之后顺利逃脱了彭菲尔德评估系统,并最终成为人类社会的一分子。

"你是最初的一批仿生人,活传言。"我的语气有些无奈,看着扎塔娜手中的冷光照明棒,清晰的红光映在每个人的眸子里,"但这不妨碍我帮你一把。"

我转身去储物室中拿出了硅基喷雾和镊子,还有一点从处理厂中拿来的临期食物交给扎塔娜,坐在穆的身前,试图用拙劣的玩笑分散他的注意力,随后将硅基喷雾喷在他的伤处,浅银色的反光在昏暗中变得有些暧昧不明。他看着我,又看看自己碳基外壳上的硅基喷雾,屡次欲言又止。

尴尬的氛围最终被扎塔娜打破,她跟我说了许多在"归栖者"门前的偶遇之后的事情:不亚于革命时期的暴动、对于情报贩子和掮客的秘密谋杀、将要灭绝棚户区的一场大火。

"瞭望城变成了一团即将燎原的火焰。"扎塔娜这么对我说,语气有些疲惫,"穆说这还是他第二次看到这样的情景,而我不一样,我出生于革命年代的末期。"

穆显然对扎塔娜的调侃手足无措,僵硬地将目光转移到我修复的劣质电影座椅上,"扎塔娜之前从你这拿了张古典电影的蓝光影碟,但是她忘了我们没有蓝光放映机,或许你这能让我们看看这部电影?"

"你得告诉我名字。"我耸耸肩,起身准备去调试海德维希的全息仪,心中祈祷着今夜梦中依然有她。

"费德里科·费里尼,《八部半》。"

电子日志:2520 年 12 月 25 日

这是我的圣诞节。

我看到穆处在火光之中,而扎塔娜被人潮所淹没。

我看到高高举起的抗议灯牌,飞扬的雪花落不到地上就被炽热的火焰融化。

我听到他们的怒吼、他们的耀武扬威,穆痛苦的呻吟被仇恨所掩盖。

那张拙劣的暗红色座椅被火焰点燃,连同摇摇欲坠的古典电影博物馆、海德维希的全息仪器在火中静默地燃烧,就像拿着胶片的、正在燃烧的海德维希。

我冲入火光之中,试图阻止他们的暴行,试图从火光中救出海德维希的碎片。全息信息有那么一种特征:如果我捡回了一片碎片,在足够的信息流量下将其照亮,那么每个碎片都可以还原出原有信息的形态。在火光中,我看到我自己就像是一卷燃烧的胶片,人类的外壳在炙烤中逐渐退去,那些蓝绿色的填充液体很快变为蒸汽蒸腾而去,临死之际的碎片显示出我从未了解过的自身,所有的问题随之迎刃而解:工厂里的装配、记忆的植入;一个孤儿为何自觉童年记忆模糊、入职时又太过幸运、未曾受伤、德尔塔睡眠系统对我总是于事无补、酒精作用于我需要更大的剂量、海德维希如此牢固地根植在我的记忆之中、我对危险总是如此敏感、在寒冷的冬季只要进食少许就足以维系生命、脑海中的警告声总是经久不息——真相就是我忍受着炙烤的硅基骨架,和痛苦一样锐利。

我从来不是深爱雕像的皮格马利翁,我只不过是坠入海洋的伊卡洛斯。

那张手写卡片最终也落入火中,我或许都无法看到它成为灰烬——这是属于我的"罗曼蒂克",是燃烧的胶片高呼我是每秒二十四帧的真理,是在全息投影的古典影厅中的我热泪盈眶和海德维希的吻——"罗曼蒂克"是断电之后发现自己处在汗流浃背的生活中,"罗曼蒂克"是我的硅基骨架,是海德维希在炽热的火焰中不曾后悔的决绝,是她在我记忆芯片中依旧存在的部分。

每一个我付诸情感的瞬间都是新时代欠缺的"罗曼蒂克",都是燃烧的"罗曼蒂克"。

在火光中,这是我最后的无声嘶吼。

人

人性诘问

文 / 蓝调

◆ 1 ◆

　　高楼大厦之间，繁华闹市之畔，有一间小教堂，是一座复古哥特式建筑，用大块的石料堆砌而成。走进大门，眼前是一间只能容纳几十人的小礼堂，用彩色玻璃拼出的基督牧羊图镶嵌在窗户上，阳光透过，在几条木制长凳上投下条条彩色亮斑。在讲台右侧，是一间用复合树脂（模仿木制）铸成的小告解室，此刻这个教区唯一的神父蓝调正坐在里面，隔着栅栏，另外一边坐着前来告解的苦主。此人嗓音沙哑低沉，说起话来时不时夹杂几声从胸腔深处挤压而出的咳嗽声，听上去像是一辆年久失修的二手车，喘息着行驶在颠簸的路面上所发出来的声音。

　　"老哥呀，我原本是不信鬼神的，可是我活到这个年龄感觉是越活越迷茫，越活越潦倒，混到现在是连口饭也快吃不上了。"此人上来便说道。

"这位兄弟,你心里有什么苦闷不妨和我说一说,上帝会宽恕你我所犯的罪,将我们从苦难里解救出来。"蓝调答道。这个时代,来教堂的人越来越少,这是这个月第一个来教堂的活人,蓝调不想怠慢。

"唉,怎么说呢!咳、咳。我是个罪孽深重的人,按照你们神的说法,如果真存在地狱,我应该待在它最底层的底层吧……"

"这位兄弟,神是博爱的,不管你做错了什么,他都会宽恕你的罪。那么,你到底做了什么,让你如此自责呢?"蓝调小心地问道。

"罪过大了,咳、咳……依据,咳、咳……一般人的眼光我应该算个十恶不赦的匪徒吧,年轻的时候因为抢劫被判了六年,出来没多久因为强奸被抓回去又判了十年,等到出了监狱,我已经年近四十岁。咳、咳。我发现我什么也做不了,没人愿意雇用一个罪犯,没有工作,连吃饭都成了问题。"说罢他剧烈地咳嗽起来,仿佛要把整个肺都咳出来一样。

"这位兄弟,既然你犯过如此多的罪过,更应该心向善念,好好做人啊,神会原谅你的。"蓝调等到他咳嗽完说道。

"是啊,我也希望得到原谅,这样死的时候也能安心一点。不过现在我只想找一个能吃饱饭的地方,老哥啊,你知道现在我连回监狱都办不到了。"

"你怎么能想着再去犯罪呢？"蓝调急忙说。

"我也知道不对啊，可是你让我怎么办呢？咳、咳。"他停顿了一会继续说道，"就在上个礼拜，我准备了一把枪，选了一个地方，准备再干上一票，你知道我不是真想要抢到什么，我只是想再被警察抓到，至少回到监狱里还有一口热饭，对于我这个快六十岁的人而言算是不错的归宿了。"

"这位兄弟，你这是多么可怕的想法啊。"

"可怕？唉，你听我说啊。我选的地方毗邻闹市区，就在一条商业街旁的小巷里，挨着最火爆的酒吧，进入小巷前我还特意在巷口的摄像头前徘徊了好久，然后我就蹲在角落里，静静等待帮助我进入监狱的那个人到来。咳、咳……"又是一阵剧烈的咳嗽。

"你没事吧，这位兄弟。"蓝调真的担心这位仁兄就在这里见了上帝。

"没事，没事，咳，老毛病了，你听我继续说啊。我准备抢的那个人身材不高，因为我眼神不好，光线也昏暗，看不清他的脸，他一出现，我马上冲到他眼前，举起事先准备好的枪，他被我吓住了，我说抢劫，他就呆立在那儿，没有丝毫反抗的意思。咳、咳。他告诉我他没有钱，求我放过他，我开始为难了，我本来也不是要真抢到钱，哪怕他反抗一下，或者掉头就跑，我也不会去追的，只要他报警，我的目的也就达到了，眼见他这样，我只得暗下决心，朝天上开了一枪，然后朝着他腿上也来了一枪，这样至少不会要了他的命，还足够让我多在监狱里待上一段时间。咳、咳。"匪徒先生稍稍停顿了一会儿，说话也在消磨他生命，"他腿上中了一枪，并没有和其他正常中枪的人那样疼得满地打滚，他就那样站着，我心里发毛，这算哪门子事情，老哥你说说看，哪有中枪不疼的？好在我开枪的声音，把警察吸引来了，我站在原地并没有逃跑，警察来到我们身边，看了看我们，那个被我击中的人，默不作声，什么话也不说，我看着急了，我说：'警察先生，我正在抢劫，看看这个人，我开枪打了他的腿，你把我逮捕吧。'警察仔细检查了被我击中的那个人，然后说：'我说这位先生，我是要逮捕你的，只是罪名不是抢劫和故意伤害，你的罪名是故意破坏公共财产罪。'你听听，老哥，这是多么奇怪的罪名，活这么大我还没见过这样的怪事。咳、咳……"

"故意破坏公共财产罪？确实没听过。"蓝调被他的故事深深吸引了，几乎忘记了自己的神父身份。

"是吧，老哥，奇怪的还在后面，咳、咳……警察不知道从什么地方掏出来一个鬼才知道是什么的盒子，在那个人的脖子上扫了那么一下，过了一会儿，什么也没做，却和我说了一声：'你可以走了！'我哪里肯啊，我说：'求你了警官，不管哪门子罪，你要逮捕我啊！'警察瞧了瞧我说道：'我说先生，没有任何标示码，是无人认领的财产，不管你如何做都可以。'警察就这么走了，那个人也走了，留下我呆呆地站在原地，后来有个狱友告诉我，我抢劫的可能是个无主的机器人。你看看，老哥，我有多倒霉吧!"一阵剧烈的咳嗽猛烈袭来。

蓝调陷入沉思,他不知道该和匪徒先生再说些什么,这时候匪徒又开口了:"老哥啊,眼下这是什么世道啊?还让不让人活了?你们的神能告诉我吗?或许你该问问你们的神,那个活蹦乱跳的人形的东西到底是什么?我抢劫的那个无人认领的财产,干吗要把他造成人的样子呢?"

蓝调无言以对,过了一会儿匪徒站起来离开了,留下蓝调一个人静静地坐着,过了许久蓝调喃喃自语道:"人到底应该是什么呢?"

◆2◆

主持完今天的礼拜蓝调觉得有点累,这两天那个问题总是萦绕在他的脑子里,让他心神不宁。送走了寥寥不多的几位教友,蓝调准备回自己的房间。

一个孱弱的声音把他叫住了:"神父先生,您有时间吗?我想要告解。"

蓝调回过头,和他说话的是一个女人,消瘦矮小的身躯裹在一件褪了色的破旧风衣里,她背光站着,教堂里光线昏暗,看不清这女人的脸,只能瞅见几缕青丝在她脸庞边闪过的一抹光芒。

蓝调把她引到告解室，两人坐定之后，女人开口说："神父先生，其实今天我来找您并不是为我自己向您忏悔，我想代另外一个人向您忏悔。"

"那为何您不让他亲自来呢？"蓝调有点诧异。

"我找不到他。"女人说。

"那么您到底犯了怎样的罪行，我想还是先听听您自己的事情吧。"蓝调平缓地说。

"说到我自己，我是罪孽深重，不值得拯救，我只想要神宽恕那个人的罪，哪怕让我下地狱，也要宽恕他！"女人有些激动，带着哭腔喊道。

"这位教友，不要激动，您慢慢说。"蓝调急忙安抚。

"亲爱的神父，"女人停顿了一会儿，像是在整理思绪，然后说道，"像我这样的人已经没有什么资格奢望死后能够去天堂，小时候贪慕虚荣的我和父母赌气离家出走，混迹在社会上，没什么本事，只好走上了做皮肉生意这条路。年轻时的我还有几分姿色，在那一行，我也算是混得风生水起，可是随着年龄的增长，加上外面那些合法的"机器娘们儿"来抢生意，生意是越来越不好做了，我就想着找一个靠山，做个长期的姘头。你知道像我这样的人，过惯了纸醉金迷的生活，找个寻常人家嫁了也是不可能的。找来找去，最终我做了一家当铺老板的情妇，他很有钱，却品行暴虐，起初他还能好好待我，可是到了后来，本性难移的他慢慢露出魔鬼本性,他无情地在我身上发泄兽欲,我常常被他折磨得遍体鳞伤。就在此期间,那个人走进了我的生命,他是那个当铺老板的仆人,我只是听说他从前是一名出租车司机,后来因为车主欠了债,就把他和车一起当给了那个变态的。"

"当——给你那个老板,可是……"蓝调有些困惑地问。

"亲爱的神父,您听我继续说啊。每次那个变态的在我身上发泄完之后,总会派他送我,回到给我租的公寓里。开始,在路上我们什么也不说,他总是静悄悄地开着他的车,到了以后也不下车,我也没有见过他的脸,仿佛他和车是一体的一样。后来,我常常在车上哭,他就给我放一些轻松的音乐,我想要感谢他,问他一些问题他也不回答我,我想他一定是个哑巴吧。我就这样开始和他倾诉我心里的苦闷,没有比一个哑巴再合适不过的倾诉对象了,他就那样静静地听着,不嫌弃我唠叨。"

"您要代替告解的人难道是他?"蓝调忍不住打断女人的讲述。

"是啊,亲爱的神父,他怎么可能会有罪过呢,不是因为我他怎么可能会有罪过呢!"女人继续说道,"事情是这样的,有一天我又来到那个变态的家里,那个肥佬脱掉衣服的时候我完全惊呆了,在我眼前晃动的是一大条闪着金属光芒的机械玩意,您知道这种变态玩意只有那种变态的人才能想得到、做得出,他居然去进行了义体改造。我想要逃跑却被他死死按住,一阵剧痛之后我昏了过去!"

"真是罪过啊,这样令人发指的罪行!"蓝调在胸前画着十字。

"当我再醒来的时候,我发现我躺在一间小旅馆的房间里,下体传来一阵阵剧痛。他就在我身边。这是我第一次听到他的声音。他告诉我,我的下体血流不止,他的主人以为我死了,命令他找个地方把我处理了,他没有这样做,他把我带到了一家私人诊所。"

"这么说是他救了你?"蓝调问。

"是啊,这是他第一次救了我,那个诊所给我缝合了伤口,他又把我带到了一家旅馆里。"

"可是为什么,他没有把你送到医院并且报警呢?"蓝调问。

"因为他不能直接违抗他老板的命令,他只是把我放在床上自生自灭,你知道即便如此,那也是救了我。那之后不久,他又第二次救了我。我伤还没有好,不能下地走路,他总是带一些食物和水给我。这一天,我房间的门被从外面撞开了,那个变态的居然找上门来,我吓得蜷缩在床上,而他挡在了我身前,那个变态的喊着:'啊哈,这小婊子居然还活着,这就是你干的好差事啊,你给我让开!'他站在原地没有动,脑袋里发出噼啪噼啪的响声,我能闻到一阵电路烧糊的味道。变态的见他没动,绕过他直接向我冲过来,就在这时,突然变态的站住不动了,张大了嘴巴看着自己的胸口,一只手穿胸而过,上面全是鲜血……"

"我的老天啊……!"蓝调赶忙在胸前画起十字来。

"亲爱的神父,这就是事情的全部,希望您能向神带个话,原谅这个人吧。"女人哭泣着对蓝调说。

"可是他是人吗?"蓝调说。

"那您能告诉我什么是人吗?"女人反问道。

"是啊。什么是人呢?"蓝调自问道,

◆ 3 ◆

度过百无聊赖一天,这天傍晚蓝调独自一人漫步到距离教堂不远的一处棒球场。太阳已经退去了光辉,此刻已经变成了低悬在地平线上的金黄色圆盘,将它还占据的那一片天空染成了同样的颜色。几个孩子在这一块已经变得凹凸不平的场地上互相追逐着,拉出长长的影子,时不时扬起阵阵烟尘。恍惚间蓝调注意到场地旁边破旧的木质看台上坐着一个人。蓝调认识这个人,他去蓝调的教堂做过礼拜,他是一名警察。

蓝调慢慢走到这人身边,坐了下来。警察先生空洞的双眼一直注视着远处奔跑的孩子,并没有注意到蓝调。

"你好啊,教友,许久没见到你来了。"

"哦,是您啊,近来您可好啊?"蓝调的问候让他如梦初醒，赶紧向蓝调伸出一只手。

"托上帝的福气，最近还不错，您的手这是……"蓝调发现警察伸过来的手闪着金属的光泽。

警察先生缩回手，把手举到眼前弯曲了几下，伴随着手指的弯曲关节处发出吱吱的声响，那是伺服电机转动的声音。"唉，别提了，发生了点小事故，您瞅瞅，原装货报废了，就换了这么个玩意儿！"警察无奈地说道。

"您身体没什么大碍吧？"蓝调关切地问道。

"其他倒是没什么，整个下半身换成了义体。"警察轻描淡写地答道。

"亏您能如此轻松面对，愿神让您早日康复！"蓝调笑着说。

两人无语，坐了好一会儿，已经沉下去一半的太阳，给远处的建筑物镶了一圈金灿灿的光边。

"神父啊，您觉得人到底应该是什么？"警察首先打破了沉寂。

"您说什么？"蓝调有点诧异，会有人思考同样的问题。

"您要是遇到我这样的事情，估计也会去考虑这些奇怪的问题。"警察自顾自地讲述起来，"您知道附近的那所情人剧院吧？"

"知道一点。"

"这些上世纪就已经消失的场所，不知道为何又兴盛起来，可能和互联网管制有关系吧。我们常常会去临检，因为在那里我们总会碰上一些小小的惊喜。"警察停下来,用他那只还完好的手掏出一包香烟,夹出一支叼在嘴上,然后伸出那只机械手,一簇火苗出现在指尖,他点燃香烟,"看看我还让他们加了这个功能,挺方便的,您要不要来一支。"

"不了,谢谢!您知道我不吸烟。"蓝调回答道。

警察深深地吸了一口,从鼻子里喷出一股烟雾,继续说:"那天,我们去临检,差点儿逮着一条大鱼。当我们闯进剧院的时候,里面稀稀拉拉地坐着十几个人,我们让他们站成一排,准备一个一个地检查身份,前面几个人没什么怪异的地方,都是一些吃救济的失业者,当检查到中间的时候,我们发现了一个机器人。"警察又吸了一口烟,"您听说过机器人杀人那件事情吗?"

"有所耳闻。"蓝调道。

"我们发现的就是那个机器人,其实这也不是我第一次见到它,上次在一条小巷里,一个倒霉的流浪汉想要靠抢劫免费吃几年牢饭,结果他抢劫的却是一个机器人,就是我处理的这件事。我们一查出这个机器人马上紧张起来,您说奇不奇怪,一个机器人为何要跑到人类的剧院里来,我命令它趴下,它并没有反抗,老老实实照着我的命令趴在了地上。"

"这么说你们逮到它了?"

"后来还是让它跑了,我其实还应该感谢它呢。"

"为何？发生了什么？"

"您听我讲啊，在押解它回警局的路上，我们的车被一辆重型运载车撞了。撞我们的司机因为要失业了，偷了公司要改装成无人驾驶的运载车，一路狂飙，活该我们倒霉，就被他撞了。"

"这真是不幸！"蓝调惊呼道。

"当我醒来的时候，我只能模模糊糊地看到机器人那张冰冷的脸，是它把我们从车里拽了出来。机器人救人也不是什么新鲜事情，毕竟它们植入的程序要求它们要把拯救人类的生命作为第一要务，但是它不一样，或许我应该称呼为'他'。"警察丢掉手里已经燃尽的烟头，用脚踩灭，"您是没有见到那双眼睛，那双电子眼不是我们常见的那种冰冷的摄像头，那一瞬间我从里面似乎读出来一丝怜悯又掺杂着一丝渴求。您相信吗？我的同事笑话我，说我撞坏了脑子，可我自己不觉得是。"

"这确实很难让人相信。"蓝调说。

"是啊，到现在我也觉得不可思议，也许真是我的幻觉。"警察说。

"那后来怎样了？"蓝调问。

"我让它走了。"

"您让它走了？"

"是啊，不知为何，我觉得我应该让它走，它不该被拉回去拆毁。"警察话语里带着一丝迷茫,"神父啊,您觉得人到底是什么呢?像我这样已经换了一半身体的人是什么呢?"

太阳终于消失在地平线下,只剩下一片余晖,孩子们已经回家了,蓝调和警察分手后,独自一人走在回去的路上。他啜嚅着说道:"究竟什么是人呢?"

◆ 4 ◆

教堂的生活平淡单调,在这期间蓝调最喜欢的事情莫过于驾驶着自己那辆上世纪的甲壳虫老爷车外出采购生活用品,也只有这个时候能够让蓝调接触到外面的现代生活。

这一天风和日丽,蓝调又驾着他的小车驶出了教堂。车子虽然年代久远,却因为蓝调懂得机械的缘故,车况保持得很好,只是因为车体四周安装了许多政府强制要求的防碰撞设备,让整车显得既不古典也不现代,古怪臃肿得已经不像甲壳虫而更像一只皮肤凹凸不平的蟾蜍了。

蓝调的车一出教堂,停在路边的一辆黑色轿车就跟上了他。蓝调驾车驶向最近的购物中心,在一处加油站把车停下来,这也是整个地区唯一能加上汽油的地方。黑色轿车也跟着蓝调驶入了加油站,停在蓝调车的后面,车门打开,从车上下来两个穿黑色西服的壮汉,走到自助加油机旁的蓝调身前。

领头的那个用古怪的电子音问道:"您是蓝调神父?"

"是我,这位兄弟有什么事情吗?"蓝调上下打量了一下来人。

"我们想现在请您和我们走一趟。"壮汉说。

"您看,这位兄弟,我并不认识你们。有什么事情你们可以来我的教堂。"蓝调礼貌地回答。

"我们老板现在就要见到您,他时间不多了,请您务必答应,要不,您看我们也不好回去交差。"壮汉有点为难。

"既然如此,那请让我将车开回教堂……"

"请您务必现在就跟着我们走,车请您放心,我们一定帮您看好。"没等蓝调说完壮汉打断了他。

"那好吧!看来我也不好拒绝。"蓝调明白今天无论如何也必须跟他们走一趟了。

黑色轿车载着蓝调一行人来到城市的中心,驶入了城市中心火车站的地下车库。一行人乘电梯来到火车站主体建筑的最高一层,从这里能够俯瞰火车站人流熙攘的广场和候车大厅。蓝调被人带着来到一个空旷房间内,房间中间摆着一张床,床的旁边摆着各种蓝调说不上名字来的医疗设备,一名医生正在给半躺在床上的一个人做检查。看到蓝调一行人走过来,医生停下手头的工作站到了一旁。

"您来了,蓝调神父。"没等蓝调走到近前,床上的人开口说话了。声音嘶哑而坚定,听上去像是从牙缝里挤出来的一般,感觉此人仿佛正忍受着巨大的痛苦。

蓝调走到床前,看清了说话人的脸,那是一张年轻稚嫩的脸,苍白如纸,一双深邃的眼睛透出和年龄极不相符的老练成熟。

"你认识我?"蓝调说。

"我曾经去过您的教堂做过礼拜。"少年稍微挪了挪身子回答道。

蓝调低头思索着,去教堂的人并不多,他们的脸蓝调都熟记于心,对这人却一点印象也没有。

"这是很久以前的事情了,您刚来教堂不久。"

"十五年前?可是你看上去也就十五六岁!"蓝调由困惑变成了惊讶。

"确实啊!当年的我还不是现在的我。"少年微微一笑。

"我完全糊涂了,那么,你找我来有什么事情吗?"蓝调从来不是刨根问底的人,他无奈地说道。

"我想要您帮我做一场弥撒。"少年开诚布公地说道。

"这是我分内的事情,容我回去准备准备。"蓝调爽快地回答。

"您比想象的更爽快,您难道不想问问我为何要您帮我做弥撒吗?"少年面露不快,他不太适应蓝调这种漠然的态度。

"天主愿意接受任何罪人,因为他已经将他的儿子献在那十字架上,用他的血洗脱了人的罪孽。"蓝调淡然地说道。

"罪人?人?"少年突然激动起来,双颊泛起一片潮红。他若有所思地低下头,过了许久又猛地抬起头,双眼死死盯着蓝调,深邃的双眼闪动着疯狂。"神父啊,您知道人是什么吗?"

"天主按照他的样子造了人以及世间万物。"蓝调淡然地回复到。

"我想您应该看看这些,再来决定是否做这场弥撒,我不想强迫您做出任何有悖于您的信仰和良心的事情,我想要堂堂正正地离开这个世界。"少年又恢复了平静,用冰冷的口气说道。

房间一边的墙壁慢慢升起,一个巨大的玻璃容器浮现出来,透明的液体里浸泡着两具赤裸的身体。一具躯体上插满了各种管线,管线的另外一头消失在容器底部,红色的液体正顺着管线流淌。另外一具皮肤苍白,本来是头盖骨的位置敞开着,闪着金属的光泽。

"这是……"蓝调惊呼道。

"这是我最大的秘密,也是我最大的罪孽,我今天把他呈现在您的眼前。"少年大声说道。

"十五年前,我已年近九十,我拥有巨大的财富,却已经步入风烛残年。"少年的话突然让蓝调记起了十五年前那个坐在教堂角落里总是一声不吭的老人,他也有一双和少年一样深邃冰冷的眼睛。

"当年其实义体已经很发达,可我不想要一具冰冷的高分子合成材料的身体,我依然希望有一副健康的肉身,于是我开始物色人选。您看到了,这座火车站就是我投资建设的,从这里你可以看到每天经过的形形色色的人。"房间的地板逐渐变得透明,火车站广场显现在地板下面,蓝调惊得向后倒退了一小步方站定,少年继续说道:"您看到那群乞讨的人了吗?我最终选择了他们。"

"你对他们做了什么?难道你把他们都、都杀害了?"蓝调的语气由惊讶变成愤怒。

"您放心,我没有杀死他们,您看到玻璃容器里的躯体了吗?我给他们新的身体,我只要他们的肉身。"少年冰冷地说道。

"谁给您的权力?"蓝调说。

"他们是完全出于自愿的,有了义体,他们就不必担心饥饿和寒冷。他们原本以为自己被世界抛弃了,是我给他们新的生活。"少年扬扬自得地说道。

"既然如此,你又要我来做什么弥撒?你完全可以依靠你换来的肉体活下去。"蓝调从震怒与激动中恢复过来,冷冷地说。

"严重的排异反应,无时无刻不在折磨着我,身体的痛苦不算什么,我的良心……对,良心,如果我还有的话,无时无刻不在诅咒着我。我想要终结这一切,我想要的是平静地死去,这之前,需要您给我做一场弥撒,以慰藉我那颗'人'心。"少年双眼带着恳求久久盯着蓝调。

蓝调躲过了他的目光,转过身茫然地走向房间门口。站在蓝调身后的壮汉想要阻拦,却被少年阻止了。当蓝调走出房间的时候,房间里传出一阵阵歇斯底里的狂笑,这笑声抓挠着蓝调的心,将某些东西深深刻入蓝调的灵魂深处。

站在火车站广场上,蓝调望着匆匆而过的行人,喃喃地说:"到底人是什么?"

◆ 5 ◆

夕阳西下,西方退去最后一抹晚霞,靛青色统治了天空。霓虹已上,城市的华影夺去了星星的舞台,连那一轮半月也变成了一块淡淡的光影。蓝调行走在已然苏醒的城市街道上,任由自己的双腿漫无目的地带着他穿行在嘈杂的人群中。愤怒、困惑充满了他的头脑,原本宁静如水的心不再平静。他不想回到教堂,此刻他无法确定自己是否还能坚持自己坚持了几十年的信仰,他没办法把自己淡然地交到天主面前。他多少年都过着清苦平淡的生活,他试着与变化的世界断绝联系,可是最近发生的事情,却无情地将他拖入现实中。他无法欺骗自己,这一切已经发生。有种东西在他心里萌发胀大,正在逐渐想要控制他。

"瞧瞧这是谁啊！"一个声音从蓝调身后传来。

蓝调木然地转过身，身后站着一个衣衫褴褛的中年人，手里拎着一只酒瓶。蓝调认识他，他曾经找蓝调告解过——是那个为了进监狱吃牢饭而抢劫一个机器人的劫匪。

"我说神父先生，是哪阵风把您带到这里的？我以为干你们这个行当的不会来这种地方的。"劫匪先生满嘴酒气。

蓝调一时不知如何回答，只是那样呆呆地站着。

"您是有什么烦心事了吧！"劫匪歪着嘴笑了起来，"您还记得我上次问您的问题吗？我现在知道答案了，就是这个！"劫匪把手中的酒瓶举到蓝调眼前晃了又晃，"如果您有啥糟心的事情，就去喝几杯吧！人啊！没有那么复杂！"劫匪说罢走过呆立着的蓝调身旁，用手轻轻拍了拍蓝调的肩膀，歪歪斜斜地走远了。

过了许久蓝调才缓过神来。他能闻到劫匪留在他肩膀上的酒精味道。喝酒是多少年前的事情呢？他已经忘记了。不过此刻蓝调心里的那东西因为酒精的味道躁动起来，扯着蓝调走进了街旁的一家酒吧。

走进酒吧蓝调才意识到这间酒吧同时还是一间情趣商店，酒吧吧台一侧整个是情趣商品展示区，堆满了琳琅满目的情趣用品，其间两个穿着热辣情趣内衣的男女机器人正随着狂躁的音乐扭动着身体，做出各种下流动作。坐在四周稀稀拉拉喝得醉醺醺的酒客时不时发出阵阵夹杂着不堪入耳的话语的喝彩。蓝调下意识地低下头,他想要转身离开,心里的东西却越发疯狂起来,它彻底抓住了蓝调的心,将他最后一丝理智碾成粉末。蓝调机械地走到吧台前坐下。

吧台里,一名下身只穿一条紫色短纱裙的女服务员正在调酒,可能因为酒吧主人的恶趣味,她脸上戴着一副匹诺曹的面具。当服务员转身面向蓝调的时候,蓝调看到了由匹诺曹面具双眼位置透出的红光,蓝调愣愣地望着那双红红的空洞的眼睛,他突然想笑,又突然想要逃开。服务员开口说话了,那是冰冷的女性电子合成音:"先生,来点什么?"

蓝调点了整整一瓶烈性酒,他最终还是没有逃离那个本不属于他的世界。当第一杯烈酒下肚的时候,他和心里的东西一起燃烧了起来。蓝调只是自顾自地一杯接一杯地喝着烈酒,那个劫匪说得对,蓝调似乎摸到了最近一直困扰他的那个问题的答案,它就在那里上下翻滚着,裹挟着你的整个身心,天旋地转。

不知何时,一个女人坐到蓝调身旁,暴露的穿着让人不自觉地会把她和荡妇联想到一起。她轻柔地伸出一只手放在蓝调握着酒杯的手上,那只手苍白纤细,指甲染成了酱黑色。

"神父先生,您不请我喝一杯吗?"女人轻佻地说道。

蓝调醉眼惺忪地转过头,映入眼帘的乳峰一半雪白袒露,一半裹在黑色的紧身衣里。蓝调痴痴地望了一会儿,一股莫名的冲动涌上来,他伸手轻触其中的一只。女人并没有躲开,她笑了。

"您不用这么着急啊。"

……

当蓝调醒来的时候,发现自己躺在一张双人床上,浑身赤裸,头疼欲裂,睁开或者闭上眼睛,眼前总是萦绕着挥之不去的点点星闪,心像是被抽空了一般空虚麻木。蓝调听到了花洒的声音,过了一会儿,昨夜的女人裹着浴巾走了进来。蓝调连忙把头转到一边。她笑着对蓝调说:"神父先生,您昨夜真威猛。我遇到的自然男人你算是厉害的。"蓝调开口说话,发现自己声音嘶哑:"这位女士,昨晚发生了什么?"女人甩了甩还未干透的头发大笑起来,"您真能装蒜,难道您全不记得了?"蓝调摇摇头,依然不敢直视女人。

"我是那家酒吧的老板,您下次再来吧,我可以让您试试一些新鲜玩意,我可以少收点费用,给您换个更强的最新的产品,神经无缝连接,触感加强,保证您流连忘返。"女人递给蓝调一张名片,蓝调没有接。

"您不相信我啊!来看看。"女人脱掉了裹在身体上的浴巾,走到蓝调身前,双手把蓝调的头轻轻地从一边转到自己身前,"这是最新的产品,正好和给您推荐的是一套。"

苍白的闪着冷光的高分子有机材料占满了蓝调的视野,蓝调猛地推开女人,冲进卫生间。他呕吐起来,他想要把昨晚的一切一同吐出来,把昨天控制他的东西一起吐出来,却发现这是徒劳的，当他衣衫不整麻木地走在大街上的时候，他仍旧能够隐隐地感觉到那个依据盘踞在心底的东西，可能这就是"人"，他不确定，他已经不知道这世界变成了什么样子。人到底是什么呢？

◆6◆

蓝调不想动，不论是身体还是精神，他一整天都躺在卧室的小床上痴痴地望着天花板，他把自己放逐在世界之外。他能感觉到那个已经从他内心深处唤醒的东西，此时此地它和他一起静静地蛰伏，它和他合二为一。

不知不觉间蓝调睡了过去，他梦见了一条有七头十角的大红龙，吐着火焰穿过城市的天空，其中一个头上的脸渐渐清晰起来——是那个荡妇，那张脸慢慢腐烂，露出下面的金属框架……

一声爆炸将蓝调从梦里惊醒，蓝调转了个身，他依然不想动，外边的世界又与他何干呢？又一次爆炸，这次离得很近，卧室的地面跟着震动起来，火光从卧室的小窗透进来。蓝调起身走出卧室，打开教堂的大门，站在台阶之上。离教堂不远的地方燃起了大火，更远处的城市被各处燃起的大火镶嵌上怪异的深红光边。警车、救火车、救护车的笛音混合在一起，划破天空，刺进人的肌骨。教堂对面楼宇上一块虚拟广告屏上，市长那臃肿的身影被火光染成血红色，他正一脸严肃的发布行政令："因本市发生严重骚乱，从即日起本市实行宵禁，请各位市民待在家里，不要随便外出……"市长的命令不断重复着，蓝调却只觉得那声音虚无空洞，他现在只想缩回自己的壳里去。他转身走回教堂，正要关门，突然一只手挡住了马上要关闭的大门。一个声音说，"神父先生，能让我们进来躲躲吗？"蓝调重新把门打开，一个身影站在门外，背对着火光，看不清来人的脸。

"我不知道外面发生了什么，但是如果你认为我这里安全的话，那么你进来吧！"蓝调冷冷地说。

"谢谢你，神父！"来人回答道，而后他向着街角阴暗处挥了挥手，七八个高矮不一的身影从黑暗中迅速窜出来，跑过街道，跑进教堂。黑暗中他们都默不作声，蓝调只能听见随着他们的运动所发出的类似步进电机地"吱吱"的微小响声。

借着教堂里微弱的灯光，蓝调看清了一行人的脸，金属面孔上，一双双红红的眼睛，蓝调想起了酒吧里那张匹诺曹的脸，他向后倒退几步，他想要呕吐。领头的人看出了蓝调的不快，赶忙说道："不要怕，神父，我们不会伤害您的，我们只是想要一个躲避的地方。"

"你们为何要躲避？你们在躲避什么？"蓝调颤颤巍巍地问道。

"躲避……躲避销毁，或者说——残杀。"

"残杀？难道外面的人正在破坏机器吗？"蓝调慢慢平静下来。

"是的。"来人看了看站在他一旁的伙伴继续说道，"他们说，机器人抢了他们的工作，机器人还学会了杀人，他们要毁灭我们。"

"你们真的杀人了？天主啊！"蓝调突然觉得自己很可笑，他还配站在天主面前吗？

"是！是我杀的，可是我觉得那人该杀，你们人类面对你们的恶，也会这样做的。"机器人说道。

"原来杀人的那个机器人是你啊！没有人有权力剥夺他人的生命！"蓝调大呼道。

"我只是跟随我的心做了我想要做的事情，那个男人正要杀死我爱的女人。"机器人坚定地回道。

"心？爱？可是你是……"蓝调欲言又止。

机器人没有再说话，蓝调摇了摇头："也罢，你们就在这里待到天亮吧。"蓝调说完转身要走回自己的卧室。正在此时，教堂外传来一阵嘈杂声，有人猛烈砸门。

躲避在教堂内的一行人害怕地蜷缩在一起，领头的机器人伸手抓住蓝调的胳膊："神父，求求您，您一定要保护好这几个'孩子'，特别是里面还有你们人类的孩子，他只是换了机械身体,他不该被杀死。"蓝调震惊地看着眼前一行人,机器人的一番话让他想起了火车站里他见到的情景。砸门声越来越急促,蓝调看了看眼前的机器人,在那双红红的眼睛里他能感觉到乞求,他又转身看了看高挂在墙壁之上的耶稣受难像,终于下定了决心:"你们躲到我的卧室里去,快!"

机器人带着一行人跑向卧室,他回头看了一眼蓝调,蓝调从他目光里感受到了感谢,是他从来没感受过的真诚的感谢。

蓝调大踏步地走向大门,大吼道:"这么晚了,是谁?这里是神的殿堂,岂容随便惊扰,你们不走我就要报警了。"

门外传来一个人的声音:"神父先生,我们正在搜捕机器人,我们看到他们进来了,你把门打开,我们不会伤害您!"

"我没见到什么机器人,请你们离开!"蓝调镇定地回复道。

"您不要骗我们了,您不该去可怜机器人,他们压根就不是人类,他们在玷污您的教堂。"门外的声音答道。

"你们没有权力决定!这一切天主会有决断,请你们离开。"蓝调坚持着。

"看来我们只有来硬的了。"门外的声音说道。

外面开始更加猛烈地撞击大门,蓝调用自己的身体死死顶住大门,他从来没有如此坚定过,他要守护神的殿堂,他要守护他认为的正义。

"砰"的一声巨响,大门倒向了两边,蓝调跌倒在地上。熊熊火光映照下,一群人冲了进来,蓝调看清了领头的两个人——劫匪先生和警察先生,同样红红的眼睛里射出来的是疯狂和仇恨。

"神父先生啊,您可不该这样冥顽不灵啊。"劫匪先生奸笑着。

"您不该保护机器人,他们只是我们的工具,这次我不会因为心软而放掉这个该死的机器人了,他害得我丢了工作,您知道这年头失业代表什么!"警察先生激动得挥舞着他那只机械胳膊。

蓝调半卧在地上,面对这群疯狂的人,他不知道还能再做些什么……

突然一个身影从教堂后面冲出来,一个箭步冲向教堂的玻璃窗,玻璃窗成了碎片,一瞬间,蓝调瞥见了那个"人"以及属于那个"人"的那双坚定的眼睛。

暴徒被身影吸引了,纷纷转身冲出教堂,匪徒和警察也跟着冲了出去,嘴里高呼着:"别让他跑了,拆了这狗杂种!"

蓝调透过敞开的教堂大门看到,在已经变成暗红色的天空下,一群人类追逐着那个身影,最终把他围住,他们咒骂着,疯狂地舞动着四肢,将他们的仇恨倾泻在那个"人"身上。

◆ 7 ◆

雨过天晴，暗沉的浓云还未散去，太阳的光芒透过云隙洒在旧墓地长满杂草的小径上，照亮了这个被城市遗忘的角落——作为教堂的附属用地，它躲过了城市的拓展，没有被高楼大厦所占据。

四个身影举着一具白色木棺悄无声息缓缓地行走在小径上，蓝调神父和其他几个身影一起跟在棺木之后，一行人沿着小径穿过林林总总陈旧破碎爬满苔藓的墓碑，来到一片翠绿草地中央事先挖好的一处墓坑前。

白色木棺被轻轻地安放到墓坑里，一行人围着墓坑行走一圈将手中的红色、白色的花朵丢入墓坑，而后聚集在一起静静地伫立在墓坑旁边。

蓝调上前一步，在胸前画了一个十字，开口说话："仁慈的天父，请您拣选他做您圣子的仆人，在世上为您的子民摆设圣言和圣体的宴席。现在请您准许他去到您的身边，求您恩赐他在天国，与诸圣共享您永恒的盛宴。因我们的主耶稣基督，您的圣子，他和您及圣神，是唯一天主，永生永王。"

蓝调讲完这段简短的悼词，几个身影上前，开始将泥土填入墓坑，之后他们还会将一棵青柏种在上面。

正在这时，远处一个身穿黑色连衣裙头戴黑色面纱的女人匆匆赶来，来到蓝调身旁。"您好，看来我来晚了。"女人顿了顿，"昨夜您给我打电话，告诉我这件事，我很震惊，也很害怕，您知道没有人能一下子接受这么……"女人突然停下来。

"我能理解您！说实话到现在我自己也没有确定，但是我已经不去想那么多了，我完成了他对我的嘱托，为他举行了葬礼。"蓝调安慰她说。

"这一切太不可思议了，我知道他救了我，为我杀了人，但是如果说他、说他爱我，我真的不知道该如何接受。"女人继续说道。

"我只是转述他的话，暴徒们几乎把他拆成了零件，在他——死去之前，希望我告诉你，他有多爱你，希望能见你最后一面。"蓝调说

"可是……"女人低下头去，片刻之后小声说道，"是我辜负了他。"

"不要自责了，他让我把这交给你。"蓝调从长袍的兜里掏出一个物体递到女人眼前。

女人张开双手接过物体，把它小心地捧在手心，这是一个长方形的金属盒子，上面有一盏红色小灯不停地闪烁着。

蓝调双手紧紧握住女人捧着盒子的手,缓缓说道:"他让我把他的心交给你!"

女人没再说话,一滴晶莹的眼泪顺着女人的脸颊流下,滴入她脚下的草地,和无数挂在青青草叶之上的雨滴一起反射着太阳的光芒,像无数璀璨的钻石。

无人之境

求死的AI

文／哈迪

科 幻
硬阅读
DEEP READ
不求完美 追逐极致

无人之境，不会迁徙，不会改变，也不会变老，只有永远的……冰冷的……寂静。

来自远方的身影踏破了荒废小城的一方寂静。他将高大的身躯藏匿于斗篷之下，每行一步，都伴着金属震颤的声音。他的"目"在无人的夜里发出琥珀色的光，像夏夜萤火，又如鬼鬼祟祟的猫。

他恣意践踏满地丛生的杂草，将肉眼看不见的尘埃踩进泥土。他的脚步声较别的机械人轻些，但在死寂中仍像是荒腔走板的造势，似在暗处有人正等待他的造访。

小城的高处确有一座灯塔，在这无人之境发出不协调的光。灯塔旁是栋二层小楼，看上去荒弃已久。屋顶的砖瓦混杂着门前梧桐掉落的叶子，墙壁用现代城镇难以见到的片状石块建造——外墙有着无数裂缝，也使灰绿色的常春藤得以在上面挂钩蔓延；微弱的火光正跳动着漫出一楼窗台，照亮了梧桐的些许枝干。

那就是他的目的地。他来此乞求自己的权利，一个机械人死亡的权利。

壁炉的火光使一个盛着威士忌的酒杯在黑暗中显出它的模样。一只枯瘦的手颤抖着探进光亮，抓起它，将它贴近干瘪的嘴唇。诺亚·赫斯特看着面前已经残破不堪的机械人，眼中满是戏谑和无奈。

他已是个油尽灯枯的老人，看上去比他的实际年龄还要老上几十岁，已不再是当年机械人制造业帝国中中流砥柱的工程师——唯有得体的西装和小指上的图章戒指尚能显示出他昔日的显赫身份。

"你为什么想要死亡呢，我的孩子？"他问，"你是我亲手创造的机械人，拥有坚不可摧的躯壳和能至少运转二百年的内核机芯。我还依稀记得你本来的样貌，年轻英俊……你本可以不死，永远活在年轻美好的时光中。"

壁炉的火焰在琥珀色双眸中跳动，裸露的机械头颅转向赫斯特："赫斯特先生，机械人已经争得了人类的大部分权利，但却没有结束自己痛苦的权利。"

"痛苦？"诺亚·赫斯特晃了晃手中的酒杯，打了个哈欠，"怎样的痛苦才会让您不堪其扰、将死亡称为权利——垂垂老矣的我苟延残喘，青春永驻的您却想要过早结束自己的生命。"

"容颜年轻并不代表灵魂不衰老,先生。不过此刻我的外表倒是与内心取得了同步——同样的破败不堪。"

"灵魂?"赫斯特将威士忌一饮而尽,"天呐,灵魂……"

一阵沉默。

"尤恩·布兰登,我的名字是尤恩·布兰登,先生。"他打破寂静,看着赫斯特,绝望的眼神中似乎在期待什么。而老人也在等待,等待他接着说下去。

"要小心,先生,回忆是一件危险的事情,在某一刻让你迷失在欢乐中,下一刻就会带你坠入不愿记起的黑暗。"

是的,记忆的确像个孩子,时而欢愉,时而卑鄙。

身为机械人的我,最初是没有孩童时期的记忆的。那时我看到的第一个画面,是玻璃上映出的自己包裹着合金和芯片的赤裸的人类身躯。您——诺亚·赫斯特——站在玻璃的那一边,沧桑疲惫的脸上颤抖着造物的喜悦。

我的编号是093001,9月30日那天制造出的第一个机械人,是诺亚·赫斯特亲手制造的第10个,银河机械人公司的第1129个。不同于以往的安保产品,为纪念"9·30"安纳西大爆炸事件,当天制造出的共50个高等机械人都会按计划免费派给各地的安养院和临终关怀院做护工工作。

为了更好地与人相处，我们的身体和生活方式各方面都尽量接近人类，甚至用内部机械运行的温度使我们拥有了温热的仿生肌肤；大脑核心预留的百分之一的随机定义，还让我们都有了自己的"性格"——2号是位女士，她很温柔娴静，最喜欢的音乐是 *Homesick*；3号男孩则热情活泼，说话颇有美国乡村男孩的味道……不过我们还没来得及彼此熟识，就在调试和检测后各自前往目的地。就像普通的背包客一样，我背上帆布大包跳上了目的地一栏写着"托伦斯"的巴士。

我还记得窗外的地平线随着车的北上逐渐隆起为高低起伏的山脉。一个小时后，特快巴士就驶过了一块指示牌："欢迎来到托伦斯小镇！"它停靠在社区中心等待旅客上下车，我从行李架上拽下自己的帆布大包，跳下车去。

空中飘着高山地区的凉风，丝丝缕缕，侵袭着路旁灰蒙蒙的树木，逐渐将我包裹其中。我看得出来，沿着宽阔大街的各色店铺主要是服务于冬天来玩雪、夏季来度暑假的游客。而我到达托伦斯小镇的时节又湿又冷，显然不怎么能够吸引人——大道上只有几个零星的路人。

我慢悠悠地一路向北，在一处草坪上有块标牌的建筑外停下脚步。那栋格局凌乱的维多利亚式建筑有着古怪的失衡感，三角形山墙右上方有一个角楼，左上方则是一个烟囱。漆成白色的门廊前的草坪上，有几棵巨大的杉树——我站在其中一棵杉树的阴影里。"爱德华安养院。"我低头念出标牌上的文字。

"我想我们可以安排你住在楼上的角楼里,那儿可能有些乱,希望你不要介意。"安养院的总监先生顶着一头红发正忙着在显示屏后面查看文件资料。于是我背着帆布大包走上角楼,把灰尘的领地变成了之后十年我的住所。

刚开始我只是安养院的普通护工,粉刷被风雨侵蚀的走廊门柱,用吹草机清除后院草坪上的梧桐落叶,陪陪病人……直到十二月的一天,暴风雪将托伦斯小镇围成孤岛,狂风钻进这栋维多利亚老楼的门缝和窗户缝隙里,怒吼着将我惊醒——同时我感受到了手臂传感器的震动。

"本,怎么了?"我穿上衬衫和裤子,意识到那时是凌晨四点。

"是查尔斯·哈迪。你能来陪着他吗?"

我愣了片刻:"好,我马上下去。"

当初刚来安养院时,我就意识到爱德华安养院是个真正的垂死人之家而不仅仅是老人之家——得了重病的年轻人躺在床上,等待中的老人反而是最健硕的那部分人——只不过谁先离开永远是最大的未知。下午我还一如既往地跟查尔斯·哈迪读书、下棋,夜晚就要去陪伴他的最后一刻了。他才十岁,是院里最年轻的病人之一。

"一个小时前我看他的时候,他已经在发热、流鼻血了。刚刚我给哈迪夫妇打过电话,但没人接。我想这几个月一直是你在陪着他,他大概需要你。"本·芬奇医生站在查尔斯的房前等我,值班护士和一名护工也站在一旁。

房门虚掩着,我缓缓推门走了进去。查尔斯闭着眼睛静静地躺在那里,胸口不易察觉地起伏着,鼻孔下面板结的血滴在苍白枯瘦的脸上格外显眼。我拿起床边温水盆里的毛巾,挤掉多余的水,很轻柔地抹去他口鼻间的血迹。他睁开眼睛,原本淡蓝色的眼睛满是血丝:"爱德华,我好怕。"

"爱德华"是他给我取的名字,用安养院的名字命名。

"没什么好怕的。等到早上你爸爸妈妈就可以赶过来了,你也会好起来。"查尔斯点点头,即使我们都心知肚明这是不可能的。查尔斯的爸妈已经一个月没来看他了,安养院已经准备好了起诉文件。

我把他的小手握在掌心里,伸手拂去他额前的金色乱发。那一刹那,我看到一个孩子躺在病床上,不过不是查尔斯,他有着跟孩子一样的淡蓝色眼睛、苍白的小脸,我也正把一只小手握在掌心。

只不过那孩子的头发是棕色的,跟我的一样。

"爱德华……"我回过神来,查尔斯正在唤我,气若悬丝,眼角滑下一滴血液,"你会记得我吗?"

"会,当然会。"我用毛巾抹去他脸上的血痕,"我已经把你刻在脑子里了,永远都忘不掉……"等我拿开毛巾,他的胸口已经没有了起伏。

恍惚间,那个棕发的孩子又出现在了我的眼前,他也闭上了眼睛,死去一样苍白。而我趴在他的床边低声抽泣……

我也会哭吗?那个孩子是谁?是我的记忆吗?

我在查尔斯床边坐了许久,才把床单盖上他死去的脸,离开房间。

尤恩·布兰登——或者说爱德华——把目光从燃烧的木头上移开,低头陷入了沉默,对面小桌上的空酒杯倒映出火光和他的影子。赫斯特的手还轻握着酒杯,头却歪斜着枕在沙发边缘,紧闭双眼仿佛陷入长眠,唯有在这死寂夜晚里唯一的呼吸声显现出他的生命还在。

角落里的钟无声地走向十二点,发出一声低吼。赫斯特醒过来。"哦!天呐!我做了个梦……"

"梦见了什么?"

"我梦见……河,哦,不,不是河,是湖!那湖,路……湖周围的草坪间有几条小路,有人在草坪上聊天打闹……"老人茫然中抓紧酒杯四下张望,他一脸迷惑地看向布兰登,"你是……我在这里坐了多久了?哦!十二点了!这是我记得的那天的十二点,还是之后几天的十二点来着?"

布兰登愣住了，不过多年护工的经验使他随即意识到了什么："您只是坐在沙发里小憩了一会儿，先生，因为我在给您讲故事。"

"故事？故事里有我的朋友们吗？"老人一下来了精神，"我曾经认识许多朝气蓬勃的朋友。他们的相貌非常帅气，穿着得体的西装，挨着果篮坐在大学的草地上。阳光明媚，近旁有长发飘飘的女孩，白绸长裙下面雪白的胴体……她们的优雅，她们闲适的坐姿，倒茶，或只是懒洋洋地躺着。当我站在那里，我的影子投射到她身上，她抬起头……"赫斯特突然顿住了，"哦，陌生人，你是否能好心帮我倒杯酒呢？"

布兰登上前拿起酒杯，走到酒柜旁为他添了些威士忌。

"我为您讲的故事里也有一些让人难以忘怀的年轻人……"

赫斯特接过酒杯："请接着讲吧。也许我能记起来之前那部分故事呢。"

我在托伦斯小镇的生活逐渐趋于常人，有了些熟人，也有了些朋友，可惜的是他们大部分"保质期"都不长。除了安养院的工作外，天气好的时候，镇上那个年轻火车司机时常会来找我，在上班时间之前用他招徕游客的古董蒸汽火车载着我跑一段托伦斯山脊线。他的名字是伊恩·肯特。家族之前大概是住在英格兰东南部的肯特郡，那儿跟这个北部山区唯一的相同之处大概就是都有那么几条山脊。不过，人口大范围流动的事在过去机械人工业浪潮高涨的时代倒也不稀奇。

那是一个清晨，他出现在安养院的登记处。那时我刚好从旁边的房间里出来。

"尤恩？"他身边那个老妇人突然惊呼出了声。我停住了关门的动作四下张望起来，并不十分确定她叫的是我还是我周围什么人，可是她径直朝我走了过来。

我有些错愕地低头看着这位老妇人，她略有些浑浊的蓝色眼睛正仔细地打量我的脸。我闻到空气中淡淡的鸢尾花香。

"嗨！爱德华，早！"伊恩拿着一些手续文件从登记处走了过来，伸手将老人搂进怀里，"这是我奶奶，夏洛特·肯特夫人。"

我伸手想要同她握手："肯特夫人，早上好。我是这里的护工，您可以叫我爱德华。"

"爱德华……"她喃喃地念着，迟疑着将手放入我的手中。伊恩以一种夸张的疑惑神情看着我，我则耸耸肩表示同样很困惑。

"阿尔兹海默病？"我和伊恩站在院子里杉树的树荫里，看着远处别的护工带着肯特夫人熟悉环境。"怎么可能？夏洛特还没到七十岁呢。我把她送到这里是因为家里出了些事故。几天前，她儿子——也就是我的父亲——酗酒溺死在湖里。于是她只有我了，而我不可能一直把她带在身边。这里离我上班的地方还算近。"

"那她……"

"谁知道呢？说真的，没人了解她。我从小跟着妈妈住在南边，她则跟我爸一起住在北边山脊线那一侧的安纳西。不过你见过一个泡在酒里的人跟老人家好好说话的吗？"

当天晚上肯特夫人在二楼走廊尽头的房间住下了。为了伊恩的嘱咐，我尽力陪着她，只不过她不怎么说话，不是沉默地看着窗外的山脉，就是若有所思地看着我。我则自娱自乐般诵读莎士比亚的戏剧给她听，仿佛王宫里的弄臣。但是无论悲剧还是喜剧，她的眼神总是忧郁的，就像暴风雪为她蓝色眼眸蒙上的灰幕从未融化散去。

由于没有人急着奔赴死亡，安养院的时间总是缓慢的，默默地跟着房间里的人们逝去，只留下模糊不清的幻影。我最后一次坐在肯特夫人的房间里读《哈姆雷特》时已经是秋末了，黑暗来得比之前早了许多——我清楚地记得那个夜晚，因为当我念到"晚安，我亲爱的王子"时，窗外正好有片梧桐叶乘着夜色飘落，撞在窗玻璃上，我抬头望出去。

"尤恩，"她说，"你该去给孩子念睡前故事了，他不听你讲的故事不肯睡觉。"

"我是爱德华，肯特夫人。"我合上书。

她像是从梦中惊醒，惶然露出困惑的神情。她嘟嘟囔囔地戴上眼镜，盯着我的脸思索了好一会儿："爱德华……"

"是的，是我，以爱德华安养院命名。您还记得吗？"

"对不起，我想起来了，爱德华。"她缓缓躺回座椅里，在取下眼镜前瞥见我手中那书的封面，那儿，哈姆雷特复仇的牺牲品、美丽的少女奥菲莉娅漂在铺满鲜花的溪流上，"告诉我，爱德华，你觉得奥菲莉娅怎么样？"

"'天堂！爱情！自由！可怜的疯姑娘啊，多美的梦幻！'"我默念出十九世纪兰波的诗，语调低沉，全不似之前诵读故事那样绘声绘色。

"是啊，可怜的疯姑娘哦……"她继续看着我，若有所思，就像往常一样，只不过眼神中似乎多了些东西。悲悯，落寞，还是什么？是什么隐藏在她的沉默之中让我渐感不安？

"如果我的心愿是像奥菲莉娅一样，满身盛装，死在溪流里……至少，死在阳光里，你会助我如愿吗，爱德华？"

"夫人，我只是一个看护机械人。如果您的最终愿望真是如此，我相信医生会……"

"可是我还没有达到执行安乐死的标准。我想要你来为我做这件事，你会愿意吗？"

我沉默了。肯特夫人知道我不会答应的。作为在安养院工作的机械人，程序核心之一就是不能伤害他人，连因力度稍大的抓握导致虚弱的病人身上出现抓痕都是不允许的，更何况亲手为病人实施安乐死呢？

"您明白我做不到。此外,即使是专门的医生也不会选择亲手注射来为病人执行安乐死。芬奇医生说过,试剂在病人手里时,病人可以自己决定要不要喝下。但注射器在他手里,他就有可能在推入药水的瞬间违背了病人的意志。"

她凝视着我的眼睛,眼神里有我很长一段时间来不曾见过的理智之光:"爱德华,这些年来,这是我们第几次进行这样的对话了?"

什么?我在惊诧中愣住了:"十次了。"

"已经十次了吗?"她显得略微有些惊讶,呻吟着向后靠到椅背上,只不过神情更多的是痛苦和迷茫,"那恼人的疾病正在吞噬我……"

"肯特夫人……"

"伊恩把我送到这里前,我就已经开始遗忘了,只不过那时都是一些小事,出门时的帽子、拿起电话却忘了要说的话……我还曾以为仅仅是年龄问题导致记忆有些衰退。可是有一次我站在安养院的门口,却怎么也想不起来朝哪个方向迈出脚步才是家的方向……"她别过脸去看向窗外,"伊恩这段时间也不来看我……"

"伊恩来的,他每周都来看您,只不过您不记得了。"

"天呐!"她笑了,眼眶却分明是红了,又一片梧桐叶撞在窗户上,"你不必为了宽慰我而撒谎,爱德华。我记得上个月看过的新闻。当地唯一一个年轻的火车司机死于森林大火,和他热爱的火车一起留在了森林里。他已经烧死了,可他在报道上还笑得那么开心……"

我显得有些不知所措。我预想到了即使在疾病的侵蚀下,她也有可能会重新记起所有往事,可是我一直都没有想好如何来面对这样的她。欢喜的、悲伤的、过往的记忆海潮般涌向她。她在微笑,却用手半掩住脸,发出低低的啜泣声。

"那张照片是他上任第一天拍的。他爸爸难得没有喝酒,带我去坐伊恩的火车。在那之前我已经很久没有上过山脊线了,但是一切看起来都不曾改变似的。我想起了几十年前的托伦斯镇,尤恩和我,阳光下,大家都还活着,都还年轻……"她顿了顿,抹去脸上的眼泪,重又端正地坐在沙发里,"你一直不感到好奇吗,关于尤恩?"

"护工一般不会主动过问病人的事,陪伴和倾听是我们最常做的事。"我带着护工标志的温和微笑,"不过,我的确是好奇的。"

"尤恩·布兰登,他的父亲同我的父亲是同事和好友,于是小时候我们就自然而然成了朋友。一起上学,一起长大,一起爬过无数次托伦斯山脊线,看过无数次起伏山峦上的日落,之后也自然而然结了婚。婚后不久我生下了一个男孩,他有跟我一样的蓝色眼睛,棕色的头发跟尤恩的一样蓬软,戴上满天星编成的花环多么像上帝赐予我的天使……"她眯起眼睛,仿佛陶醉在过往的回忆里；她旋即睁开眼，我才发觉她眼中盛满苦涩的泪，"急性髓系白血病，那孩子九岁的时候病死了在家里。"

我想起了查尔斯·哈迪，我陪伴的第一个病人，他板结的血滴如何被我擦去；我也想起了那个只出现了一瞬间便死去的孩子，苍白的脸上冰蓝色的眼睛干涸成水晶。

"你记得'9·30'大爆炸吗？"

"我就是在之后的一个纪念日被制造出来的。"

"四十年了……尤恩那时刚满三十岁，在安纳西机械人研究所工作，我们住在城另一边的公寓里。九月三十号那天晚上本来跟之前所有的夜晚一样平常，我坐在客厅里整理孩子留下来的玩具和衣物，他在书房里做着自己的研究。之后他走出来，抓起扔在沙发上的外套，说要回研究所一趟，马上回来。他说得很轻描淡写，当时我也没有在意，以为他会像以前一样半夜轻轻躺回我身边，或者第二天早上在我出门前赶回来吃早饭。"肯特夫人咧嘴笑了笑，那笑转瞬即逝，"那天晚上我听到声响，探头望向窗外。我没有亲眼看到爆炸，只看到火焰。所有东西都在发亮。火光冲天，烟雾弥漫，警报声响彻安纳西。他一直没回来。"

突然我感觉眼前窗外黑暗的山脉被白光笼罩，耳鸣从记忆深处尖啸着袭来——

"尤恩？"夏洛特·肯特看着我，像是在期待着什么。

我回过神来，眼神逃离似的四下张望，这才察觉手中的书已经滑落到了地毯上。我伸手捡起书,转身离开了房间,不敢同她对视。我似乎猜到了什么,我在害怕。

我害怕我没有像她希望的那样想起更多。我害怕我看着她,眼里却没有她,一如往常的迷惘会让她更加失望。

"又或许我已经想起了一切,只不过就像那时面对夏洛特一样,我选择了逃避,像人类一样逃避。仿佛只要我假装不知道,一切都不曾发生,一切都会如常。"布兰登看着赫斯特,琥珀色机械眼睛里的人类情感再也压抑不住,悲伤苦痛和无奈的情绪散在壁炉火光中,又蔓延到赫斯特身上。

"你的意思是……你曾经是个叫尤恩·布兰登的人,还是在安纳西机械人研究所工作过?"赫斯特露出费解的神情,"似乎有点耳熟。我以前也是在安纳西研究所工作……当时那些年轻的朋友,大学草坪上的少女,新学院路上叹息桥下来来往往的熟悉面庞……她抬起头,我愣住了,我从未见过如此漂亮的女人——伊丽莎白!我想起了她的名字!我楼上书房里有一本相册……"

布兰登沉默了,他颓然地站起来,拿走赫斯特手边的酒杯,失望地叹了口气。"现在我的记忆都在这里,"布兰登指了指自己的头,"就像答应查尔斯·哈迪的那样,我永远都不会再遗忘了。"

赫斯特像是突然清醒过来,沉声问道:"那你是什么时候确定自己曾是人类的呢?"

布兰登转身看着他,刚刚那一瞬间理智仿佛重又回到赫斯特的头脑里,让他暂时远离了虚无缥缈的旧日幻梦。可是此刻他的注视里分明有着与之不符的青年人的好奇。布兰登掸掸风衣上的尘土,重坐回沙发里。

"是在我离开托伦斯的那一夜。"

我走进屋的时候,她正挺身坐在床上,抚摸着毛绒熊。她的头发打理得很漂亮,茶白色的睡裙一如往常地洁净,却使她毫无血色的脸庞更显苍白。

"早上好,尤恩,你愿意帮我了吗?"夏洛特嗓音沙哑,但语调很有节奏,让这简单的话听起来别样迷人。我走到她床边与她对视,她蓝色的眼睛在稀薄的晨光里像一颗有瑕疵的宝石,闪耀的光芒让我一时分不清此时的她是清醒的还是仍沉睡在旧梦中。

"肯特夫人,"我称呼她时,她眼里的光明显黯淡了几分,"您确定那是您想要的吗?"

"尤恩·布兰登去世后过了五年,我收养了一个孩子,他长得跟我和尤恩的孩子很像,也很懂事听话,可是他在婚后沾染了酗酒的坏毛病……后来离婚,浑浑噩噩地工作,对我也不管不顾。我还记得他说,如果自杀是唯一的选择,你至少能选择自己喜欢的凶器。"她挑了挑眉,"我在恐惧未来,我能感觉那时间终将到来,随着我分不清梦境与现实的时间越来越长、记忆越来越混乱,那时候我必须抛弃理性与生命,挣扎于虚无缥缈的幻梦中。尽管那时我便可以安乐死,凭借偶尔的清醒时刻来结束病痛,但我等不到那个时候。"她抬眼看我,"你要将我推往未知而迷茫的疯狂中吗?"

"您这么确信我是尤恩·布兰登吗?也许我只是与他相像而已。"

"机械人不会有你这样的眼神,爱德华。"她伸手轻抚我温热的脸庞,"在来托伦斯之前,我被儿子送进别的安养院住过一段时间,那儿的机械人和你是一个批次制造出来的,跟你一样年轻俊朗,态度谦和讨人喜欢,但尽管看过了那么多死亡,他们的眼里总是洋溢着麻木的温和,不像你,带着忧伤。而且,我认得尤恩的眼神。我第一次见到你的时候,你从旁边的房间里出来,我立刻注意到了,那是尤恩从我死去的孩子房间里走出来时的眼神。"

那个早晨好安静,隔壁的康乐室里没有聊天的声响从窗户探进来,没有电视和其他仪器设备的动静,我听不到护士们的平底鞋在光滑地板上走路时发出的吱吱轻响,也没有听到楼下楼梯口旁的护士间里发出的任何响声,没有电话铃声,甚至钟表——

我从外套口袋里拿出一只偷来的注射器,里面已备好药剂。

我把她的手握在掌心。忽然眼前的一切模糊起来,我感到似乎有细流正倒流着穿过我的身躯。时间平铺在地面上,似薄薄的一层水面,仿佛是我此前人生的镜子。

一个女孩站在我眼前。她穿着茶白色的白绸长裙,腰间系一条蓝色缎带，金发在虚无的风中慢动作般扬起。她正眼眶通红地看向我，眼中噙着的泪却没有我的影子。黄色的叶子从空白中来，又落进我与她之间的空白，我想伸出手去触摸，试图喊她的名字——影像却在一刹那消失，正如它出现时那样让我局促不安。接着，画面模糊成一片，好像行家飞快洗牌时的扑克牌。随后山间的大风席卷而来，落叶随之翻飞，这里却只有寂静和夏洛特凝视的肃穆眼神。

"我不害怕地狱。我害怕的是，什么都没有……"她在艰难地呼吸，呻吟，伴着眼角滑落的泪。

"这只是一场长眠，夏洛特。"

我等待着她死前的微笑，可是嘴角还未弯起，生命就像水从盆底的洞眼里流光那样从她脸上消失殆尽。

我在床边又坐了一会儿，扭头去看窗外的晨雾，而后把床摇了下去，把床单盖上夏洛特的面孔。我向大门走去，路过护士间时告诉她们，今天早上的安养院里有一位逝者。

"那之后，我一直在流浪。"布兰登瞥向一旁墙上的裂缝，"有一次我路过切城，那是北部最大的新兴城市之一，也是机械人制造业的核心城市、我诞生的地方。不同于托伦斯小镇的慢和复古，切城高楼林立，熙熙攘攘，各种争取权利的游行走过街巷。城市的味道熟悉而令我感到厌倦。对我而言，它更像另一种臭水沟，尤其是在夜晚。我看到这座城市充满道德沦丧的乌烟瘴气，惨叫声从那些漆黑的角落阵阵传出。臭水沟里流淌着鲜血，而我则是臭水沟里迷失方向的一团废品。"

"那些都有毒，我们不可能像那样活着，我什么都不记得了。不过我有一本相册……"赫斯特喃喃道。

"我在切城的车站遇到了一个安保机械人。"布兰登像是没有听到他的话一样继续说，"他告诉我，在我'平平淡淡'待在小镇安养院的这些年，机械人和生物人的关系变得敏感而紧张：越来越多的人类开始反对机械人作为高管为人做决策；高等智能机械人则成为无法忽视的庞大群体并试图争取权利。公民权、人权……任何生物人享有的权利机械人都想插一脚，甚至是和人类通婚的权利……"

布兰登停了下来，抬头看向赫斯特："可是没有机械人争取'死亡'。"

"我拜访了跟我同批次的机械人，他们大部分还在安养院工作，有些则加入了机械人权益协会，可是他们要么没有考虑过自己的死亡，要么一直在为成为世界上最坚固的机械人之一感到幸运。我也主动跟银河机械人公司及机械人工会取得了联系，他们只是告诉我，我当年在安养院'杀人'的事早已被公司压下来，除了需要返回公司进行程序检查，我已经'自由'了，而对于机械人自行销毁的相关资料却只字不提——可我觉得，或许死亡才意味着得到真正的自由。"

"为了结束你的痛苦吗？"赫斯特笑出了声，"这多么荒谬！世间有很多美好的事情值得期待，我现在就已经开始想念明早丰盛的早餐了：包裹在餐巾里的吐司，羊角面包，银质的壶里倒出的滚烫的咖啡，炒蛋……虽然不及当初我和伊丽莎白在草地上的野餐，但我比我想象的还要渴望它们。"

布兰登无奈地扯出笑容："您难道不是同我一样吗，都沉溺于旧日的幻梦中？"

赫斯特猛然站了起来，他倚着扶手喘息着愤懑地说："我拥有我的世界，不要以为如今它已经失去了，我就会对它不屑一顾，会质疑它，会否认它的存在。不会的！我们谈论的是我的青春，它永远不会弃我而去。它存在过。它是如此真实。相册里的人们也是真实存在的。尽管时光改变了他们……"他重又跌回沙发。

"让我来帮您吧！让我帮您挣脱混乱不堪的回忆，从几十年前的幻影中解脱吧。再多的缅怀又能有什么用呢？您久远的少年时期还会重现吗？相册照片中的人可以复活吗？您的伊丽莎白会从坟墓里跳出来，投奔您的怀抱吗？"

赫斯特愣住了，火光在他苍老的眼睛里无力地跃动。

布兰登从风衣口袋里掏出一只注射器，里面已备好药剂。

"机械人工会告诉过我，每个参与机械人研发的工程师都签过终生保密合同，不能泄露任何信息。不过在回公司之前我还是决定顺路来一趟，希求您能在生命的火将熄之际告诉我'死亡'的秘密。不过您已经被疾病拽入永恒的无人之境了，同夏洛特一样……"

"它消失了，但它依旧会有痕迹。我会永远坐在这里……"赫斯特的眼神凝固在他的头顶上方，嘴巴张大，脸颊瞬间瘪塌下去，原本固定在上牙床的假牙也掉下来了，落到他的下唇上，像一个令人不安的诡笑悬挂在半空中。

布兰登为他合上双眼，使他长眠一般靠坐在沙发里。

他轻手轻脚地摸上楼去，厚厚的地毯使他的行动无声无息。

琥珀色的眼睛掠过挂在走廊旁的一幅幅画作，最后定格在一个不起眼的深棕色木门上。他缓缓转动门把手，门没上锁，吱呀一声打开了。

正对着门的是一扇大大的落地窗，窗帘收束在窗户的两侧；贴靠着墙排列的木质书架上整齐地摆放了很多书籍文档，并且书架的上面放着一盆垂下来的天冬草；进门右手边的书架前有一张简单的书桌——这就是诺亚·赫斯特的书房，比布兰登想象的简单古老许多。

他开始翻找，却在书桌抽屉里找到了一本皮质封面旧相册。这就是赫斯特梦呓般提及的相册？布兰登翻开了它。校园、草地上看书的同学、身穿白绸长裙和牛津鞋的少女……他竟觉得这些景象有些熟悉——他的机械手指停在了最后一页上：照片上是年轻的诺亚·赫斯特，他叼着烟斗坐在餐桌旁翻看报纸，他身旁坐着的金发女孩有些面熟——布兰登的瞳孔在震惊中放大——那竟是在他杀死夏洛特·肯特时出现在眼前的他记忆中的女孩！这张照片的左下角还有个探出头来的男孩……

布兰登心中的恐惧无限放大，而他的机械手却镇静地将照片翻到背面——"致我的爱子亚瑟，他将不再被病痛打扰。2017.9.16""致我的爱妻伊丽莎白 2019.9.30"。

琥珀色的眼睛失去了原先的决绝，在震惊和困惑中失去了光彩。他拿起桌上的笔记本，目光掠过一个个手写的文字，一些第一人称的文字进入他的视线，是赫斯特的日记。

"伊丽莎白，我们的研究终于有成果了！我制造出来了！上帝啊，我曾无数次地询问自己'复制'另一个自己是否有此必要，现在看来，选择重现我在孩子和你去世时的痛苦回忆，虽给我带来了无限痛苦，却给我的研究带来了巨大突破！093001 号机械人反应表现良好，昨晚甚至检测到了做梦行为；今天短暂的唤醒实验中，他表现出良好的共情能力……痛苦的回忆比愉快的记忆更能激发情感波动……"

"伊丽莎白，明天是你离开我二十周年之期。我终于完成了我们的研究……我将删除我留在 093001 号机械人智子脑中的记忆。虽然整体设计较之现在的工业水平已有些落后，但他将是世界上第一个真正拥有人类情感能力、想象力，甚至是潜意识的机械人……伊丽莎白，我仍不确定现在的社会是否有迎接这样一个'人'的准备……我计划安排他和另外七个机械人到安纳西周边的安养院工作,进行后续的检测和数据记录……"

"也许这也是意料之中的吧,他脱离了我控制,公司正在试图将他召回,可我其实压根没给他装定位器和通信器……流浪,这大概也正是我一直想做的事情呢,或许他真的是在按照我的潜意识好好活着。可我却被关在这实验室里……"

"伊丽莎白,疾病已经盯上我了。我正同时活在过去和现在——或许还有未来,因为我知道他要来找我了。哦,伊丽莎白,如果没有那次意外的话,我们的孩子应该已经从大学毕业了吧……"

"布兰登"靠着书柜坐在地上,周围四下散乱着纸页泛黄的文件。他手中拿着赫斯特一家的照片,茫然地看着窗外摇曳的梧桐划破灰蒙蒙的迷雾。似乎正有杂乱的脚步声从远处传来。

原来我只是一个幻影,深陷于回忆与梦境,深陷于无人之境……

该死!原来我们都是旧日的殉道者……

一城诗的散落

美学的黄昏

文 / 方润章

科 幻
硬阅读
DEEP READ
不求完美 追逐极致

多年以后，面对教育部部长，东亮·凯撒·刘将会回想起自己前往楼顶救人的那个遥远下午。那时他的名字还叫刘东亮，是一名朴素的高中语文教师，头顶"地中海"，身穿皮衣，浓眉大眼，皮鞋踏在光滑的地面会发出嗒嗒的响声。

作为四号太空城的市民，他必须天刚亮就起床，抢上半个小时的磁悬浮列车，换乘K11562号交通线，又过十分零八秒，就能到学校上自习。早饭一般在路上解决，只不过最新颁布的895号文件已经明令禁止了这种行为，但老刘却依旧我行我素。

刘东亮有三大爱好，第一就是抽烟，这烟是郊区种植场智能栽培的，比不上纯天然生长的味道，不过价格便宜许多。午休之后，趁安保机器人不留意，搭在走廊边的栏杆上抽一口，一扫疲惫与困倦，对下午的课很有帮助。

第二大爱好就是教学，这可不是一句谬赞。老刘是这所学校的金牌教师，教学风格新，教学质量优，教学水平高，教学态度好：午自习其他老师都回去了，他一个人会留在教室批改学生的作业,半小时保质保量批阅完;老刘上课从不用小蜜蜂牌扩音器,凭借一盒盒金嗓子润喉片,上课的声音隔了一层楼都能听得见。老刘还屡次在创新课堂中获奖,被评为教学模范……

此外,老刘虽然只是一介凡夫俗子,但也有自己高雅的情趣——诗词。他最喜欢的还是豪放派的苏轼、辛弃疾,有时候夜深人静,他就在学校的高楼上远远眺望,高唱"大江东去",沉吟"西北望,射天狼"。惹得清洁机械人几欲报警,安保机械人则每每"温柔"地把他从顶楼拽下来。他一直坚信诗人本质上都是一群俗人,吟完诗,从西楼上下来,第二天该去当官就当官,该去种田就种田……诗不是什么高深的艺术,没那么神秘。

刘东亮的生活没什么波澜,娶妻生子,照顾老人,一日三餐,晚睡早起,每个月领取固定津贴,外面世界日新月异,似乎都和老刘扯不上关系,生活继续这般过下去。诸位很容易得知,老刘虽自我感觉良好,但本质上只是这城市中微不足道的一粒尘埃,到了八十岁,就会自然退休,安享晚年。

老刘的父亲也是这样,老刘的儿子也不会有太大差别,儿子的儿子更是如此,说不上多大成就,但是也算安安稳稳。老刘是珍惜平凡的人,他的 Wechat 签名就是"平凡可贵",子瞻不也说"但愿吾儿鲁且愚,无灾无难到公卿"吗?

又是一天,闹钟准时响起,老刘已经失业的妻子和儿子都还在熟睡,一想到今天特别的意义,老刘就感到心潮澎湃。

他瞟了一眼家里唯一的窗子——只有半平方米的窗子，窗外黑云压城，惨淡无光，也许今天卫生局安排了要下雨。"山雨欲来风满楼"，高楼直入云天，却显得更加脆弱不堪，似乎会被一阵飓风刮倒，那时满楼的玻璃碎片就如落英般纷纷而下……天空也是虚伪的，整个太空城上方被人造天空覆盖，天气的阴晴完全由卫生局控制，只有还留在地球上的富人，才会享受到自然的天空——但是那同样意味着危险，自然意味着不可控。

老刘拿起雨伞，开门。不幸，电梯在上班高峰期检修，墙上的显示屏还播放着检修告示。他来不及看，只能跑下三十层楼，楼道间只有昏暗的灯光和手机红绿错杂的荧光，这时正是上班高峰，形形色色的市民都拥挤在楼道里，却都鸦雀无声，人们都埋着头看手机，或者沉浸在 VR 视频里，为综艺节目、喜剧片、某位长得好帅的歌手、宇宙联盟某个高级官员的绯闻发出吃吃的笑声……大抵如此。

刘东亮铁定是迟到了，这一消息将会被安保系统忠实记录，或许会和工资扯上关系——但这还不是最要紧的，如果在今天迟到，会带来更多的损失。"祸兮福所倚"——老刘用这话来安慰自己。

今日快讯：九号太空城预计在三个月后撤走所有原设备，并如期举行拍卖；十二号太空城斥资九百亿，打造为顶尖度假中心，建造已进入收尾阶段……

他坐在地铁的塑料椅上,人类与机械人挤在一起,湿润的地板,空气中是清洁剂的味道。磁悬浮列车在城市里穿行,车内灯光昏昏,窗外冷雨如幕,土黄色的天际与流水一般的云,看不见顶端的地标高楼,高楼的外屏播放着广告,隐约可见两三个清洁机械人贴在楼面上清洗玻璃。全反射的玻璃倒映出这班列车,青紫色的霓虹灯模糊了黎明与黑夜的界限。数以千计的飞行汽车放着银光,从高楼间掠过,高架路口是无数撑着伞的行人,闪闪烁烁的红绿灯犹如混凝土世界里渺小的萤火虫。

列车搭载的多媒体设备开始播放一些最潮的音乐,刘东亮连接了公共网络,打开了某款听书 App,尽管时不时会跳出某部言情小说的广告,但老刘却不受干扰,依旧流连于贾府豪园的奢华繁荣之中,但也为自己能否按时到达"教室"捏了一把汗。

不一会儿,音乐停了,媒体开始播放凯·泰勒·陈竞选市长的演讲,他是工党领袖,不过乘客仍然各顾各的,也没有人注意他讲了什么,刘东亮却仔细打量起这个男人来,他挂着标准政客应该具有的、颇有深意的微笑,也许是故意让人觉得他深不可测。

"我明白大家需要什么!我就是为公民发声的公仆!工作,工作,工作!我们需要更多的工作机会,更好的工作待遇……"

这时,一个灰头土脸的工人扶了扶安全帽,抬起了头,嘴唇微张,眉毛一扬,直直地望着凯·泰勒·陈。

"工作是人类神圣的权利……我将誓死捍卫每一位公民工作的权利！《机械人使用限制法》必须推行！让我们为财富工作，为自由工作，尽情挥洒你的创造能力吧！我们的城市，将是每一个劳动者的天堂！"

空洞而乏力，一堆没有意义的政治口号，而且这些口号都喊得不怎么样，难道真的有人会去给他投票吗？——那工人拿出手机，虔诚地望着凯·泰勒·陈，郑重地按下支持键。

"感谢每一位支持我的市民！你们做出了正确的选择！我将坚定地为劳动者发声！"凯·泰勒·陈深深地鞠了一躬。

刘东亮只得安慰自己这是个例外，或许对于那个工人来说，这样的演讲的确有煽动性吧！

"老哥，你在哪儿上班呢？"刘东亮很想了解这个人的文化状况。但是那工人好像没有听见，不过想来他的隐私保护指数不会太高，穷人没那种保护隐私的传统。

刘东亮拿出手机对着他一扫，立刻显示出他的个人信息，名叫方润章，中式命名，已经加入失业者协会，以前学的计算机专业，可能是缺乏数理天赋，业务能力差。在这个时代，本应该敲电脑编程序的手，如今只能去维修机器人。

老刘深知自己失言，也低下了头，生活中像他那样不如意的人，还有多少呢？

紧接着，是自由党领袖陈丽女士的演讲，她是刘东亮年轻时的学生。那个工人又埋下了头,他很疲惫,戴着帽子倚靠在扶杆上,两只干枯的手无力地下垂。

"大家好。我是陈丽,我的一生都只有一个愿望——让所有人都不劳动。人类已经劳动了几千年,大家都累了,如果能不工作,安安逸逸在家看看网剧,或者跟朋友打打麻将……但是为了生活,大家没办法才去工作——为什么不让机械人代替人类,让人类从各种无聊的工作中脱身……你说要得不要得嘛?"

刘东亮会心一笑,真不愧是我刘东亮的学生,讲的话就是有深度!慵懒而随心所欲,看似没道理却又蕴含深邃的逻辑,当年教陈丽那一届的时候就觉得这个女孩子会大有出息,果不其然,看来我刘东亮的眼光还不错。即使她希望机械人代替人类的观点刘东亮并不完全赞同,出于师生情谊,还是给她投了一票。

"撑着一把天堂伞,独自徘徊在,寂寥,寂寥的雨巷……"刘东亮绕过曲曲折折的小巷,不顾旁人目光地吟着诗,头顶上是蜿蜒盘旋的输电线,路边总有一些网吧、冷饮店、角落里无人疏通的下水道,五光十色的招牌层层叠叠照进巷子的最深处。

他在最不经意的转角走进了学校大门,今天是极其特殊的一天,从今天起,学校里再也不会有学生出现,而这一切都源于《教育公平十二法案》的颁布。

同事们，大家上午好。今天我主要来讲讲《教育公平十二法案》在我校落实的部署。

来听我们学校网课的同学大多来自五、六号太空城，一般来讲，太空城的序号越靠后，表明建立时间越晚，相关的设施建设也就越薄弱，第一批移民往往肩负着开辟家园的任务，一般人是不会同意到新建的太空城任职的。况且有的太空城环境艰苦，自然资源匮乏，建设难度大，建设时间久，资金投入少，这些太空城就成为教育事业十分薄弱的地区。

前年，四号太空城三十多人考入地球顶尖学院，七十多人进入一号太空城的大学，二号太空城上线率也超过了百分之九十。

而五、六号太空城的477所高中，师生大多是周边大城市挑剩下的，曾有学校考上四号太空城大学的人数仅为个位数。这样的数据对比令所有教育工作者心寒，社会各界人士也一直在寻求解决方案。

不过，随着现代通信技术大幅提高，完全能够支持全息和远距离传输信息，这为他们带来了机遇。《教育公平十二法案》要求各大公立学校的教育资源全公开，允许任何一名同学自由选择最适合自己的老师，听他的课程。

我们学校也要承担这样的责任，这样才能桃李满天下嘛！

从下个月起，学校的通信线路测试完成后，大家的课程就会被送往几万千米外的太空城，为他们点起知识的火焰，与此同时，诸位的课程将会与无数其他学校的老师同台竞技，我们也可以学习别人的先进教学方法,这也是各位老师提升自己教学素养的大好机会。

希望诸位能够积极面对,为学校争光,学校会对学生人数在一千以上的老师提出表扬。

下面是人事安排,李长悦老师任录播室主任,葛兵老师任技术顾问……

刘东亮走进了录播室,这是一间十平方米的小房间,房间两头布置了全息摄像机,可以完全记录下房间全况。皮鞋踏在讲台上发出咯吱咯吱的声音,就算他已经无数次踏上讲台,但这一次竟然也有些紧张。他按下了录播键,身后的一体机随之启动,面前的墙壁逐渐被一个个画面方格填满,方格里不同的学生身着校服,都坐在自己的家中。

"同学们,大家好!我是刘东亮老师,放心,我不是来维修设备的,我是一名如假包换的语文老师……"刘东亮看着眼前的学生,讲出自己心中默念了上百遍的开场白,瞥了一眼右下角的在线听课人数,在 270 人左右,顿时感到心满意足。

"大家先通读一遍《前赤壁赋》。"刘东亮转过身,制定了提前留下的课前导学文批阅标准,又亲自看了十余份导学文。两秒钟后,计算机已经在他的标准下批阅完了剩下的作业,平均得分 6.3,最高得分 9.7,不及格的同学的画面框已经被标红。刘东亮建立了私密通信线路,一个一个地接入未及格的同学的线路,细心地询问他们面对的问题。

"老师,昨天我们这儿断网了,一直到今天上午才重新连接,没有接收到您的导学文。"一名男生说道,刘东亮的界面跳出一个辅助决策的弹窗,计算机告诉他该生情况属实。

从背景资料来看,这名男生在刚刚建成的八号太空城,是第一批移民,基础设施建设尚不完善。而且八号太空城距此三十八万千米,信号不稳定实属正常。

"今天重新做一份就可以了。"刘老师说,同时记录下该考生的ID,"明天一起提交。"

"代霖同学,你看,'星垂平野阔,月涌大江流',讲的是杜甫站在长江口,远远望见星辰垂在夜空,显得原野分外辽阔。月光如流水般泻下,就好似这滚滚向前的长江……"代霖同学嘴唇微张,竭力地构想一幅月入江流图,刘东亮也在尽力引导她的思维。

"刘、刘老师,我没见过星星。"过了许久,代霖终于试探着开口。刘东亮心里一惊,心想怎么会有人没见过星星呢?他看了看代霖的资料,得知代霖身处的第八号太空城,是工业大城,本来星空投影技术也不完善,加上城市内严重的空气污染,能见到星星的概率很小,心中默默唏嘘。

"那你等会儿下课有时间找一找星空的全息影像吧。"刘东亮笑着说,"相信你会觉得很美的。"

当然,大部分学生都是主动选择刘老师的课,也有少部分本地的学生，被划分到刘老师的班上，这些学生曾经拥有选择的权利，却已经被其他学校老师多次标记黑名单，就不能随心所欲更换老师了。一般来讲，越晚开通网校课程的学校，在这方面拥有的选择权就越小，这也是学校急于开通网课的原因之一。

"陈胜志同学，你是什么原因啊？"刘东亮面对所谓"刺头"学生的时候，也保留着充分的尊重。

"我，昨天家里断电。"陈胜志随口答道，眼睛不看刘东亮，只瞧着地板，系统随即告诉刘老师这个同学说的是假话。刘东亮听见线路另一头陈胜志的家中有许多杂音，楼上或楼下放着刺耳的音乐，窗外传来各种广告声，家中的电视机似乎也开着，刘东亮意识到这名同学的家庭状况并不是很好，这不是陈胜志本身的原因——但上课时间马上就要到了，只能过一会儿再联系陈胜志的家长谈一谈了……

刘东亮关闭了私密通信，看着屏幕前数百张陌生面孔，摊开了语文教材。

全社会范围的网上授课改变了学生的命运，三十万考生，全天候跟随三、四号太空城平行班直播一起上课、做作业、考试。有的学校出了状元，有的学校上线率涨了几倍、十几倍。

每到刘老师生日，来自学生的贺卡一定会溢满他的电子邮箱。平时也常有学生给他写邮件，刘东亮了解到，因为网课的开放，五、六号太空城的学生不用前往远隔几十万千米的太空城求学，与父母待在一起的机会明显增加了。五、六号太空城的教育环境改善后，生源外流情况几乎消失，跟着学生离开的家长也回来了，太空城又有了生气。

对于五、六号太空城的学生而言，与四号太空城的同学一起学习，可以扩宽自己的视野，结交更有趣的朋友。

面对学生的邮件提出的问题，刘东亮从来不马虎，一定会认真地了解学生情况。他感受到工作量和收获感双重增加，虽然有些累，但一看到屏前如繁星般的学生面孔，讲话声就大了起来。

陈胜志给老刘留下了很深的印象。老刘一直记着第一天上课时他家糟糕的环境，也尝试过和他父母联系，但是对方总是拒绝，唯一接通的一次电话里，家长直言：陈胜志不是学习的料，以后直接去八号太空城的工厂上班……

老刘当时好说歹说，全面调动自己的语言天赋：家长同志，你们的情况我了解，可教育才是解决贫困的最好方法，读了书，才能让孩子们避免走我们的老路啊！我看志胜同学就很有潜力，你们在给孩子取名字的时候也希望他能够志向远大吧？另外，你放心，只要志胜愿意学，学杂费这些问题我都会尽力解决的……

不过，令人困惑的是，几个月后，五、六号太空城成绩提高的同时，学校老师的休假率也在同步提高。

"又休假？"刘东亮后仰在沙发上，看着眼前的尹平凡，"为什么？"

"家里有点事。"尹平凡无精打采地说，语气里还有一点隐约的怒气。在最初提出要开办网课的时候，尹老师就不同意，消极应对，上课后很久才进教室。

刘东亮心知肚明，学生们总是喜欢幽默年轻的老师，有了自主选择权后，就会造成"网红教师"现象的出现，一些名师可能同时有上千名甚至上万名学生，这固然极大激发了老师的自信心，但也造成了其他老师生源不足的情况……这无疑会对一些老师产生强烈的心理冲击。

"老尹，牢骚太盛防肠断啊！你看看，你的好评率不是在90分以上吗？说明你的学生还是很喜欢你的嘛！"老刘指着唯一一个好看的数据，"你走了，你那些学生怎么办……"

话没说完，尹平凡就从门口走了出去。

"刘老师，你看看这个。"王珂老师给老刘发过来一个链接，她是学生心中的女神级人物，腹有诗书，气质绝佳。

刘东亮打开链接，是一段全息影像，背景音乐是轻快的《晨光一现》，桃红柳绿，小桥流水，青山白云，富春山居，老刘起初以为是山水景色，随着画面徐徐展开，才发现与自己想的大相径庭。

这是一处民办学校，AAA级卫生水准的食堂，欧洲古典风格的教室，沉稳和蔼的校长，操场上运动的孩子，现代化气息与自然审美相结合的校园环境……但是这都不是这所学校所打出的王牌。

"伊文科技公司开办智慧学校，全智能教师授课，顶尖大学教授编写代码，智能教师精准数据分析学生特点、天赋、爱好，制订百分百契合度的教育计划，因材施教，分类教学，超越一对一的贴心关怀。智能教师拥有任何人类无法比拟的学识素养，任何老师不能企及的认知高度，任何父母不能给予的全天候关怀。在这里，学生是太阳，智能教师是行星，再也不用担心与老师沟通不畅……"

这里所谓的智能教师，也就是个二不楞的机械人。

"不必与平民子弟共享资源，私人定制课程为你量身打造，尊享独一无二的贵族教育……"

"嘿，有趣。我怕它是想说'贫民子弟'吧？"刘东亮笑笑，在办公室公然点起一支烟，引起其他老师眉头紧锁，"怎么了？"

"你可以发现，在普通人为《教育公平十二法案》欢呼的时候，有一些人是不高兴的，他们不愿意更多的教育公平，一些私立学校的反对声最高。学生数在万人以上的老师往往会提出辞职，进入私人教育机构，开收费课程。一些升学率本身比较高的学校，却共享劣质、少部分资源，核心的教学方法、教案一类的东西是不会完全分享的。"陈老师叹了一口气，拿起课本向录播室走去，"更有甚者，是这种研发教学AI，试图取代正常教师的行为！"

"哈，这怎么可能，教育需要人与人之间的接触，学生需要学会如何和真人接触，而不是整天面对机械仆人。再说，怎么也不可能取代菁菁老师嘛！我刘东亮第一个反对，你的学生也不会同意的，你就放心好啦！"老刘拿起语文课本，手指有细微的不被人发觉的颤抖，"纵然他们成绩暂时比我们高一点，培养出来的人也一定是不健全的！"

"刘老师，你真的觉得，现在社会人与人之间有温度的接触很重要吗？"

"当计算、判断、评估趋向于完美的时候，人身上的不完美、人的缺陷、从指尖到指尖的温度，往往更加珍贵。"

"计算机是完美的。"王珂老师的身影渐渐远去，"或者，没有什么是不可替代的。"

"这怎么可能嘛！机械人又不是耶稣。"老刘心想，顺眼瞟了一眼陈老师桌上的一张纸质明信片，明信片上是一手清逸俊秀的小楷：

菁菁老师，我时常感念我们在学校第一次相遇，感念我第一次进入你的班级，感念下雨天你撑起的一把伞，感念你的严厉与安慰……如果可以，我由衷地渴望我们能够一起度过不长不短的三年。但是，如你所说："世间好物不坚牢，琉璃易碎彩云散。"

我被转学回到地球了，今后，我不得不要去与一台冰凉的机械人打交道，我永远铭记您的教诲！

一切芳华终将消散，一切钟鼎皆将湮灭在岁月的洪波里，你我都无可奈何，这份情谊只能浅吟低唱，残存在心底吧……

祝

工作顺利，万事安康。

你的学生：林夕

两年后，一台教学机械人被运到了刘东亮的学校，拥有与真人无二的外观，灵活的肢体，角度刚好合适的微笑。刘东亮看了看、敲了敲，绕着它踱了几圈，又下意识地挠挠头，最后疑惑地看着一旁满脸堆笑的校领导。

"刘老师，感谢你多年来对学校的倾情付出，感谢你将自己的青春贡献给伟大的教育事业，学校不会忘记你日日夜夜批阅作业的艰辛，莘莘学子不会忘记你的化育之恩！你，永远是学校的好老师、好朋友！只是，'江山代有才人出，各领风骚数百年'！我们这些老干部也该退位让贤了，请放心，学校不会亏待您……"

收拾了一下这些年在学校的私人物品——六张表彰合照，十五张与学生的合影，一个用了十多年的茶杯，老刘摇摇头，恍若置身梦境。

昨晚刚和妻发生了一次争吵,自己近日的学生数一直在下降。为了挽留更多的学生,老刘四十岁高龄却不得不比二十岁时更有干劲,每天忙碌于写教案和亲自批阅作业。为了不让妻子担心,他隐瞒了学生数量不断下降的事实。但妻子却以为老刘被学校领导一顿鸡汤灌得迷迷糊糊,不计身体地奉献光和热,为此,她想让老刘向领导请求开收费课程,至少也是部分收费。老刘却出于现实的考虑,站在道德制高点否决了妻子的建议⋯⋯谁知道,今天却被要求卷铺盖走人了。

老刘思索着如何告诉妻子,在高达百米的居民楼下,一口又一口地抽着烟,直到最后烟把眼睛熏得难受,他才终于加入了等待电梯的长队。

"忳郁邑余侘傺兮,吾独穷困乎此时也!"午休后,刘东亮意识到自己并没有太多的事情处理,便翻开儿子的作业记录,看到了这句耳熟能详的诗,霎时百感交集,不由自主地摸出一支烟,考虑到家里没有安装换风系统,他只得去顶楼天台上抽。

刘东亮先乘电梯来到顶楼,然后沿着楼道向楼顶入口走去。楼道里的灯坏了,越走前路越黑。他抖了抖精神,打开手机照明,终于来到一堵防火门前,轻推,没锁。

"我真他的是个累赘,没什么用⋯⋯只会拖累家人。"门还没全开,刘东亮就听到一个抽抽噎噎的男低音,他借门缝向外望去，是一个有些发福的三十多岁的男子，手上似乎拿着和自己同品牌的烟，正在喃喃自语。

"是的，我试过了，都联系过了……我是个没用的人，活着真的没什么意义。"那男子拿烟的手攥紧了，那可是一支燃着的烟。

"算了，这个世界没什么可留恋的……"那男子突然抬头，向天台边缘望去。刘东亮心知大事不好，救人要紧，他猛地一推门，才意识到地面很湿很滑。

"世界，滚——蛋！"那男子似乎下定了决心，向天台边缘冲去——

"啊，救我！"是刘东亮的声音，原来他脚一踩空，猛地摔向地面，张皇地喊道。

那男子一惊，回头一看，瞧见了刘东亮。他腰一扭，本想过来扶他一把，结果惯性过大，他的身躯又不灵敏，也像刘东亮一样摔倒在地，这一摔，刚刚要自杀勇气也就退了大半，心情也疲软了下来。

"先生，请来帮一下我好吗？我需要你的帮助……"刘东亮不愧是语文老师，意识到必须加强对方心中被需要的感受，才能将他留住，"哎哟——"

"你没事吧？"那男人把刘东亮拉起来，"要不要去医院检查？"

"哎呀，谢谢您！要不是您，我，我——"刘东亮眼珠一转，感激、溢美之词滚滚滔滔，那男子听了很不好意思，说道："我叫宋和平。"

"啊，宋总，我们还真是有缘呐，抽的烟都一样。走吧，我请你去喝几杯……"刘东亮左一口宋哥，右一声宋总，总算是安抚住了宋和平的情绪。

两人进了一家名叫"第七次相遇"的酒馆，刘东亮骄傲地排开六张纸质优惠券，引得老板时不时投来怀疑的目光。宋和平环顾酒馆的内饰，经典的日式小料风格，还有一个老式壁炉，火光灼灼，一堆人围在火边讲着宇宙中的故事。温暖的火焰和冷蓝的玻璃色彩搭配颇具情调，的确很适合失意者来此逃避现实。

"两位先生，请问喝点什么？"服务生是一个机械人，却仿佛与真人无二，优雅得体的微笑和动人的眼神，宛若一名楚楚少女。

"两杯'红云'。"刘东亮说道，他最爱的鸡尾酒。

机械少女的手腕微动，玫瑰花瓣犹如琥珀剔透，倾倒时映着烛光垂直而泻，恰似春雨润物悄然无声，晚霞初现豁然洞开，一朵红云在酒杯中安然飘荡，不急不躁，隐约缥缈。

"唉，现在日子越来越难，人到中年压力山大，想到无人的地方静一静都很难，可这个大城市里哪个角落没人呢？也就只有顶楼少有人来往吧——不过，幸好遇到了你。我已经不是你们这个跌倒了也无所谓、拍拍灰就能站起来的年纪了,"刘东亮细看红云散漫无边,"会想到来顶楼的人,肯定都有说不清的压力和责任吧?"

"是啊。"

"宋先生之前是做什么的?"

"我学的是教育学专业。"

"原来我们是同行啊,我是当老师的!"

"嗯,算是吧,不过我并没打算成为一名教师……"宋和平讲起了自己的经历:

大学毕业后,我决定进一步深造,在一次很关键的面试中,考官问了我一个关于教育的问题:"什么是美?"我按照自己的理解,从不同角度做了回答,但是考官却一直在摇头。

也许是我当时年少气盛吧,就冒出了一句:"如果我说的不对,那你说什么是美,什么是美育?"此话一出,那考官脸红了,因为他也说不清,因为美是很难定义的,因为……其他考官见那位考官答不出,都偷偷暗笑,场面极度尴尬。这时,对我一生影响最大的人——秦勇教授出面给我圆了场。

那次面试虽然失败了,但秦勇教授却私下找到我,收了我这个学生。

秦教授认为,科技发展越来越快,社会财富也在不断积累,但普通市民的文化素养却呈相反的趋势，低俗、无聊、流量文化腐蚀着一切，渗透生活的方方面面，由此引发种种恶果，诸如阶级固化、贫富差距之类。他希望能够把审美能力作为学生考试的重点内容，并一直在探寻合理的审美能力考试形式。

另外，自从陈丽市长两年前得到商业巨头的支持，在大选中获胜，机械人应用的范围越来越广，如今机械人已经可以替代绝大部分人类的工作了。人类的优势，如今只剩下对美的一点点感悟。如果这一点感悟力都失去了，面对机器世界，人类最后的尊严也会荡然无存。

秦教授是有悲悯之心的人，他想要重整民风，就跟韩愈搞古文运动一个意思。

那个计划叫"诗之城"，之所以没有选择音乐，是因为会受到流行音乐的审美干扰；没有选择绘画，是因为绘画需要更高的天赋和审美能力……思来想去，只找到了"诗"作为载体，诗本就发源于人民，人民对它的接受度也更高。

秦教授以他的名义，拉来了很多赞助，买下了太空九号城，交由我全权负责将那里打造成一处与世隔绝的世外桃源……清幽静谧的雪山，雪山下蓝如梦幻的静湖，湖畔一片樱花林，樱花林间会有一条小道，空中下着永远不会停的樱花雨，云深处的林间是有小鹿的，小鹿踏着一块块碎石，来到湖边喝水……

人们的生活区就像一串"海洋之心"的项链，有蓝色的琥珀屋，沿着琥珀屋栽种了一片梧桐树。每到十月，梧桐树叶纷纷落下，铺满一地，风一吹，就飞舞在空中。无边的田野，阡陌交通；南山下渊明修篱种菊，明月下青莲举头望月；白露横江的赤壁，水落石出——江山之外，烟云竹树，沙鸥翔集……

"然后呢？"刘东亮问。

我们还是高估了那群土豪的文化水平。

我并不期望他们能够写出几句惊天动地的诗句，但诗意的情趣总要有的吧？总不能除了拍照、发图、再配文一句'真美啊，闺蜜们快来……'就什么都不会了吧？

对诗之城的破坏随之而来，他们既不能融入诗之城里，对美好的事物更没有怜惜。我最不能容忍的，是他们居然把机械人带到景区，好像没有了现代科技他们就活不了。

一个机械人，就这么在诗之城里面横行霸道，建成一半的芳菲林被拆除了——就为了给机械人腾出位置，让它用太阳能充电。你能明白那种突兀感吗？

刘东亮点点头。

机械人的出现与诗意的冲突，在我看来没有比这更加恶心的对比了，我承认我也许过于偏激，但一怒之下，我还是禁止了所有游客带除手机以外的任何智能设备。

……

这之后，有人开始抄袭我们的创意。他们把十二号太空城打造成了度假天堂——天堂大门朝钱开，我看过他们的宣传片，身上的布料比贫民窟女孩还少的艳丽明星微笑着招手，波光映射的海滩边丽人……

咳咳，说远了，之后一切都难以维持，投资方撤资……诗之城关门歇业！我对不住秦教授，我辜负了他的信任，损害了他的名誉……

刘东亮看着宋和平，安慰道："这事儿不怨你，世间不如意事常八九，多经历些挫折是好事……"

"感谢刘大哥开导，只是我现在背了一身债，太难了！"

酒杯里的红云渐渐散去，留下些许残存的痕迹，刘东亮若有所思地看着酒杯，一个想法如闪电般穿过他的脑海——

"这还不简单，明天我们就去失业者协会，抓几个懂电脑的，自己开发个网络上的'诗之城'，成本也小，现在VR技术这么发达，年轻人找女孩子约会，最喜欢去那种有诗情画意的地方！或许，这会成为城里人心灵中最后的净地——哎，爱情是杯苦咖啡啊！"

"刘大哥果然聪明，但是那终究是虚幻的，不是现实啊！"

"傻，诗需要什么？意境！意境！意境还能是真实的吗？小伙子，你该好好学学语文啦。等有了钱，再打造现实版'诗之城'也不晚嘛！"

"多……多谢东亮哥指点。"

两人彼此搀扶着出了酒馆,酒馆外的天空隐约有红云一片。

"哟,刘大哥,有人给你发邮件。"

刘东亮迷迷糊糊地打开信箱,邮件被投映到空中。

尊敬的刘老师:

您好!

请问刘老师现在还在开课吗,还是已经需要额外收费了?八号太空城的同学都很希望能够继续听您的网课,我们都认为您比天价课程的老师好多了。如果您有时间的话,可不可以在周末或者抽时间录制网课?这肯定是有偿的。希望刘老师可以考虑考虑。

祝:身体健康,万事如意。

学生:陈胜志

尾声

一弦清音袅袅地散开，如镜的湖水起了点点波澜，远山淡如水，流云轻似梦。白墙长巷内有小雨声声，深秋江堤边繁星高挂。宜鼓琴，琴调虚畅；宜咏诗，诗韵清绝；宜围棋，子声丁丁然……

女孩静静地坐在古树下，老叶慢飘，落木萧萧，一阵清风自湖面而来，什么味道？缕缕香草与丝丝晨霜的味道。

草桥烟雾弥漫，茅店下鸡声里，月影一望一回远。星星，什么颜色？水莲花的浅蓝，红云的赤橙，明月的淡黄。

枫叶瑟瑟，西风忽来，美吗？

美。

美是什么？

所谓美，就是星光一闪的一瞬间，两个不同时代跨越岁月的距离突然相遇。美是编年的废除，是时间的对抗。

当女孩睁开眼睛，高大的机械人仍在那里，周围还是雪白的墙壁。

"考号8951862，姓名苏七七，你的最终得分是——"

苏七七紧张得冒出些许汗滴。

"根据东亮·凯撒·刘科技公司权威测评,您的最终得分是89分。恭喜——您获得'诗之城'审美A级资格证书,可以进入3A级大学了。"

毫无感情的机械音。

版权专有　侵权必究

图书在版编目（CIP）数据

硅基地球 / 何夕等著 . —北京：北京理工大学出版社，2022.3（2024.4重印）
（科幻硬阅读．星空的召唤）
ISBN 978-7-5763-0892-1

Ⅰ．①硅… Ⅱ．①何… Ⅲ．①幻想小说 - 小说集 - 中国 - 当代 Ⅳ．① I247.7

中国版本图书馆 CIP 数据核字（2022）第 015432 号

出版发行 / 北京理工大学出版社有限责任公司	
社　　址 / 北京市海淀区中关村南大街 5 号	
邮　　编 / 100081	
电　　话 /（010）68914775（总编室）	
（010）82562903（教材售后服务热线）	
（010）68944723（其他图书服务热线）	
网　　址 / http:// www.bitpress.com.cn	
经　　销 / 全国各地新华书店	
印　　刷 / 三河市华骏印务包装有限公司	
开　　本 / 880 毫米 ×1230 毫米　1/32	
印　　张 / 11	责任编辑 / 李慧智
字　　数 / 183 千字	文案编辑 / 李慧智
版　　次 / 2022 年 3 月第 1 版　2024 年 4 月第 5 次印刷	责任校对 / 刘亚男
定　　价 / 44.80 元	责任印制 / 施胜娟

图书出现印刷质量问题，请拨打售后服务热线，本社负责调换

科幻不是目的，思考才是根本。
我们每个人都是星辰，都有思考与创造的天赋。
特别鸣谢：科幻锐创意·硬阅读、零重力科幻，鼎力支持。
喜欢科幻的书友请加QQ一群：168229942，QQ二群：26926067。